El Niño de Luto
y el cocinero del Papa

J.J. Armas Marcelo

El Niño de Luto
y el cocinero del Papa

ALFAGUARA

© 2001, J. J. Armas Marcelo
© De esta edición:
2001, Grupo Santillana de Ediciones, S. A.
Torrelaguna, 60. 28043 Madrid
Teléfono 91 744 90 60
Telefax 91 744 92 24
www.alfaguara.com

• Aguilar, Altea, Taurus, Alfaguara S. A.
Beazley 3860. 1437 Buenos Aires. Argentina
• Aguilar, Altea, Taurus, Alfaguara S. A. de C. V.
Avda. Universidad, 767, Col. del Valle,
México, D.F. C. P. 03100. México
• Distribuidora y Editora Aguilar, Altea,
Taurus, Alfaguara, S. A.
Calle 80 nº 10-23
Santafé de Bogotá. Colombia

ISBN: 84-204-4260-7
Depósito legal: M. 15.179-2001
Impreso en España - Printed in Spain

Diseño:
Proyecto de Enric Satué
© Cubierta:
Beatriz Rodríguez
Basada en *Los visitantes* de Eduardo Úrculo, 1998
VEGAP, Madrid, 2000

PRIMERA EDICIÓN: FEBRERO 2001
SEGUNDA EDICIÓN: ABRIL 2001

A Heberto Padilla, in memoriam

«Una historia no tiene ni principio ni fin; selecciona arbitrariamente un momento de una experiencia para volver la mirada hacia el pasado o hacia el futuro.»

GRAHAM GREENE

«No les ha faltado fiel silencio, no; es éste precisamente su fuerte, porque allí donde barruntan salario es donde su habilidad se muestra, pues lo que nadie conoce es como si no existiera.»

ARTHUR SCHOPENHAUER

Uno

Niño de Luto, así lo llamó La Habana entera toda la vida, aunque su nombre de verdad fuera Diosmediante Malaspina. Hasta hoy me pregunto por qué en su casa del barrio de Lawton, prolongación de Diez de Octubre al sudeste de la ciudad, bastante por encima de la Calzada de Jesús del Monte, junto a La Víbora y antes de llegar a Arroyo Naranjo, no apareció nada de valor. Como que allí no hubo nunca tesoro alguno, de forma que todo lo que se chismeaba de su fortuna ahora cuadra como cuento de invencionero, cuando no embullos del enemigo. Ni antigüedades, ni joyas, ni vajillas, ni piedras ni metales preciosos, ni documentos, ni mármoles, ni santos óleos ni óleos históricos de santos había en esa casa, según se descifra de los silencios conjurados de los oligarcas.

Si nos olvidamos del cuarto de baño hecho enteramente de mármol de Carrara, vestigio de un pasado tan cuidadosamente mimado por el dueño de la casa que por eso lo mantuvo durante años fuera de uso y hasta clausurado por largas temporadas, como si fuera un museo exótico al que le estaba reservado un futuro de esplendor, mejores tiempos que los que Niño de Luto vivió en ese suburbio habanero, tan destruido por la miseria y la dejadez

que cuando cualquiera lo ve por primera vez queda convencido de que estamos en Cuito Canavale
y el bombardeo del enemigo fue la noche anterior;
si dejamos de lado los muebles de maderas nobles,
también de otras épocas y estilos, que llenaban la
casa y eran herencia antigua de la familia, y si pasamos por encima del orden y el aire de quietud tan
extraños que había allí dentro cuando la monada
y los caballitos llegaron corriendo a ver qué pasaba de verdad en la casa de Niño de Luto, según la
investigadera judicial sólo se encontraron huellas y
trazas de muchas carencias. Tres varas de hambre
y cuatro de necesidad. Claro que en los secretos y
silencios de los Malaspina siempre mandaron ellos
solos, incluso en los peores momentos de su historia, cuando todavía no les habían devuelto ni el apellido. Pero que en la casa de Niño de Luto no había
nada de valor es la versión de los oligarcas, el murmullo del cogollito, la voz del entourage sacré, los
siete u ocho mortales que pueden llegar hasta el
fondo de la cocina del Hombre Fuerte, y después
de verlo y recibir su palabra de autoridad salen al
mundo ungidos por un destino incontestable. Con
las barbillas todavía más altas que los capiteles de las
columnas del Capitolio, ingresan a los despachos
oficiales y dan las órdenes del cielo que deben cum-
plirse a rajatabla. De los pies a la cabeza.

Verdad que La Habana entera anda llena de
invencioneros, fabuladores y cuentistas que van mirándolo y fijándose en todo con un descaro de mal-
criados, a un lado y a otro de la calle, cuando están
sentados en los bancos de los parques, en el sube

y baja de las escaleras de las casas, en las colas de las bodegas, al colgarse de los camellos para ir de barrio en barrio por toda la ciudad sin pagar un peso, en las reuniones de los solares y en cualquier rincón de La Habana, bajo los soportales de la Plaza de la Catedral, en Rampa abajo y arriba, a lo largo y ancho del Malecón, en Cuatro Caminos, Cerro o Marianao, en el Parque Central o en Coppelia. No paran de mirar y mirar para ver quién se está comiendo a quién, quién se está haciendo con los verdes, y nunca dejan de bailar esa rumba con la verborrea imparable de todo cuanto se les viene a la boca. No tienen otra cosa que hacer más que darse cordel unos a otros y se pasan la vida fabricando leyendas, disparando como locarios perdidos chismes para Radio Bemba, y hablando y hablando y hablando, siempre con las bocas de lado para que no les vean las palabras los policías que leen los labios. Hablan todo el tiempo de tesoros descubiertos de repente en tal o cual vieja mansión, cuando no de obras de arte, fortunas en dólares que por sorpresa se rescatan del silencio para hacer millonario a su propietario, tal vez con ayuda del entourage sacré, porque el meollo lo sabe todo, y sin su discreta intervención un gran bisne resulta imposible o, lo que es peor, mete uno la cabeza en un delito de traición al Estado, sin que nadie sepa dar explicación certera de dónde estuvieron escondidos todos esos tesoros durante tanto tiempo y sin que nadie tampoco los hubiera echado de menos hasta ahora.

Todos esos cuentos corren por las calles y las casas de La Habana hasta cobrar en poco tiempo una silueta de verdad, una tirijala de rumores que comienza a andar en el aire haciendo serpentinas chinas y piruetas como si fuera a desvanecerse al estrellarse en el horizonte pero que más tarde, se acabó el mundo, viene a caer cuadrada en la imaginación de la gente, como un crucigrama que se va componiendo con lentitud y talento, de modo que muchos episodios sorprendentes que corren de boca a oreja por ahí delante parecen haber ocurrido aunque tal vez no sucedieron nunca. Y eso es también lo que pasa con el caso de Niño de Luto, que muchas de las cosas que se dicen pueden ser ciertas en su desmesurada dimensión o mentiras en su verosímil exactitud. Pero eso es lo que dicen los oligarcas cada vez que ocurre algo de verdad y no quieren que se sepa nada del asunto, como si dieran una orden cifrada por visajes de silencios para que la realidad no exista, o deje de existir si existe, y todo el que hable algo sobre ella es un mentiroso, un provocador intolerable, un elemento sospechoso, un contrarrevolucionario, vaya, un elemento antisocial capaz de cualquier cosa, un enemigo, en una palabra.

Verdad también que del incidente desgraciado de Niño de Luto se cuentan muchas marañitas de sonámbulos. Todo el mundo habla y señala puntitos oscuros del asunto pero nadie puede ponerle el cuño definitivo a esa historia, ni dibujarla en un círculo cerrado ni decir así fue como fue y más nada, porque nadie sabe nada a ciencia cierta. No hay testigos, el único es Lázaro y llegó tarde, o se hizo el que llegó tarde, y de la mano del chino Petit Pancho, un biyaya de lengua suelta que no se sabe bien si es medio fronterizo o se hace pasar por sato de la calle para que nadie lo pare a preguntarle qué hora es y de dónde sacaste ese reloj. Entre medio bobo y fulastrero de todas maneras el Petit Pancho, todo el día tarareando las canciones de Omara Portuondo, tratando de imitar la voz de la cantante con su garganta de bebedor arruinado, tremendo cráneo con Omara Portuondo, pero lo que sabe de este asunto lo sabe por Lázaro y más nada. Todo lo que dice y habla es la voz de su amo pasada por el filtro tonal de la Portuondo, de forma que cualquier episodio o sucesito de nada del que le llegan noticias Petit Pancho lo abre en dos, lo inspecciona con su manía invencionera y lo convierte en un bolero que luego riega por dondequiera que va pasando. Así le ha ido tantas veces, por eso le caen atrás a cada rato y se lo llevan por delante, por hablanchín y bocón. Y como tiene tanto guayabito en la azotea nadie le hizo caso cuando habló de la vajilla francesa de Luis XVI, del cuadro grande de Zurbarán y de los otros, que eran mucho más pequeños, como dice Petit Pancho tan ignorante de todo que sólo sirve de material de estudio para desmentir la teoría de la evolución natural de las especies. Si supo algo de todo eso fue por Lázaro el mayordomo, que lo usaba para rotos y descosidos como si fuera un rifle de repetición, al que también se le iba la lengua hasta donde no debía y en lo más sagrado para el silencio.

Sucede que los que saben las verdades del hecho real de Niño de Luto no dicen nada ni por señas. Y encima la policía no habla, aparenta una mudez insólita porque en ese silencio le va el ser y el seguir siendo, y a pesar de que el cubano larga sin parar como si estuviera enfermo de la palabra, para qué decir del habanero, ni por descuido se cae una palabra de la boca de los investigadores, porque saben que se la juegan en un solo gesto, una sonrisa que puede traducirse por señales de humo, un bisbiseo gestual que no dice de verdad nada pero que cualquiera puede decir en un momento determinado que quiso decir que sí o que no o que tú ya sabes, pero que pudo atribuírsele que dijera que en la casa de Niño de Luto por encima de Diez de Octubre había de todo, una fortuna en cuadros históricos y vajillas de museo, estatuillas griegas y papeles valiosos, joyas que se compraron en París y Roma hace un par de siglos y manuscritos históricos firmados de puño y letra por los próceres que hicieron este país tal como es, y hasta por el más ilustre precedente de la familia, Alejandro Malaspina.

Me hubiera gustado ver la cara de sorpresa de don Angelo Ferri, el cocinero del Papa, cuando en la fiesta en la residencia del embajador de Italia, Giovanni Ferrero, durante la visita a Cuba del Sumo Pontífice, le presentaron a Niño de Luto por su nombre verdadero.

—¿Descendiente de Alejandro Malaspina? —preguntó Ferri asombrado del hallazgo.

—De una rama que vino hasta Cuba desde Montevideo —asintió Niño de Luto.

Malaspina me contó que se lo dijo con una sonrisa de satisfacción histórica resbalándole por cada uno de sus gestos. Por fin había un italiano culto, un siciliano del mundo, que en la misma Habana le preguntaba por su apellido sin un atisbo de sarcasmo, porque a pesar de los pesares desde el entourage sacré hasta La Habana entera siempre dudaron de la verdad de los Malaspina cubanos, ayer y hoy mismo.

Y el juez que lleva el sumario secretísimo del caso habla mucho menos que nadie. Una contradicción en sus propios términos el papel de su vida, habanero, cubano y mudo absoluto, ¿cómo puede ser?, no sale del anonimato ni que le den candela a su despacho en el Palacio de Justicia. Por cuánto, en la vida, ni mirándose al espejo se atreve a hablar del asunto ni siquiera consigo mismo, siempre sin soltar prenda, no sea que el reflejo de su propia imagen le adivine y descubra lo que está pensando y lo delate por bocón al primer seguroso que pase por la calle. Se conocen tantos casos de jueces alegantines que los que han venido atrás se han aprendido muy bien la lección del silencio, y en el cargo llevan también esa penitencia obsesiva de no hablar con nadie. Un mutismo enfermizo que sin embargo les salva la vida y les otorga un prestigio total, porque el que no habla parece que aquí es el que sabe de verdad, y de repente lo sabe, de forma que es el único método que tienen para no caerse de la silla, desde allá arriba a la arena donde los leones hambrientos los esperan con sus fauces abiertas para devorarlos y nunca más se supo ni de la gesta ni del héroe.

Verdad que tampoco nadie pregunta por qué tanta cautela con lo de Niño de Luto, porque

nadie debe demostrar interés ninguno en algo que
el entourage sacré ha decretado que es un puro in-
vento. Así que se trata de un humito de nada que
se disuelve en el aire, Malecón afuera y hasta desaparecer de la vista en la línea del horizonte. No
importa que en verdad lo de Niño de Luto sea esa
parte macabra de la realidad que ocurre pero en
realidad no sucede, porque lo que no se publica
no pasó nunca ni en La Habana ni en Cuba, ni en
ninguna otra parte del mundo, sino que es una fábula que echan a rodar cuesta abajo los enemigos
hasta que se la lleva el viento del olvido e inventan
otra y otra y otra, y así siempre porque ellos son así
y no pueden ser de otra manera.

Además aquí en La Habana no se publican
sucesos, porque según los dirigentes, que son la verdad al ciento por ciento y más nada, no se puede
perder el tiempo en hablar de boberías ni gastar una
gotita del luz brillante que no hay en alarmar a los
habaneros, sólo faltaba eso con lo que nos cae encima todos los días. Y tampoco hay periódicos porque
no hay papel, y las emisoras de radio y televisión no
están para dramitas de comediantes mentirosos, ni
para hacerle el juego a la gusanera de Radio Martí,
sino que tienen noticias de verdad que dar y las están repitiendo cuadra a cuadra y gota a gota, un
reguero de letanías interminables todo el día y toda
la noche en Radio Minuto y Radio Rebelde, el bloqueo, los logros de la Revolución, las guerras de
nuestros héroes, el Che, Camilo, la salud inaltera-
ble del Hombre Fuerte, la zafra, el tabaco, la cosecha de papa, la de malanga, el transporte, el turis-

mo que nos va a salvar de los latigazos del subdesa-
rrollo y, sobre todo, el regreso triunfante del niño
balsero, que ahí le fue a la patria toda la dignidad
y todo el esfuerzo, estuvimos en esa lucha casi un
año entero y todo el resto del país más o menos
paralizado. Y hay quien cree pero no dice nada,
porque el que se atreva antes muerto que embarcado en una goma de camión corriente adentro,
que ése es el Elegguá que va a acabar con el Hombre Fuerte, en La Habana o en Miami. Dicen los
santeros que lo de menos es dónde esté el mucha-
chito, si en el colegio de Cárdenas o jugando en la
Sagüesera de Miami, y Amanda Miranda agrega
que lo que es siempre tiene que ser, porque el
tiempo de verdad no tiene tiempo a pesar de las
apariencias, ni pasado, ni presente ni futuro sino
que corre todo en un solo viaje que no termina.

—Se cumplen todas las profecías de los babalaos —insiste Amanda Miranda hablando como
una espiritista—, salvado de las aguas, rodeado de
delfines, limpio de mácula y provocador de discusiones para bien y para mal entre dos naciones de
un mismo pueblo...

A pesar de ser blanca en todos sus hilos san-
guíneos, ella es santa y maneja todos esos galima-
tías de prestidigitación con la maestría de una in-
térprete que hubiera heredado en su genética esa
sabiduría religiosa, pero la verdad de verdad es que
esas cosas son supersticiones de negros y aquí se
sabe desde hace siglos que a los negros no hay que
pararles mucho en sus loqueras selváticas, si no la
hacen a la entrada la hacen a la salida. A estas altu-

ras hay que dudar de cualquier habladuría porque aquí hay problemas interminables que son epidemias endémicas, no las cura ya ni el médico chino, de manera que los dirigentes no se pueden entretener en barullos de saboteadores cuyo único objetivo es darle fuelle al carril dos y ponerle palos a las ruedas del camello para que se venga abajo, no ande ni medio metro más para adelante y ñámpiti gorrión. Como sostiene el entourage sacré, aunque muchos se empeñen en lo contrario, Cuba es el país más serio e importante de toda América Latina. Tenemos a Martí, tenemos al Che y tenemos al Hombre Fuerte. Con esa Santísima Trinidad, lo demás sobra.

Desde siempre todo el mundo en La Habana lo llamó Niño de Luto, aunque a Diosmediante Malaspina le molestaba mucho y se cogía una lucha de bochorno cada vez que alguien le decía amistosamente Niño, sobre todo en la universidad, durante los años en que estudió la carrera de Derecho. A pesar de que lo suyo se sabía en esos territorios, se hizo cómplice de la élite revolucionaria por secretos que conocemos muy pocos, y con la edad acabó por acostumbrarse a oír su nombrete casi de nacimiento e incluso llegó a admitirlo también en su presencia. Le pusieron así porque también siempre desde pequeño, desde que era un niño de teta, su madre y sus hermanas lo vistieron de negro de luto en el mismo instante del fallecimiento de su padre, Florencio Malaspina, hijo de don Amable Malaspina, que fue quien recuperó la legitimidad y el uso del apellido de la familia, en un mete y saca de papeles de más de cincuenta años por los juzgados de medio mundo, entre España, Italia, Buenos Aires, Montevideo y La Habana.

El del apellido fue un periplo coronado por el triunfo de la obstinación, porque cuando todas las circunstancias le aconsejaban que dejara esa guerra y se dedicara a la buena vida que el destino le había regalado, don Amable Malaspina se enquistaba en el derecho irrefutable de cada español a utilizar su verdadero apellido por mucho que la burocracia le negara esa justicia. Primero fue Spina, el italiano, con el que llegaron a Cuba; luego Espino, el español, y finalmente Malaspina, el verdadero y definitivo. Una fiesta histórica el día del reconocimiento de esta rama cubana y casi oculta de Alejandro Malaspina, que llegó a La Habana desde Montevideo todavía no se sabe bien cómo, si escapada de alguna persecución por impureza de sangre, pertenencia a logias prohibidas o huyendo del desprecio de los montevideanos de alcurnia por culpa del vericueto del origen, y se instalaron en el barrio del Vedado cuando el Vedado era toda la crema suprema y más nada, vaya. Tanto que quienes allí vivían no tenían casa sino mansión, casona o palacete, y miraban como con un telescopio desde la bóveda celeste del infinito al mundo de allá abajo, de manera que ellos solos, los del Vedado, eran La Habana entera y los demás el resto para servidumbre. Pero todo eso vino después porque, además de que antes siempre es lo primero, yo sé que lo vistieron de negro desde pequeño por una promesa secreta que sus padres le hicieron a la Caridad del Cobre, San Lázaro y Santa Bárbara, porque las dificultades del embarazo fueron muchas para su madre, que era traslúcida de nacimiento. Así que si llegaba a nacer y nacía varón, ese muchacho estaría toda la vida vestido de negro en público, de los pies a la cabeza, ése fue de verdad el compromiso.

Verdad también que Florencio Malaspina bautizó con el nombre cristiano de Diosmediante a Niño de Luto después de prometérselo a Dios Padre durante años. Siempre que quiso un hijo varón, Dios le contradijo su voluntad regalándole una hembra, hasta tres, una detrás de otra, como si un amarre raro le impidiera ser alguna vez padre de varones. No me gusta decirlo porque es muy vulgar, pero Florencio Malaspina era lo que la gente de la calle llama por grosería un lechiclaro, el padre que no da sino mujeres, lo que para don Florencio resultó durante casi toda su vida una humillante amargura. Y entonces vino en hacer esa promesa a Dios Padre primero, y a los tres insoslayables después, a la Caridad del Cobre, San Lázaro y Santa Bárbara, así que le naciera esta vez un hombre en lugar de una hembra más lo bautizaría con el nombre de Diosmediante y lo pondría bajo la advocación de esas santidades. Cuando se supo que la mujer de Florencio Malaspina iba a dar a luz por cuarta vez, las amistades del padre de Niño de Luto no paraban de preguntarle sin mala intención, sino para animarlo, en las reuniones del Casino de La Habana y en la Casa de Galicia, ¿qué va a ser esta vez, Florencio, un macho o una hembra?

—Un varón, Dios mediante —contestaba serio, invariable el ademán y sin torcer el gesto Florencio Malaspina, con una certidumbre que aplastaba cualquier duda.

Por eso decidió cumplir su promesa sagrada, en lugar de la propuesta final que le hizo su mujer, llamarlo Doymeadiós Malaspina, una exageración más snob todavía y fuera ya de temporada, y bautizó al nacer con el nombre de Diosmediante a quien sería conocido por toda su vida en La Habana entera como Niño de Luto. De manera que, cuando murió el padre de una extraña enfermedad de las que nadie nombra y que nunca se aclaró del todo, vistieron para siempre al niño Diosmediante Malaspina todavía de cinco años de negro riguroso de arriba abajo: zapatos negros, calcetines negros, pantalones bombachos negros, saco negro, corbata negra, gorrita negra. Sólo en ocasiones excepcionales le permitió su madre viuda que se vistiera una camisa blanca, como cuando hizo la Primera Comunión en la Catedral de La Habana y lo encomendaron a la Caridad del Cobre y a la Virgen de Regla, pero por regla general también llevaba siempre puesta una camisa negra de manga larga, impoluta, bien planchada y abotonada en negro, con una corbata negra y encima de todo saco negro. Así lo conocí yo desde que éramos pepillos y nos hicimos más hermanos que amigos en la escuela de los curas del Vedado. Y así se vistió toda su vida, hubiera una muerte reciente o no en su familia, además de cumplir la promesa de sus padres con esa costumbre, de modo que a nadie, y ni siquiera a él mismo cuando acabó por acostumbrarse, le pareció nada raro que a Diosmediante Malaspina lo llamara Niño de Luto siempre todo el mundo en La Habana.

Verdad también que los cinco patrulleros de la monada, con los dos caballitos atrás haciendo bulla para asustar a la gente con sus máquinas encendidas, que entraron casi en tropel a la casa de Niño de Luto en el barrio de Lawton a media mañana de ese día gris de noviembre, lloviznando y con un viento de proa que daba fiebre de catarro, se asombraron de lo que estaban viendo, diga lo que diga ahora el entourage sacré. Se quedaron ahí, paralizados en el mismo umbral, sin atreverse a salir delante de la gente que se había arremolinado en la acera del frente de la casa y al otro lado del Parque Buttari para ver lo que pasaba dentro y a quién sacaban detenido. Tampoco se les vio muy dispuestos a entrar del todo en la casa y llegar hasta el fondo para registrar de verdad el jardín. Sólo uno se atrevió a pasar hasta el final de la casa y se regresó corriendo para dar la noticia con cara de susto, porque el resto entraba y salía del salón hasta la puerta de la calle una y otra vez, bastante ofuscado y sin saber a qué santo encomendarse, como si intuyera que el asunto se le iba a escapar de las manos nada más entrar en la casa. Gentes que están entrenadas para no dudar ni delante del Hombre Fuerte se quedaron muy sorprendidas y sospecharon cualquier cosa de aquel silencio tan oliscoso, y sobre todo del orden tan raro y la limpieza tan exacta que latía en el interior de la casa envuelta en una penumbra casi total.

Verdad que en los últimos tiempos todos nos hemos ido acostumbrando en La Habana a sucesos del mayor calibre, atracos impensables hace unos años y hasta algunos crueles y violentos crímenes. La vuelta atrás provoca en el área verde de esta ciudad mucha inseguridad, muchos disturbios, se desatan las ambiciones y las envidias, esas carambolas satánicas, y el turismo, otra vez de regreso, parece una maldición de Dios que viene y va, la voracidad insaciable de los bisneros y todas esas cosas que no anuncian más que disturbios y desgracias. Y entonces, candela al jarro hasta que suelte el fondo, hay que estar todo el día con el machete en alto para castigar a los delincuentes, por eso también la policía es más visible que nunca y tiene patente de corso en las calles. Ellos son el látigo del régimen y hay que darles toda la autoridad, incluso la que no hay que darles nunca, para meter en cintura a los que cogen la vereda para ellos solos porque creen que aquí se está acabando lo que se daba, que el día menos pensado amanece el Hombre Fuerte con la boca llena de hormigas y que ya está entrando por ahí otra cosa que no tiene nada que ver con lo que estamos acostumbrados en todos estos años. Se creyeron que con el fula suelto y la visita del Papa iba a cambiar todo del revés y más nada.

No hace mucho que uno de esos atletas con cuerpos espléndidos de galgos corredores, un moreno fornido y elástico de los que salen como bola por tronera sobre el asfalto de las calles de La Habana Vieja en cuanto echan mano del botín, asaltó a una turista española a plena luz del día. Se acercó con sigilo por detrás de la mujer, la agarró desprevenida y le dio un tironazo al bolso. La tumbó al suelo del empellón tan brutal que le metió y el atleta se disparó como un velocista en su mejor marca olímpica por la calle Obispo adelante para entrar y perderse después por el Paseo del Prado arriba. Pero la casualidad hizo que el bolso de la turista se le quedara enroscado a ella en uno de sus brazos. Mala suerte para el atleta porque el baladrón se empecinó como un poseso, arrastró terco diez o doce metros a la joven extranjera revolcándola como un fardo por encima de la acera derecha de Obispo, sin lograr con todos sus esfuerzos que el bolso se soltara de su dueña. Ella ni se había percatado del dolor todavía pero el golpetazo en el piso le había partido una clavícula, y todo eso se supo después, cuando la turista empezó a dar gritos de dolor mientras se agarraba el hombro malherido. Se quedaron tres o cuatro atendiendo a la extranjera, pidiéndole perdón mientras los demás vecinos se asomaban a los zaguanes para mirar entre las sombras, que por favor no fuera a creer ella que todos los cubanos eran así, ni hablar, porque así sólo eran algunos delincuentes, unos pocos elementos antisociales que no aprendieron a respetar la ley a tiempo, pero que los cubanos éramos honrados de verdad, cabales, respetuosos y todas esas cosas que somos.

En un instante se formó una legión de voluntarios que echó a correr detrás del ladrón. Entonces el atleta olisqueó el peligro en un segundo,

se dio cuenta del riesgo que estaba corriendo, soltó el bolso dando por perdido el botín y se embaló
como volador de a peso para ver si por lo menos sal-
vaba la piel que se estaba jugando ahora a una sola
carta. Saltó desde Obispo al Paseo del Prado, tenía una pértiga invisible en cada pie, se había convertido de repente en el gato con botas, una fuerza
enorme corriendo, visto y no visto de una esquina para la otra. En otro instante de nada traspuso y
dejó atrás a la pandilla de sabuesos diletantes que
lo perseguían a gritos. Pero cuando el atleta pensó
que ya se había echado a sus perseguidores, y seguramente empezaba a aminorar la marcha, a reír-
se por dentro y a recobrar la respiración, sonó un
pistoletazo en el aire y las palomas se volvieron lo-
cas durante un rato revoloteando por entre los árboles y el cielo hasta casi llenar de sombras en pleno
mediodía las baldosas del piso del Parque Central.

Fue un estampido verdaderamente espectacular. Llegó del otro lado de la calle por la que
huía como un rayo el atleta, de las escalinatas del
Capitolio más o menos, y era un caballito de azul
dril el que daba el aviso. Más que un caballito de
tolete en la mano, un águila al acecho con el pico
dispuesto a todo, con espejuelos nuevos de artista
de cine, modernos los espejuelos de montura do-
rada muy fina, vidrios verdes, oscuros y brillantes,
y se reflejaba en ellos la miniatura de todo cuanto
estaba ocurriendo frente a sus ojos, limpios como
una patena los cristales de los espejuelos del lince.
Un aplauso estético para el caballito. Un gesto de
piedra en la cara del caballito porque había estado

atentísimo al bullebulle que venía corriendo Prado
arriba, pero qué barullo viene ahí, quién es ese cohe-
te que vuela de lo más bien con el calor que hace,
persiguiendo desde su puesto al atleta ladrón por
la acera del frente a su lugar de custodia. Más nada
que un aviso fue la detonación, pero el atleta se lo
sabía de libro porque se quedó paralítico de repente, como si le faltara la respiración, y no dio ni un
paso más, con el pánico metido en el alma. Exacto
a un discóbolo después del lanzamiento, en el esfuerzo para no pasarse ni un milímetro más de la
raya y que los árbitros de la cosa le den el oká del
tiro. De escayola, ni los ojos movió, se quedó clavado en el aire, estático, con un brazo arriba y otro
abajo, todos sus músculos en tensión absoluta, una
estatua petrificada que reproduce el ejercicio pleno
de armonía. Y todo eso porque el atleta sabía que
el segundo disparo del caballito no sería para el
cielo ni para montar bandos de palomas asustadas,
sino que iba directamente a partirle la siquitrilla en
un segundo, por eso se quedó anclado y haciéndose el muerto antes de que lo mataran de verdad.

No todos los azules llevan pistola, pero algunos son así, cuando pegan el disparo dan en el
blanco aunque todo sea negro y de noche. Son tiradores fuera de serie a los que no les tienta nunca
duda alguna. Los escogen por eso y les dan pistola
en lugar de tolete, porque son impertérritos y sus
nervios de acero tienen la prerrogativa del gatillo
fácil y dulce. Primero que nada es el orden público y aquí no se desmanda ni un pajullo, no se mueve nada ni nadie si no es por el camino real y trans-

parente, que lo vea todo el mundo. Sus presencias azules, constantes y contundentes se lo están cantando a La Habana entera, óigame, compañero, déjese de vereditas raras que estoy yo aquí acechando, de modo que si no se respeta la ley, apréndanse la letra para que no tengan después que quejarse del golpe del machete. Y si lo trancan a uno fuera de la ley lo tronaron aunque sea en la esquina de La Habana que uno más conozca.

Por eso mismo cuando vino el Papa a Cuba, ahora hace un par de años, el Hombre Fuerte dio la orden de que toda la monada de la policía, que ésos sí son guerreros de primera fila, descargan y más tarde preguntan, y los caballitos tiradores además, patrullaran sin las pistolas reglamentarias, con la sola autoridad de su presencia, para que a nadie fuera a escapársele un tiro por cualquier bobería y se armara un escándalo en la prensa internacional, que andan siempre buscando farfullo donde no hay, al menos eso dicen los oligarcas, para que en toda la isla durante la visita de Su Santidad no estallara un bombillo ni por equivocación. Lo contrario hubiera sido una temeridad, porque los provocadores exageran todo de nada para hacer un caso inmenso de cualquier cosa, y la monada y los caballitos de pistola están acostumbrados al aviso primero y a tirar después. Directamente al fondo del alma del que se mueve tras haber recibido el alto.

Dos

Cuando Amanda Miranda se enteró del suceso de la turista arrastrada por Obispo en pleno día, su conclusión fue tan implacable como imprudente. Nadie le manda estar todo el día con diagnósticos tajantes sobre todo cuanto le cuentan que sucede por las calles de La Habana, como si fuera una pregonera que come de la truculencia cotidiana. Con callarse tendría mejor destino, mucho mejor vivir y menos temblores, pero ahora le ha dado por ahí, después de vieja y de todo lo que ha pasado por esa cabeza la vuelve loca la sociología de la calle, el sucesito de la esquina, La Habana alegantina y deslenguada, las voces que le llegan, la revuelven y le cuentan. Y ella lo procesa todo y lo almacena en su computadora, como si fuera puro dato antropológico y estuviera recopilando el episodio cotidiano y doméstico para escribir tipo cronista un diccionario de sucesos sobre los últimos días de La Habana en la época del Hombre Fuerte. Cierra los ojos un instante como si estuviera implorando una transverberación divina, como si estuviera llamando a sus santos protectores para que la ayuden en los oráculos, lo digiere todo y después habla sin parar. Lo traduce todo a su propia versión sin que nadie se atreva a llevarle la contraria ni a sugerirle que hablar más de la cuenta en esta ciudad donde todo el mundo larga más de lo que sabe suele ser la más cierta estratagema del suicida. Para eso es ella sacerdotisa de la calle, según le dio desde hace tiempo y hasta hoy por definirse en nuestras reuniones y tertulias en la casa de Bebe Benavente, donde todo el mundo se suelta la lengua como si de repente se creyeran que habitan en otro país y se hubieran olvidado de quién es cada uno, y sobre todo de quién vibra todavía en las montañas, un rubí, cinco franjas y una estrella.

—Uno de tropas, mi hijo —me dijo Amanda tan tranquila en casa de Bebe, delante de todo el mundo, poseída por su irreversible convicción de zahorí—. Ese cuerpo tan musculoso y tan rico luce de lo más bien, alimentado y entrenado todo el día para la carrera. Fuerza de intervención rápida, ataque y defensa, y olvídense de más nada. Esos tipos se mandan todos los días unas tablas de gimnasia que no las aguantan sino los especiales que han nacido para desarrollar su fuerza bruta. Beben más leche que los bebes, tienen todas las horas filete que les hagan falta, y vianda para dar y tomar. De lo más bien están al servicio de la patria esos muchachones. Los metes en la cancha del Rafael Conte, les das un bate de béisbol y, uno, dos, tres, cuatro, le pegan a la pelota, como si fuera cada uno de ellos el cuarto bate, meten un home run de vértigo y ponen la bola en la Yuma por encima del mar, y sin tocar el agua si hace falta, ¿oká? De un solo golpe y hasta el fin del mundo. Patria o muerte, venceremos, y si no vete y pregúntale a los Orioles de Baltimore lo que les pasó aquí, que vinieron por todo lo alto y los peloteros cubanos les robaron el show, ¿oká? Y, además, el pobrecito este sabía lo que le caía atrás cuando se quedó quietísimo en el aire, porque el turbión de la historia lo iba a coger como material de estudio. Estaba perdido, quieto ahí mismito, mi hijo, estás fuñido y tú mismo te cerraste el cuadro, eso lo pensó él seguro, y sabía que no podía dar un paso más porque lo estaban avisando para matarlo.

Amanda Miranda es así en los últimos años. Alega y alega y alega como si todos los días comiera cotorra, pero siempre dice cosas con tanto sentido que por eso mismo no se deben decir en La Habana, porque lo que tiene sentido aquí no tiene sentido ninguno decirlo, y menos ella siendo ella quien es todavía en Cuba, no sea que luego se le atribuyan asunticos que no dijo y palabritas que tampoco. Allá ella con sus espaldas, los años la han vuelto locarísima, muy en su rol de Casandra que ella se ha atribuido entre todos los protagonistas del drama de Troya, aunque siempre fue muy atrevida. Se la jugó por éstos veinte y treinta veces contra Batista.

—Se ganaron nuestra confianza al ciento por ciento y se la dimos porque se la merecían. Y, a pesar de los pesares, no me arrepiento de nada —sostiene todavía Amanda empecinada y memoriona.

Esa obstinación ha dejado de ser una treta estratégica para sobrevivir en esta manigua, y por pura paradoja se ha transformado en estos tiempos en un argumento de catafalco para muchos fieles al Hombre Fuerte y a la Revolución, por añísimos y tiempos muy duros. Pero ahora Amanda Miranda encima se pasó al bando de las cacatúas boconas, y parla, parla y parla como una lora que se hubiera enfermado de verborrea y no pudiera parar de hablar. Que si los mangos se caen todos de la mata por racimos y de la noche para el día, y eso es preludio de una muy mala cosa, una profecía de lo peor; que si la bulla del niño balsero, que si esto no camina más porque ya es un animal viejo y herrumbroso al que se le acabó el fuelle y el aceite y por eso chirría por todos lados; que si qué va a pasar con todos nosotros cuando, a pesar de su inquebrantable salud de hierro, el Hombre Fuerte se muera porque, aunque ustedes no se lo crean, se puede morir antes que nosotros, está muy deteriorado y tiene de todo, Parkinson, isquemia cerebral, muchos problemitas de tensión, asunticos neurológicos que reclaman tratamiento constante y medicinas carísimas, sufrimientos graves de colon, divertículos, sin contar el fatigón del soldado que le cayó encima con los años, y todo lo que es posible es también probable el día menos pensado, que es como decir que la cosa está al caer. Todo eso dice Amanda Miranda de un tirón, un discurso de santera suicida, sin tener en cuenta que con todos esos padecimientos un caballo como el Hombre Fuerte puede vivir más de cien años como si tal cosa. Y lo dice sin pararle bola a la música de los babalaos, un recitativo accompagnato con gran resonancia que dice todo lo contrario, que el Hombre Fuerte va a vivir hasta más allá de los ochenta y dos por lo menos y como si tal cosa, así que va para larguísimo el cambio de vida a pesar de las especulaciones, las alarmas y los cientos de rumores que los invencioneros echan a rodar por Rampa hasta Malecón para que se entere toda La Habana de lo que pasa.

Ahora además hacen correr desde el entourage sacré la cosa de Bill Clinton dentro de un cuarto de siglo. Que van los yanquis y lo hibernan en laboratorios de California con altas tecnologías científicas para devolverlo a la vida veinticinco años después, y entonces pasa todo ese tiempo dormido entre cablecitos eléctricos y hielos químicos y lo despiertan para que de nuevo se ponga al frente del Imperio. Entonces el presidente va y pregunta cómo va ahora el mundo. Mientras Clinton se despereza, pone los músculos en orden y trata de entender qué es lo que sucede de verdad alrededor suyo, y va tomando conciencia de que va a volver a cogerse el show del emperador del mundo para él solo porque ése es su bello sino de oro, los científicos le dicen que Europa ya hace rato que no existe como estaba, ahora son también otros Estados Unidos, le zumba el aparato, y que toda la Tierra está modificada y que incluso los chinos de Pekín ya dejaron atrás el comunismo para incorporarse al capitalismo y convertirse en los mejores aliados del Imperio, ¿cómo le cayó ese cuento? Y además le dicen que hay casas de gente de aquí en la Luna, y que se va y viene de un planeta a otro como en guagua, de lo más bien y sin dificultad alguna. Y todo gracias a los inmensos adelantos de estos últimos veinticinco años. Entonces Clinton, todavía medio inconsciente, con una pata en el siglo pasado y todavía sin poner la otra en el que viene, hace un esfuerzo y pregunta por aquel tipo de la barba que daba tanta lata en una isla del Caribe de la que ya no recuerda bien el nombre.

—¡Ah, ese personaje! Ahí sigue, pero este año se cae —le contestan los científicos a Clinton.

De manera que después de lo de Niño de Luto las cosas se han puesto mucho peor para todos los que fuimos sus amigos. Después de tanto tiempo hemos desarrollado un instinto de propia conservación lleno de antenas especiales e invisibles, una suerte de electricidad personal que siempre nos avisa del riesgo, de los peligros, los obstáculos y los abismos que tenemos ahí delante de nuestros ojos, en la oscuridad o en la luz, pero que no vemos ni tenemos solvencia para analizar el clima porque nos falta la paciencia, la placidez necesaria para calibrar la distancia exacta en los segundos de tiempo que van de donde estamos al impacto mortal que nos tienen preparado en el momento oportuno para cada uno de nosotros.

—Amanda —siempre se lo digo, no dejo de advertírselo, en cualquier vous parlez, pero ella ni caso—, ten cuidado, Amanda, que tú eres quien eres y tú sabes que te tienen cogida en la mirilla, y lo único que no sabes cuándo es el día y la hora que se les va a acabar la paciencia con lo que tú dices, muchacha, que pareces enferma de la cabeza. Te van a echar un operativo atrás hasta agarrarte envuelta en todo ese palabrerío, ten mucho cuidado.

—Si se atreven de verdad, que me detengan, que me lleven a Villa Marista. Allí nos vemos

a ver quién es más quién que quién. Ellos no se sabe
pero yo jamás voy a irme de aquí, ni voy a mudar-
me nunca para 90 y Malecón. Y en todo caso yo
soy la que se va a quedar para apagar la luz del Morro. Para que tú lo sepas —me contesta Amanda
jactanciosa.

Es inútil darle consejos y no se cree que le
pueda ocurrir a ella misma lo que les ha pasado a
cientos y cientos por provocadores e insociables, por
decir simplemente que esto no es así. Pero ella sa-
brá lo que hace y lo que dice. Otra tarde de estos
últimos meses la policía la mandó llamar para que
fuera urgente a la morgue de Marianao. De primeras ella se alarmó un poco, porque entre Petit Pancho y Lázaro la pusieron nerviosa diciéndole que
ya le había llegado la hora por descarada y alegantina. De segundas sin embargo algún amigo man-
damás de la unidad de policía del reparto le mandó
a decir que no cogiera lucha ni alimentara inquie-
tudes de ninguna índole a pesar de las apariencias.
La cosa no era con ella directamente ni mucho menos, sino que querían pedirle un favor especial que
no debía contarle a nadie, lo que tal como está
ahora Amanda Miranda, que habla hasta roncan-
do dormida, todo el mundo sabe que es imposible.
Querían que los ayudara a traducir si el crimen que
se había cometido en la persona de una turista italiana la noche anterior muy cerca del Fanguito, en
esa orilla tan feísima del Almendares que apenas
entran los de la monada a hacer la ronda y salen es-
capados como si hubieran visto al diablo dándole
machetazos a la sombra del aire.

—Pobrecita, vino a divertirse, a comerse el sol con todo el cuerpo y a bailarse toda la rumba de La Habana, y la mataron —dijo Amanda después.

—No es lo mismo comer con aceite de oliva virgen que comerse una virgen en aceite de oliva —le contestó Petit Pancho procovón.

Querían que Amanda Miranda les dijera si ese crimen de la italiana tenía que ver con los sacrificios de santería o con cualquier otra ceremonia de magia negra. A ver si había sido un crimen ritual, una ofrenda palera, ñáñiga o algo así. Algo de magia negra y criminal, porque los asesinos habían dejado por los alrededores féferes y símbolos sacrales que parecían venirlo a sugerir así. Le dijeron a Amanda que si podían contar con ella de vez en cuando para tales asuntos, porque desgraciadamente estos crímenes sucedían ahora con una frecuencia inquietante, y estaban los mandos de la policía muy irritados por eso. Y le rogaron el imposible para ella en estos tiempos de verborrea desatada, que fuera muda, porque tampoco querían que se esparciera la noticia por toda La Habana. Resulta que aquí es suficiente que lo sepan dos o tres para que se entere todo el que le dé la gana, ésa es la emisora que mejor funciona en toda Cuba, no hay censura ni miedo que la pare, Radio Bemba, digan después lo que digan los oligarcas consultivos y que la realidad de lo que sucedió no ocurrió nunca en la realidad.

Amanda no se anduvo con bromas. Ella puede todavía mostrar esa actitud de orgullo, aunque se haya convertido en una descarada, porque

tiene pasado de verdad en Cuba, no sólo por su apellido histórico que nadie le contradice sino por su
misma biografía. Se jugó la vida contra Batista, y
aunque eso al Hombre Fuerte hace rato que ya le
da igual hay tonadas y sones que en el fondo nunca
se olvidan. Las deudas de la memoria se cobran en
los peores momentos, y ése es un privilegio de los
que no tienen precio en Cuba. Les dijo a los policías que estaba bueno, que oká, que estaba dispues-
ta a colaborar, pero que no tenía carro en la puerta
de su casa para ir donde y cuando se le antojara ni
familiares de lujo en las alturas.

—Esa moda ya se me pasó hace rato y aquí
sigo, aquí estoy, en el mismo lugar, en la misma
ciudad y con la misma gente —les dijo por teléfono en plan artista provocona, como si cantara la letra de un corrido mexicano.

De forma que sí, pero que fueran a buscarla a su casa del Nuevo Vedado si querían que se pasara por la morgue de Marianao para hacer sus análisis y poder ayudar a aclarar el crimen. A pesar de
que le repugnaba tener que examinar los cuerpos
destrozados, hasta el punto de que esas visiones de
muertes violentas siempre la dejaban mareada, con
todo el estómago desarretado y la cabeza vacía, y se
tenía que tomar por lo menos tres o cuatro tragos
de gintonic de un golpe y seguiditos como si fuera
una medicina, para repararse y volver a soplar del
aire con normalidad, ella se prestaba a la colabora-
ción policíaca.

—La ley es la ley —les dijo a los policías
sin venir a cuento, muy prosopopéyica y solemne,

como ella sabe ponerse, una prima donna en la marcha triunfal de *Aida* encima del mejor escenario.

Todo eso les dijo a los policías sin que nadie le diera cirio en el velorio. Les dijo además que su interés antropológico por las reglas de santería y por las religiones sincréticas no incluía la criminología ni los asunticos políticos, porque de la primera nunca se había visto en otra y de las segundas hacía ya casi una vida entera que se había separado con todos los palos de la baraja en regla, yo soy yo y mis divorcios, les dijo sin que los policías supieran por dónde caminaba su loquera. Ni mucho menos, sólo faltaba que porque les hacía el favor fueran a confundirse a estas alturas, eso les dijo la deslenguada, locaria perdida, porque Amanda Miranda está de lo que ya no hay ni siquiera en La Habana.

A la extranjera los criminales la dejaron muerta en la orilla del Almendares tal como vino al mundo, y después salieron corriendo sin que los dos testigos del asunto pudieran ver cómo sus sombras serpenteaban delante de sus ojos asustados durante un par de segundos y más nada. Ni una huella, ni un detalle mínimo del que extraer el más nimio indicio para la investigadera. Le arrancaron un par de dientes y dos uñas, le chamuscaron con petróleo el pelo bueno hasta arruinárselo en rubianco. También le prendieron candela a sus partes femeninas, le hicieron incisiones en los brazos, dibujitos y tatuajes de sangre en las manos y en los dedos de los pies, y le dejaron en la boca y las orejas señales que la policía no se atrevía a desvelar. Una carnicería innecesaria, pero lo hicieron para hacerlos sospechar, para despistarlos. Después esparcieron por el lugar algunos objetos de los utilizados en los rituales de magia negra para entretenerlos en los inicios del sumario. Por eso llamaron a Amanda Miranda, y aunque ella hace rato que se come a Superman por la capa, porque no le sobra nada que llevarse a la boca y por ese trabajo no le pagan ni un peso de los nuestros, se vistió de blanco y se acercó investida en cada gesto con su autoridad sacerdotal hasta la morgue de Marianao a ver el cadáver irreconocible de la turista italiana.

—Disimulos, mascaritas de bilongo y de falso bembé —concluyó sabihonda Amanda—. Esto no tiene nada que ver con la santería ni con ningún trabajo de palo. Esto es un crimen para robarle el dinero a la pobre mujer y más nada. No sé por qué me llaman para un suceso que está más claro que la luz del día.

Verdad que esos casos no son tan frecuentes como los fabuladores quieren hacernos creer para meternos miedo, sino que son la fruta podrida de esta temporada. Hace ya rato que la gente en La Habana empieza a decirse callada la boca, rumiando para dentro, pero se lo dice de verdad, y bueno, ¿esto qué es?, yo no soy menos que este pingajo de la esquina que se está haciendo rico con mucho verde gracias a la influencia que tiene allá arriba en el piso alto y se lo permiten todo, una exhibición de muchísimo cuando nadie tiene nada. Y ve la gente que otra vez lo mismo, unos más que otros, y que los demás tienen más que ellos. Y van y empiezan las envidias y las ambiciones, y eso sí que no, porque si no hay lo mismo para todos no hay para nadie, ¿oká?, ¿o no era así? No paran de especular, de enseñarlo todo como bobos, y van y quieren hacerse ricos en lo que el diablo se restriega un ojo, de la noche para la mañana, acostarse pobres y amanecer millonarios en lo que el sol se pega una siesta, y ésa es la pesadilla más horrible de todas. La gente sueña con la vuelta patrás mirando hacia delante y muchos tienen pesadillas todas las noches. Andan desorientados y mirándose unos a otros con desconfianza, porque se acaba el tiempo que nos tocaba vivir a los viejos, a los que hemos hecho todo esto y hemos aguantado, soportado y resistido todo lo que nos han mandado desde dentro y desde fuera, todos esos bombardeos cotidianos desde Miami y desde el Palacio de la Revolución. Y ahora estamos como siempre, entre la contradicción y el retroceso, el regreso a toda la catástrofe de la que huíamos y creíamos que habíamos escapado con la Revolución, y se van directo para el vicio.

El viaje del Papa resultó todo un show espectacular para el Hombre Fuerte y parecía que había llegado a Cuba un cambio de vida, pero los cubanos lo sospechábamos y ya nos hemos acostumbrado a la desesperación. Es lo único que respiran ya muchos, y se van para el robo y para el crimen, que eso es lo que se esconde detrás de los bisnes. Lo que de verdad de verdad da dinero es eso, y ya no hay vaina de miedo ni el carajo, ni respeto ni quítateme delante, mi hermano, ni brigada de intervención rápida ni ejército rebelde que los detenga. Se van directamente al maleconazo, me recuerdo muy bien de aquel suceso, así es la vida aquí en La Habana ahora, cada uno está en lo suyo, sálvese quien pueda y el que se salve si puede que salve a todo el que pueda. Siempre fue la misma vaina horrible y otra vez ahora es igual.

Así que cuando el suceso luctuoso de Niño de Luto comenzó a correr inmediatamente entre los amigos, Amanda Miranda se encomendó a todos los orishas a los que hace tiempo entregó sus creencias religiosas que no son en su caso más que supersticiones, porque casi simultáneamente a que ocurriera el desgraciado accidente supo que la iban a llamar desde las alturas para que tradujera los secretos que había escondidos en la desgracia de Diosmediante Malaspina. Mucho más en esta señalada ocasión, porque como muchos de nosotros ella lo conoció muy bien y era amiga de viejo de Niño de Luto, a pesar de sus muchas discusiones conocidas, de sus distancias y de sus criterios bien distintos sobre la religión, la vida, la música, la pintura y la historia, porque si Niño de Luto venía de Malaspina ella venía de Francisco de Miranda, general de cinco ejércitos distintos, que más nada y nada menos, y por los mismos atajos raros y tan caprichosos de las sangres ilustres. Por eso en tales territorios Amanda Miranda se batía el cobre con una virulencia verbal y gestual que a veces daba miedo porque parecía que iban a llegar a las manos, con lo pacífico que fue siempre Niño de Luto, pero ella no se permitió bajar nunca la guardia, ni jamás admitió esa monserga militar según la cual una retirada a tiempo era una victoria, ella no, ella al revés de todo, un paso atrás ni para coger impulso.

Cuando la enteraron del caso el mismo día y muy pocas horas después de que el doloroso episodio de Niño de Luto fuera público en toda La Habana, ella estaba en su casa del Nuevo Vedado, encerrada en su escritorio y martillando sin parar las silenciosas teclas de su sorprendente computadora, un bicho electrónico del que se había enamorado apasionadamente desde el instante en que lo encendió por primera vez y lo convirtió en un altar de privilegio. De modo que, como si ese artefacto tuviera vida propia, consultaba con él cada una de las actitudes que debía seguir en el curso de cada uno de los días que le quedaran por vivir. En el interior de aquellos archivos invisibles en los que almacenaba toda la memoria de su vida, las aventuras que tuvo, sus amoríos, dislates, fulgores y pasiones revolucionarias, Amanda Miranda había renovado en silencio sus creencias parisinas de juventud en la civilización occidental, a pesar de padecer esa otra enfermedad intemporal y supersticiosa de la santería a la que estaba entregada también de por vida. Así que pasaba largas horas del día y de la noche frenéticamente dedicada a escribir unas memorias en las que estaba toda la historia de Cuba que ella había conocido. Escribía allí, al oscuro, sin luz alguna, ni artificial ni natural, sólo la pantalla de color gris reflejándose encendida en la oscuridad del interior de su despacho. Desde fuera podía escucharse casi siempre un bisbiseo de letanía con el que Amanda Miranda había desarrollado un lenguaje incógnito para los mortales, que únicamente cobraba aliento de grito cuando sobrevenía en La Habana uno de esos apagones que son ya demasiado frecuentes y se veía obligada a interrumpir su solitario ceremonial de la escritura. Entonces la santera cogía una lucha terrible, se armaba de Changó, que era el suyo, y fuego a la lata, se deshacía en una epilepsia gritona, maldiciendo a todos los dioses de la Revolución, con sus nombres y apellidos, y mandándolos para el infierno más abismal en sus imprecaciones. Casi siempre el ataque de ira llegaba a tal punto que la mitad del barrio se enteraba del apagón, acontecimiento al que ya está toda La Habana acostumbrada desde hace años noche y día, gracias a los gritos de Amanda Miranda que salían de su casa hasta ahora en el más completo silencio para estallar en todas las esquinas y arboledas del Nuevo Vedado. Hasta se puso de moda, como una frase hecha que podía incorporarse a cualquier otro suceso cotidiano, la respuesta de sus vecinos cada vez que la oían despotricar a gritos de esa situación insoportable en la que ya no tenemos derecho ni a la luz.

—¡Como si esto fuera Haití o Sierra Leona, vaya titingó! —se quejaba a gritos asomada al balcón de su casa.

—¡Otro apagón más, la vieja está gritando! —podía oírse como respuesta tres o cuatro veces, también a gritos por parte de los vecinos jocosos de Amanda Miranda.

Incluso esa soubrette menor de Petit Pancho la tomó como una respuesta impertinente para todo, y en sus diarias discusiones con Lázaro, cuando ya los argumentos no bastaban para solventar la trifulca, el biyaya cruzaba los brazos, miraba con ostensible desprecio a Lázaro el mayordomo y le estampaba en la cara después de un par de segundos de espera la respuesta que los vecinos de Amanda Miranda en el Nuevo Vedado le daban cuando ella misma se ponía a gritar como loca protestando del apagón.

—¡Tremendo titingó, otro apagón, la vieja está gritando! —exclamaba Petit Pancho con sarcasmo, antes de darle la espalda a Lázaro el mayordomo y desaparecerse durante un día entero sin que nadie supiera dónde se había metido.

Diosmediante Malaspina se divertía para sus adentros con estos torneos de celos y rabias cotidianas en los que Lázaro y Petit Pancho se embullaban para decidir quién podía más esa vez sobre quién. Niño de Luto me contaba los chismes de esas peleas domésticas de su criado y del servidor de su servidor, regocijado de humor cuando él mismo tenía un buen momento y se olvidaba de sus frecuentes surmenages.

—Una catarsis de amor, muchacho, Otelo y Desdémona, pero ¡qué divertido hace cada uno su papel en la obra! —exclamaba.

Quienes hemos tenido ocasión de entrar en esa capilla fantasmal de Amanda Miranda, sabemos que esa misma loquera ella la ha transformado en una obstinada resistencia a cualquier otra demencia que no sea exactamente la suya, la que a ella le ha gustado escoger con la única libertad de la que hoy dispone. Papeles avejentados por el tiempo y el uso, flores amarillas renovadas cada día por la mano cuidadosa de la religión, anaqueles de libros viejos y nuevos que consulta con frecuencia febril e inusitada, reposan revueltos, abiertos y cerrados por todas las sillas y mesas, siempre sonando la música bajita de los *Nocturnes* de Chopin al piano de Marta Alguerich, una de sus últimas exaltaciones musicales. Y en todos los rincones de la capilla cualquiera que los conozca un poco puede ver la sombra de los orishas acompañando en silencio el para muchos ya sospechoso trabajo de su bruja predilecta. En ese exacto asunto, de casta le viene a Amanda Miranda su sangre de galga, porque para eso se reclama no sólo albacea sino heredera de la sabiduría secreta de Lydia Cabrera, hasta el punto de que a sus más cercanos y familiares nos chismeaba con el diapasón bajito que más de una vez se le ha hecho presente en su capilla la voz de la diosa blanca. Amanda reconoce a su Maestra porque ese huerto cerrado que ella ha convertido en santuario cobra entonces un olor de rosas vivas que alimenta la cercanía de Lydia Cabrera sin apenas darle otro aviso de su presencia. Con un sarcasmo que detestaba ese delirio supersticioso de Amanda Miranda, Niño de Luto me comentó en más de una ocasión que la santera le venía con sus cuentos supersticiosos cuando su agitación espiritual se había visto alterada por la presencia de Lydia Cabrera en su capilla.

—¿Pero tú te lo puedes creer, muchacho —me dijo asombrado Diosmediante Malaspina una tarde que me invitó a comer en La Creazione—, que esta mujer está tan embebida en sus creencias que se ha vuelto loca hasta escuchar la voz de Lydia Cabrera hablando con ella y haciéndole profecías de lo que va a pasarnos?

Se preguntaba Niño de Luto en alta voz y con gestos de escándalo de qué le habían servido a Amanda Miranda los tantos años vividos en París en plena juventud, un privilegio de cuya experiencia ella misma daba testimonio en cada frase de cualquier conversación con toda La Habana; de qué le habían servido sus muchos viajes por tantos países de Europa, sus estancias en Roma, Milán y Londres, entrando y saliendo de todas las salas de todos sus museos; sus visitas a Berlín en plena guerra fría, sus paseos por Oslo y Estocolmo, sus escapadas a Nueva York y a San Francisco, sus muchos aprendizajes y conocimientos de las artes plásticas contemporáneas; de qué le había servido a Amanda Miranda su memoria incendiada de Lam, Guttuso, Pablo Picasso y Jackson Pollock, artistas de los que hablaba como si fueran de su propia familia porque de una u otra manera los había conocido en sus trabajos, en sus pasiones, esplendores, borracheras y bohemias por todo el mundo.

Todo eso se lo preguntaba Diosmediante Malaspina a su manera retórica, como si estuviera hablando consigo mismo y no me lo estuviera preguntando a mí ese mismo día del almuerzo en La Creazione, la última vez que lo vi antes de que tuviera lugar el terrible suceso de su casa de Lawton. Me lo preguntaba sin levantar los ojos del plato

y sin dejar de gozarse con todos sus sentidos gastro-
nómicos y estéticos un espléndido filete de pargo
con alcaparras y aceite de oliva virgen italiano, regado además con una botella del mejor Lambrus-
co bianco de la casa; un plato que Angelo Ferri le
había preparado especialmente ese día no tan le-
jano ya del suceso que habría de costarle la vida a
Niño de Luto en su propia casa de Lawton. Se lo
preguntaba y me lo preguntaba sin preguntármelo
del todo, echando una mirada lánguida que buscaba ser discreta sin conseguirlo hacia el rincón
donde Leisi Balboa tocaba al piano las sonatas de
Schubert, como si fuera el Alfred Brendel cubano
que el mismo Niño de Luto había estado buscando a lo largo de su vida por toda La Habana. Porque Leisi Balboa tocaba el piano como si Schubert
hubiera escrito esa música, esas fantasías, esas me-
lodías húngaras y esas danses allemandes para que
él las interpretara como si no hubiera pasado el
tiempo y casi dos siglos más tarde en un restaurante del Paseo del Prado en La Habana mientras,
casi sin atender a su maestría pianística, los turistas y los cubanos de fulas y lujo aplicaban sus sentidos a los platos creados por el cocinero del Papa
en su restaurante de la capital del trópico y el mar
Caribe.

   —Dime tú —insistía Malaspina, mirando
de reojo a Leisi Balboa, con un interés que él trataba de esconder pero yo le conocía ya desde hacía
muchos años—, ¿de qué le ha servido todo eso, chico, para ahora confesarse espiritista de élite que habla a todas horas con su Maestra, como si Lydia

Cabrera no se hubiera ido desde el principio para Miami por lo que todos aquí sabemos aunque nadie lo diga ya, y se quedó fuera de Cuba hasta morirse en el exilio?, dime tú, por favor, mira tú eso...

Tres

Los había llamado para que vinieran hasta la casa de Lawton a los policías por teléfono Lázaro, el mayordomo de Niño de Luto. Nadie en todo el barrio de Lawton lo llamaba así, el mayordomo, salvo el mismo Diosmediante Malaspina cuando hablaba de Lázaro con sus vecinos y amigos habaneros, y sobre todo con sus amistades que venían de fuera también. Se acercaban a Lawton a verlo y le traían a veces de todo, incluso dólares en los últimos tiempos, desde que las autoridades consintieron que el fula volviera a ser la moneda nacional. Entonces Lázaro el mayordomo lo llamaba sólo Niño de Luto, muy en monsieur de antes él y sin bajarse del pedestal familiar, lo que era un sinsentido a primera vista porque no tenía más que a ese hombre de toda confianza a su servicio, y más nadie.

El chino Petit Pancho no cuenta, es un piojo pegado que desmiente a Darwin en todo lo que hace, un recadero de Lázaro, ni entraba ni salía tampoco tan libremente de la casa de Lawton, aunque ahora vaya por ahí diciendo más nada que embustes, que él conocía muy bien la casa y al dueño y todo lo demás que había dentro, y sus amoríos, sus vicios y sus dislates. Ni mucho menos podía andarse con confianzas jardín adentro Petit Pancho, al fondo, al otro lado de la casa, en el invernadero, donde Diosmediante Malaspina se pasaba las horas del día y de la noche cuando no estaba embelesado y al oscuro en el salón escuchando sus óperas. De modo que Lázaro no era más que un criado de toda la vida que vivía en la parte trasera de la casa, en unos departamentos de mampostería levantados al fondo de ese jardín que Diosmediante había cuidado tantos años como si fuera su paraíso terrenal. Verdad que lo había empezado a cultivar Florencio Malaspina cuando se mudaron del Vedado para Lawton, pero Niño de Luto terminó por transformarlo en un vergel único en todo Diez de Octubre, un edén al que sólo teníamos acceso algunos de sus amigos más cercanos, los cómplices, y Lázaro el mayordomo.

Un asistente, un servidor para cualquier cosa era Lázaro, lo que también molesta mucho, porque todo el mundo en La Habana debiera saber hace años y años que desaparecieron los criados, de un plumazo, a comienzos de los sesenta, esto es todo. Para eso se hizo todo esto, para que no hubiera criados ni dueños, quién iba a decirlo después de tanto tiempo. Y qué vamos a decir de los mayordomos. Esa orden aristocrática de los jefes de la servidumbre se dio por abolida por los siglos de los siglos en Cuba cuando llegó el Hombre Fuerte y triunfó la Revolución. Eso nos dijeron los oligarcas y nosotros lo aceptamos porque era la palabra del meollito, que nadie era ya criado de nadie y mucho menos mayordomo, porque aquí en Cuba ya no había señores ni siervos, ni esclavos ni dueños, sino igualdad y fraternidad, todos, todos, todos, compañeros, salvo el entourage sacré, con derecho a todo porque ellos son los que saben cómo son de verdad las cosas, y nadie salvo el Hombre Fuerte le concede o no estar bajo ese techo a cualquier cubano que se lo haya ganado a pulso con los años, con el fierro en la mano o instalado en la sumisión más absoluta que ellos mismos llaman fidelidad.

—Siempre habrá clases, mis amigos, señores y criados, por mucho tiempo que pase y mucha revolución que venga —decía Diosmediante Malaspina cuando se entablaba una discusión en casa de Bebe Benavente.

No intentaba provocar a nadie, porque para él los señores y los siervos eran parte del orden natural de las cosas y no había que darle más vueltas al asunto. A pesar de su origen, a Amanda Miranda esas apreciaciones le parecían fuera de lugar y del tiempo. Para ella eran fantasías superfluas de un clasista decadente entregado a la molicie de la nostalgia, el resto de un naufragio que se negaba por impasible necedad, por sottise empecinada o por genética enfermiza a ver todos los cambios irreversibles que habían tenido lugar en Cuba desde la llegada a La Habana del Hombre Fuerte. Más de cuarenta años ya de esa proeza y Malaspina seguía colgado del pasado como el que se agarra de una lámpara de lágrimas en medio del salón y comienza a balancearse entre los recuerdos de una fiesta que ya pasó hace tanto rato.

—Hay que ser paciente —contestaba impasible en esas discusiones Niño de Luto—, al final todo ocupará su lugar y ningún otro que no le corresponda. Parece que todo da muchas vueltas, y los terremotos, los huracanes, los cataclismos, pero ese caos aparente está previsto por Dios y la realidad es pura apariencia, porque nada cambia de verdad ni siquiera de lugar.

Claro que Lázaro era un criado de muchos años, toda una vida con Niño de Luto, incluso cuando vivían la madre y las hermanas de Diosmediante. Llegaron a ser hasta amigos íntimos Niño de Luto y Lázaro, sin que en lo suyo de cada uno tuvieran nada que ver el uno con el otro a pesar de las habladurías desbocadas de la gente. Incluso más de una vez y a intervalos Lázaro el mayordomo fue el beneficiario del testamento de Malaspina. A lo peor ese juego fue parte de tanta suspicacia, de tantos celos y de la perdición final, además de que luego discutían y se peleaban y todo. Así que durante días ni se hablaban dueño y mayordomo, y se ignoraban además cuando se cruzaban entre los parterres del jardín, como si se hubieran vuelto invisibles, como si fueran una pareja que vive en la misma casa pero lo dejaron todo ya de lado hace tiempo. Era lo mismo pero diferente, cada uno tenía lo suyo y ninguno de los dos se metía con lo del otro.

Para todo el barrio de Lawton siguen siendo hoy un enigma los privilegios de Niño de Luto. En la vida fue del entourage sacré, ni mucho menos, todo lo contrario. Le repugnaba esa oligarquía, porque tenía todas las características del marginado voluntario y recalcitrante, un reaccionario que no quiere integrarse en los cambios de la historia e ignora los nuevos vientos y todo eso. Pero hasta le cogieron temor los vecinos en los últimos años, no fuera a ser también un seguroso camuflado con mucha palanca, por mucho que aparentara lo contrario; que no se metía con nada ni con nadie tenía que ver gran cosa, católico practicante frente a todas las prohibiciones, incluso por encima de lo suyo, que era un pecado de lo más grande para la Iglesia del Vaticano. Miedo le cogieron más que el respeto que a Diosmediante Malaspina le hubiera gustado que le tuvieran en Lawton y en toda La Habana, el mismo respeto y el cariño que le tuvimos algunos de sus amigos a los que nos otorgó la secreta categoría de cómplices. En el fondo era un hombre lleno de soledades, pero discretísimo de la puerta para fuera de su casa. Apenas salía de Lawton, a la iglesia, de visita a las casas de los amigos, al teatro, a algún concierto de música clásica o a alguna exposición de pintura, si quitamos la última época en la que después de conocer a Angelo Ferri bajó más veces a La Habana Vieja y al Paseo del Prado que en toda una década. Nunca levantaba la voz en público, sino que parecía ausente, imbuido de una educación y unos gestos impropios para el lugar y el tiempo que hemos vivido y seguimos viviendo en Cuba, como si fuera de otro hemisferio y hubiera caído desde un globo en el medio de La Habana. Y esa suavidad como de no estar, llena de silencios, terminó por extenderse por el barrio y convertirse en una leyenda sospechosa, de modo que no sé si exactamente le cogieron miedo o algo que podía ser llamado así por los vecinos, un temor especial que lo fue dejando solo, tipo así más o menos como reverencial.

Verdad que después que Yute Buitrón le cayó atrás con todo el mando que le dieron desde arriba en la época más dura y negra para llevárselo por delante sin conseguirlo, y de eso ya hace pilas de años, más nadie vino nunca a darle la lata ni a molestarlo con nada, ni en el peor momento. Ni nadie lo denunció tampoco cuando lo suyo se hizo tan público y notorio que lo sabían hasta los negros escondidos en los solares de Atarés, aunque él tratara por todos los medios de ocultarlo haciéndose el invisible durante semanas y semanas, sin aparecer para nada en público, oculto en su casa de Lawton escuchando arias de Enrico Caruso con los ojos cerrados, la respiración profunda y las ventanas interiores de la casa abiertas de par en par al rumor y al fresco verpertinos de las matas y árboles del jardín. Eso es lo que le gustaba más en la vida, dejar pasar el tiempo hasta que escampara el aguacero.

—El ciclón nunca dura mucho, no hay que apurarse —decía sentencioso cuando se torcían las cosas, el cielo se volvía negro y el viento huracanaba La Habana entera.

Me recuerdo que se libró incluso de ir a la UMAP cuando echaron mano de todos parejo para delante, todos declarados indeseables y necesitados de reeducación, y sobran dedos de una mano los que no fueron para los campos durante al menos una temporada, eminencias políticas, cantantes, intelectuales, profesores, funcionarios, profesionales y curas notables incluidos. Tanto que Amanda

Miranda, que conocía de sobra al Hombre Fuerte y sabía que no había excepción sin explicación, levantaba las cejas extrañada de tanta intangibilidad y gesticulaba sin parar, asombrada de que a Diosmediante Malaspina no se lo tronaran en toda la temporada que duró la loquera búlgara, si todo el mundo arriba y abajo sabía de sobra lo suyo.

—Y Niño de Luto, tú, una caja de sorpresas, ¿quién lo ampara, quién le da el líquido reparador para los muebles, qué santo lo protege para que no lo amarren ni los brujos? —preguntaba llena de estupor.

—Amanda, ya tú sabes lo que dice él, que el ciclón no dura mucho —le contestaba yo sin entrar en la lucha con la que se fajaba conmigo.

Porque lo que ella me proponía es que habláramos del asunto secreto para encontrar juntos por qué Diosmediante Malaspina no había entrado nunca en las purgas ni jamás lo habían tronado nada de nada. Como una palma real que sube y baja en el huracán y cuando se van los vientos ahí la tienes, de pie, flexible como cañabrava y más nada. No paraba Amanda de hacer cábalas y de rebuscar en su memoria algún resquicio olvidado que le diera luz en este asunto tan raro. Ni encomendándose a todos los orishas ni encendiéndoles velas y sahumerios a la Virgen de las Mercedes ni a Santa Bárbara abrió trocha en ese trecho, y si se hubiera enterado del Zurbarán y del Rembrandt, si hubiera llegado a saberlo de verdad sin saberlo todo, todavía lo hubiera entendido mucho menos. Yo sé todo el asunto desde los tiempos de la universidad y las botellas de Ironbeer y las largas conspiraciones en el Bodegón de Teodoro, y desde siempre lo guardé en silencio, pero Amanda nunca encontró a pesar de investigar y rebuscar por todos lados por qué, si a todos los de lo suyo se los llevaron por lo menos unos mesecitos a cortar caña como si fueran guajiros de toda la vida, a Niño de Luto salvo el amago de aquella madrugada de Yute Buitrón ni le tocaron a la puerta para decirle buenas tardes y aquí estamos a buscarte que ya es la hora, te tocó la lotería, que es lo que todo el mundo en Lawton estaba esperando que ocurriera el día menos pensado. No es que lo suyo diera lugar a un escándalo por el que pudieran acusarlo formalmente ni mucho menos, pero aquí en La Habana todo el mundo sabe que todo se sabe, aunque verdad que las cosas que de verdad no se quiere que se sepan no se saben porque nadie las dice, nadie las mienta ni las cuenta. Sólo unos pocos sabíamos del asunto viejo de la universidad en tiempos de Grau y más tarde la complicidad en los peores momentos de Batista, después de tantos años de silencio que todo parecía olvidado, y hasta era difícil que ni los íntimos ni los cómplices de Malaspina nos acordáramos de aquella relación tan secreta como amistosa, porque aquí lo que vale es olvidarse de lo que es un peligro saber y lo que hay que saber es caminar recto como que uno no sabe nada de nada.

Eso aparte, porque Lázaro cumplía con su tarea cotidiana como un profesional parisino, un garçonnière real, vaya, aunque no le gustaban muchas de las manías y las locuras de grandeza que

Niño de Luto le ordenaba todos los días, como si aquí en Cuba no hubiera cambiado nada del 59 para acá. Pero ésa era su manera de conservar la memoria y su distinción, le entraba por temporadas, como si se trasladara al tiempo del pasado y lo tradujera todo a una fecha lejana, porque ya era una manía tratar de acordarse meticulosamente de todo procurando un orden que siempre estaba pendiente de mejorar.

—Un lijoso, más que nunca le gusta ahora tirarse el plante, cada vez peor, ni cuenta se da de lo adultísimo que se ha puesto —se quejaba Lázaro ante los amigos íntimos de Malaspina.

La vejez, los muchos años era lo que peor llevaba Niño de Luto. Le había caído encima de repente, como un velo que le quebraba la claridad meridiana de su visión, le ponía una lluvia impenitente delante de los ojos y lo condenaba por sorpresa a achaques y fealdades que él nunca había contado con que le tocaran tan de cerca y se le metieran tan dentro. A veces Lázaro incluso se lo decía a Amanda Miranda, que Diosmediante parecía también enfermo de la cabeza a más no poder, lo que fue en desmesurado aumento desde la visita del Papa Juan Pablo II. Porque a nadie se le ocurría exigirle a su mayordomo que en el comedor de la casa que siempre había mantenido cerrado se sirviera la mesa todos los días a la misma hora, con toda la vajilla a punto, la cubertería y todo, las copas de vino, todo brillantísimo, en su sitio los manteles limpios y planchados, y las servilletas de telas blancas, nobles y bordadas con las iniciales de la familia Malaspina. Como si fuera a celebrarse un banquete de lujo en aquella casa de Lawton, cuando a lo mejor ese mismo día sólo tenían para el almuerzo un huevo malamente frito con aceite quemado cien veces, una minúscula ración de malanga de mala muerte, un cacho de pan y una botella de agua mineral en envase de plástico, que Niño de Luto hacía que Lázaro le sirviera en una jarra de vidrio precioso. Ni puercos, ni viandas, ni carne de pollo, ni siquiera papa ni quimbombó tenían la mayoría de las veces, pero Diosmediante Malaspina montaba el attrezzo de su ópera personal y se empeñaba en hacer ese fastuoso teatro para no perder la memoria de quién era cada cual en este infierno.

—Crema fría de papaya —se quejaba imprudente y sarcástico Lázaro a Amanda Miranda—. Eso dice el gran señor de Malaspina, como si estuviera en su palacio de Florencia en tiempos de los Médicis. Pero qué papayo ni papayas ni nada de nada, Amanda, este hombre está loco de remate, ha perdido el poco tino que le quedaba en cuanto ha visto al Papa de cerca. Fue peor el remedio que la enfermedad. Fíjate, qué delicadezas, en la que estamos y se pone a leer el libro de recetas refinadas, crema fría de papaya. La quiere al instante, para que conserve todas sus propiedades gustativas. Dice eso de puro loco, sabiendo que no tenemos papaya en el jardín y no se puede comprar ni en la bolsa negra. Y además nadie mejor que él sabe que la papaya da cáncer, Amanda, que eso se lo comen todo los hoteles de turismo y está hasta prohibido que los cubanos tengan papayo, lo sabe todo el mundo.

Me lo contó Amanda Miranda hace nada
esa historia de la gastronomía culta, una locura más
que le entró a Niño de Luto en cuanto el Papa pisó
la isla y las autoridades de la Iglesia lo invitaron a
todo. De modo que le dio por dedicarse como un
maniático en los últimos tiempos a rescatar las viejas recetas de la casa de sus abuelos en el Vedado,
de la que para siempre le quedó un vago recuerdo
en la memoria, antes de que su abuelo mandara levantar la casa de Lawton, no sé si a Vasconcelos o
a Emilio Enseñat, en los años treinta, y se vinieran a esta parte de La Habana. Que nadie entendió entonces ni ahora todavía por qué se vinieron a vivir para acá. Se habló de una pelea con
parte de los vecinos, un asunto extraño que siempre quedó entre marañas y oscuridades, nunca habló Niño de Luto nada de eso con casi nadie, pero
conmigo habló y me contó lo que él sabía, pero nadie supo del todo lo que pasó. Perdieron muchísimo en el cambio y hubo hasta quien dijo que la
causa de verdad fue una pelea familiar, que a Florencio Malaspina se le escapó una vez, en uno de sus
escasos excesos verbales, que era preferible un di-
vorcio en un matrimonio a un asesinato entre hermanos, sin que nadie pudiera traducir lo que quiso
dejar sentado con esa sentencia. Chismes que echa
a andar la lengua maligna de la gente por toda
La Habana y que no se borran ya nunca de la memoria de los malpensados, sino que retoña y re-
verdece con un montón de meandros y episodios
así que pasen los años y no se hable durante mucho tiempo del caso.

—Mi padre utilizaba muchas metáforas cuando quería que no lo entendieran. Lo que dijo estaba cifrado —me confesó Niño de Luto.

De todos modos, era una complicidad con muchas vueltas y viras, hecha de visajes y gestos secretos, la de Lázaro y Malaspina. Y a Niño de Luto le gustaban esas ínfulas de Pompadour y de llamarle mejor Lázaro mi mayordomo que Lázaro a secas. Y sabía muy bien además que a Lázaro le encantaba muchísimo saberse y que lo supieran mayordomo de Diosmediante Malaspina, una escala superior porque con eso se iba muy por encima del nivel, a pesar de que lo mortificaba más de la cuenta recordándole su origen oriental y sus escandalosas promiscuidades con el chino Petit Pancho.

—En la historia de este país, alguien debía haber levantado una muralla en la cabeza, otra en el cuerpo y otra en la cola de la isla —humillaba a Lázaro con ese juego Niño de Luto—. Partir en tres el caimán y que nadie pase ni para acá ni para allá sin permiso riguroso. Entonces este país sería otra cosa y no el barullo indecente en el que tanto palestino ha venido a convertir La Habana en los últimos cuarenta años.

Esa envoltura sarcástica con la que a veces zahería hasta la humillación a Lázaro era una marca de clase para Niño de Luto, y una estrategia de batalla para mantener el distingo con la gente. Y, a pesar de su aparente austeridad, toda esa distancia aumentó alarmantemente desde la visita del Papa a Cuba, porque Niño de Luto cayó en creerse que ese viaje fue una señal enviada del cielo. Se acabó o se estaba acabando lentamente todo, a eso venía el Papa, a cargarse lo que quedaba del muro de Berlín en esta loca isla del Caribe. No valía ninguna sugerencia ni ninguna otra superstición de negros ni falsas creencias de orientales, sino que había llegado el Vicario de Dios Verdadero a La Habana a poner orden de verdad en el caos que el Hombre Fuerte había traído durante tanto tiempo al país y al que ahora no sabía darle buen fin. El Papa del Vaticano llegaba a ayudarlo, a resolverlo todo. Su Santidad era la Verdadera Revolución porque era el Reino de Dios en la Tierra y había venido a la isla a acabar con todo lo que había que acabar, como acabó con el comunismo en toda Europa y en Rusia, ni más nada ni nada menos, y el que no lo viera es que estaba ciego o se lo hacía. Eso era mucho peor, porque el infierno estaba lleno de empecinados que se daban cuenta del mal pero que no rectificaban por obstinados y soberbios.

Así le había dado por bisbisear a Niño de Luto con los ojos brillantes de iluminado durante horas en cualquier reunión, porque verdad que su reino había dejado de ser de este mundo nuestro y nunca pensaba ya con realismo. Esa creencia y lo de Leisi Balboa, que fue el capricho más grande y estéril de su vejez, lo mantuvieron metido en una euforia que terminó por arrastrarlo como un turbión, tan revitalizado durante los últimos tiempos que bajó para el centro de la ciudad desde su casa de Lawton más veces en este último año que en los otros cuarenta de Revolución. Echaba a caminar por toda la Calzada de Jesús del Monte y llegaba al

Paseo del Prado como si tal cosa, tan lleno de ilusión y de vida como cuando de joven se metió a pelotero para que lo suyo pasara inadvertido entre sus compañeros de colegio.

Tampoco quiso nunca Diosmediante Malaspina que se olvidaran de que podía permitirse ser caprichoso de la puerta para dentro, y ése seguía siendo su mundo después de cuarenta años y para eso había sido siempre su casa. Y nunca se fue de ella, ni se iba a ir jamás para ningún lugar que no fuera su casa de Lawton, no iba a abandonar La Habana ni mucho menos Cuba, en eso era un calco de Amanda Miranda, por cuánto, ni hablar, por muchas ruindades y trampas que le pusieran hasta procurarle una vida imposible. Todo pareció resbalarle a pesar de que era un sentimental. La gente de su familia se fue muriendo, su madre primero y sus hermanas después, la última Amelia, la que más quería, todas en La Habana, y las fue enterrando cristianamente una detrás de otra en los mármoles de Colón, donde ya estaban que yo sepa su abuelo Amable Malaspina, que había sido un patriota al que le hubiera gustado conspirar con Félix Varela y Carlos Manuel de Céspedes, y su padre Florencio Malaspina, amén de sus abuelas paterna y materna. El resto de los parientes cercanos y lejanos de la familia se fueron yendo como pudieron para Miami o para España y dejaron aquí todo lo de valor, los palacetes, los cuadros, las joyas, las vajillas, los muebles, pero Diosme fue una roca invulnerable, insensible a los ciclones y las calmas chichas. Y por eso algunos de sus parientes huidos no le perdonaron nunca que se hubiera quedado en Cuba y le mandaban a decir desde fuera que él, Diosmediante Malaspina, se había quedado con todo y era el único traidor de toda la gloriosa estirpe histórica, porque además de lo suyo, que había llenado de oprobio y vergüenza a la familia entera, tiró por la única calle que no era arrastrando el apellido del viajero Alejandro Malaspina hasta el descrédito más infernal y pernicioso.

—Ni siquiera son Malaspina, sino piojitos de antes de ayer, simples parvenus que vienen a darme lecciones de estirpe a mí, precisamente —contestaba jocoso e impasible Niño de Luto.

Si no consiguió Yute Buitrón a pesar de su maldad convertirlo en gusano en los años más terribles, menos iban a conseguirlo ahora, a pesar de las necesidades que pasaba en ciertos momentos como todo el mundo, después de que Su Santidad había venido a Cuba y permitido con su bendición y consentimiento que su cocinero don Angelo Ferri se quedara a vivir aquí, en La Habana. No es que a lo mejor don Angelo Ferri se hubiera enamorado de la ciudad y de Cuba, y le hubiera gustado quedarse en el trópico una temporada, que los designios del Señor ya se sabe que nunca se sabe por dónde van, sino que Niño de Luto lo interpretaba como una señal de Dios y su confianza en los creyentes cubanos, tipo Diosmediante Malaspina, él mismo sin ir más lejos con todas sus dudas y todo lo suyo atrás. Porque eso fue exactamente lo que hizo don Angelo Ferri, quedarse en La Habana y empatarse en un bisne con Mauro Manfredini, que nada menos ni más nada, aunque le extrañe a mucha gente y otra tanta no lo sepa, e incluso cuando lo llegan a saber no acaban de creérselo del todo.

Juegos, dicen, cuentos, chismes, La Habana siempre fue un chismorrero del quince en todos los solares, pero ¿cómo se va a quedar aquí, en Cuba, el cocinero del Papa, a santo de qué y como están las cosas? Pero eso es lo que pasó exactamente, que don Angelo Ferri se quedó a vivir en La Habana y abrió ahí delante su bisne como cualquier otro mortal al que el Hombre Fuerte se lo consiente, su restaurante italiano La Creazione, al que Diosmediante se acercaba de cuando en vez a comer a pesar de que su natural prudencia lo hacía hasta entonces no muy amigo de esas euforias exteriores. Fue precisamente en el restaurante de don Angelo donde vio por primera vez tocando el piano a Leisi Balboa, y a la vejez le dio por ahí y la pasión loca le metió tremendo sorroballón en todo el cuerpo. Ésa es una de las patas secretas de esta mesa, que se sigue moviendo tanto como si la estuviera montando Ochún y no la dejara nunca descansar, eso es lo que dice Amanda Miranda cada vez que canta, porque antes Diosmediante Malaspina era tan discreto como invisible. Apenas salía de arriba de Lawton, sólo bajaba a la iglesia, a cumplir con los ritos católicos, a algunas casas de sus cómplices, a las reuniones de Bebe Benavente, a conciertos de música clásica o a la inauguración de exposiciones de arte. Ahí lo podía ver toda La Habana, discreto y distante, vestido siempre de negro, saludando a todos sus conocidos con una ligera inclinación de cabeza y una sonrisa leve en sus labios, pero más nada, o poco más, para ser exactos, fuera de eso y de su trabajo de abogado.

—Una belleza, una belleza —me repitió en voz baja Diosmediante Malaspina cuando descubrió a Leisi Balboa tocando el piano en un rincón de La Creazione.

Cada vez que le escuchaba el tono ronco con que salían esas dos palabras repetidas de sus labios, una belleza, una belleza, como si salieran de una garganta deseosa de desbordarse, reconocía al instante que la fiebre le había entrado otra vez hasta el alma. Se lo había escuchado más de diez veces en toda su vida y había cargado en silencio, sin decirle nada, con esa complicidad. Me persignaba para dentro y me decía sin hablar una sola palabra que Diosmediante Malaspina había perdido el juicio una vez más. Me recordaba yo de lo suyo, desde el secreto de la universidad, que nadie podía ni sospecharlo, hasta todos los cambios de testamento de los que mi mujer y yo hemos sido testigos legales ante notario a lo largo de muchos años de amistad. Por eso me entraba esa tembladera, sin decirle nada ni llamarle la atención. Con tantos años que ya tenía Diosmediante encima, lo suyo era una enfermedad que no se quitaba nunca, sino que se reproducía y multiplicaba el día menos pensado, cuando ya cualquiera de sus amigos podía imaginarse que aquella manía se le había ido marchando de la cabeza conforme los años lo fueron humillando. Pero nada, un hombre tan discreto como él se disparaba y se iba de frente a buscar el peor de los peligros, siempre al borde de la zanja en la que caerse dentro, porque me daba cuenta de que otra vez más había perdido el rumbo, aunque Leisi Balboa no tenía nada que ver con lo suyo, ni nada de nada nunca con él ni con ese género de asuntos. Ni siquiera hubiera reparado el pianista nunca en aquel anciano casi calvo ya que fijaba en él unos ojos que apenas veían, un viejo vestido de negro como un cura católico, doblado de espaldas y lleno de arrugas y achaques. Y por mucho que bajara a verlo y a escucharlo interpretar a Lecuona o a Schubert en el piano de La Creazione ni siquiera se iba a enterar jamás de su interés pasional, a no ser que Diosme Malaspina cometiera un grave error y se pasara de la raya. Claro que Niño de Luto nunca perdía la compostura, hay que decir que tenía una gran habilidad para no molestar, para parecer incluso invisible, más que discreto, en eso le puso siempre la tapa al pomo. Y si llegaron a conocerse y a tratarse fue porque Angelo Ferri le contó a Malaspina quién era exactamente su pianista y cuál era además de la música su mayor deseo en esos instantes en los que vivía tocando a Schubert en su restaurante italiano de La Habana.

—Lo primero de todo, la dignidad —advertía Niño de Luto cuando alguien se olvidaba de quién era cada cual y largaba por esa boca vulgaridades a las que somos tan dados en esta Habana que ha perdido toda la educación que tuvo en el pasado.

Todo porque nadie se olvidara tampoco de quién era en realidad Diosmediante Malaspina, y lo que representaba por encima del tiempo y la politiquería, la clase de ayer y de siempre, la más alta aristocracia criolla y cubana. Y sin perder la educación nunca, faltaba más, nada de obscenidades ni en la forma ni en el fondo, ni compañero, ni muchachón, ni vainas de ese estilo ni de ningún otro que lo hicieran bajar un peldaño en el léxico que había heredado de don Florencio Malaspina, qué confianzas iban a ser ésas. Por eso se peleaba con Amanda Miranda, porque ella se había olvidado de que era descendiente del general Miranda, el Precursor de la Independencia de América, y durante tantos años se había dejado llevar por el turbión irresponsable que le había hecho olvidarse de todo y ahora no podía de ninguna manera regresar a quien era. Por eso se expresaba sólo con vulgaridades y se metía con cosas y supersticiones de negros. Y mucho menos iba a permitir que nadie fuera del círculo de sus amistades más cercanas lo llamara Niño de Luto, en todo caso Diosmediante Malaspina y más nada, de usted para todo el mundo que no lo conociera, igual que él trataba a todo el mundo de usted y con la más exquisita educación. Para eso era descendiente directo de la vieja nobleza española e italiana del gran viajero Alejandro Malaspina. Como él afirmaba contundentemente, eran en origen la misma estirpe. Por si alguien todavía estaba dudando de esas cosas.

Cuatro

Verdad que la gente aquí es como si hubiera perdido la memoria de antier mismo para adelante. Como si hubieran puesto Santiago entero en La Habana, eso sí que no, en la vida, y nada fuera ya lo mismo, con tantos palestinos convertidos en un santiamén en habaneros.

De eso se quejaba con pesadumbre mal contenida Diosmediante Malaspina. Como si hubieran vivido aquí toda la vida, como si Cuba, el mundo y la historia hubieran empezado a existir en el 59 con los de la barba, que tanto quiso tanta gente. Todo el mundo los quiso, todos nosotros los quisimos, hasta muchos católicos practicantes, empezando por Diosmediante Malaspina, al menos en los primeros años, incluso en los tiempos de formación, en la universidad, y desde luego todos nuestros amigos aunque no fueran cristianos. Y Amanda Miranda los quiso mucho más, puede decirse que casi la primera, con una pasión de lo que el viento se llevó, porque en su casa hasta se llegaron a celebrar no pocas reuniones muy importantes de los directorios que se formaron entonces, todos ellos llegando al anochecer y apestando a sudor con sus uniformes heroicos, llenos de una juventud enfoguetada. Ella fue testigo de todas esas convulsiones cuando todavía no era más que una adolescente y se adhirió al 26 de Julio con una pasión singular. Antes había estado en París y después se volvió a ir. Fue siempre a aprender a vivir, a saber lo que era el mundo, a cultivar una libertad que Amanda Miranda no ha dejado nunca de buscar. Pero nadie en La Habana duda de que ella lo sabe casi todo del entourage sacré, de los oligarcas, del meollito, del cogollo y del Hombre Fuerte, ángeles, dominaciones y jerarquías a las que vio entrar y salir de la casa de sus padres en el Nuevo Vedado durante los meses en que la Revolución se asentó para quedarse en Cuba para siempre.

—Cuando lo largue, y todo el mundo se entere pase lo que pase, esta leyenda se va a ir irremisiblemente para el mismísimo carajo —dice Amanda muy locaria.

Y verdad que el día que cuente ella esos líos del principio le va a dar candela a La Habana entera, cuando esos papeles de Amanda Miranda pueda leerlos todo el mundo, que eso es lo que a ella le está ahora tentando, vamos a ver a La Habana entera bailando un guaguancó con letra y música suyas, como si se lo hubiera cantado al oído su Maestra Lydia Cabrera, en una suerte de venganza en la que quien más va a perder de verdad con esa sandunguería es ella misma. Segurísimo. Lo que se dice de la Loynaz con sus *Memorias del Vedado* no es nada al lado de lo de Amanda Miranda. Anda desbocada hablando de su diario de campaña, se va todo el rato por arriba del nivel con una verborrea que no se calla ni dormida, y dice que es un diario que lleva escrito en cuadernos y tiene guardado bajo llave. Como cien cuadernos tiene escritos, y no le dice a nadie dónde los tiene, niega con la cabeza sonriéndose burlona cuando alguien le pregunta dónde tienes todo ese secreto, Amanda.

—A ti te lo iba a decir, que con todo lo que hay eres un bocón hablanchín de lo que no hay —dice Amanda Miranda sonriéndose.

Pero le dice a todo el mundo que los tiene bien escondidos, como el tesoro que es, y secretea además con todo el que se pone por delante, como si hubiera perdido el juicio en un baile de palabras interminables.

—No se lo digas a más nadie porque no quiero que se sepa por ahí, ya tú sabes que la gente es muy chismosa —dice Amanda Miranda, cuando es ella quien se lo dice a todo el mundo en La Habana.

Hasta tiros y heridos parece que hubo en algunas de las alcobas de la casa de los Miranda en el Nuevo Vedado durante esas reuniones llenas de jóvenes, héroes y discutidores, que ninguno de ellos daba su brazo a torcer al otro y duraban días y noches interminables, todos cátedras con un vapor muy grande y el mercurio subido. Se pasaban los días y las noches midiendo sus fuerzas, a ver quién era el que podía más, aunque todo el mundo sabía que el Hombre Fuerte era el que desde el principio tenía el pollo del arroz con pollo, además del arroz mismo, y por tanto iba a terminar doblándolos a todos los demás. Los dejaba que se quemaran, que se cansaran, que agotaran sus energías, y luego

llegaba, cambiaba el disco, mandaba a parar y vá-
yanse para casa, albañiles, que se acabó la mezcla.

—Lo conozco bien, él puede con todos y se
los va a ir quitando de encima uno a uno —me confesó Diosmediante Malaspina hace muchos años,
cuando en los primeros tiempos del triunfo se supo sotto voce que andaban peleando de noche y de
día en la casa de los Miranda para repartirse el mando, como si no se hubieran dado cuenta de que el
mando era de uno solo y más nada, el resto mona-
guillos que con una mirada del Sumo Sacerdote se
hacían mudos, ciegos y sordos de repente, como si
se murieran.

Todo el mundo en la isla esperando que acabaran de discutir y darse cordel y de pegarse gritos
entre ellos y decidieran de una vez lo que había
que hacer, y la guardia de cada uno de ellos velan-
do armas en las calles, junto a la acera de la casa de
los Miranda en el Nuevo Vedado, no fuera a fer-
mentarse allí lo que no ocurrió en la Sierra y se
fueran a matar a tiros unos a otros. Y los jips militares aparcados a la puerta de la casa de Amanda
Miranda durante días y noches enteras, se estaban
jugando todo esto de tantos años. Luego va la gente y siempre igual, y se pierde la memoria, como si
eso no hubiera sucedido nunca. Y dicen que mejor
en Cuba es no tener recuerdo de nada de nada, ni de
qué hablar, que así no se corre peligro, y de lo de antes ni me acuerdo. Tampoco se les puede pedir mucho más, vivir aquí ha sido y sigue siendo durísi-
mo, hay que estar por la goma todo el tiempo, saber
muy bien que el Hombre Fuerte es el que más dice

y hay que interpretar sin equivocarse los visajes de los silencios de todos los que alguna vez fueron entourage sacré. Seguir los gestos ambiguos de los oligarcas y llegar a leerles las palabras, las frases y sus significados en los ojos es un mecanismo de supervivencia y reconocimiento que Diosmediante Malaspina llegó a manejar a la perfección en determinados momentos difíciles para Cuba y para él. Todos esos visajes y silencios, presencias y desapariciones de oligarcas, todos esos jeroglíficos de los que se fueron haciendo la vida en los aledaños del Hombre Fuerte, los conocía y traducía Niño de Luto con una experiencia que los amigos no sabían interpretar del todo, porque ninguno de ellos conocía con certeza qué eslabón secreto funcionaba en las relaciones que tuvo antes de la Revolución con algunos de ellos, qué riesgos corrió en la dictadura batistiana, a quién le salvó la vida, qué cercanías y qué complicidades vivió en los años de la universidad y después, cuando llegaron los de la barba a hacerse cargo de todo para siempre.

Ahora la casa de Amanda Miranda es una extraña suerte de museo de lujo, híbrido de parque zoológico y circo ambulante, al que va a parar a comer toda la familia, porque ella tiene un corazón más grande que la isla entera, desde la Punta de Maisí a María la Gorda. Las paredes están llenas de cuadros hermosísimos de Servando y Lam, y hay colgados bastantes dibujos de Portocarrero que valen sus muchos pesos si fueran a venderse al mejor comprador. Hasta un plato de Picasso pintado y dedicado con su firma a Amanda hay colgado en una de esas paredes desconchadas que algún día fueron de un hermoso color gris claro. Todos sus años de París están en las paredes de la casa del Nuevo Vedado, y lo que tiene escondido para que no se lo vengan a robar los antojadizos, que entran por los vericuetos menos pensados, le dan la vuelta a las cosas y ahí están, vengo a buscar lo mío, cuando allí no hay nada que les corresponda legalmente. Entonces, el Barrio Latino, Montmartre, Montparnasse, los paseos interminables por la Rue Servandoni hasta llegar a los puestos de libros del Odeón, hasta llegar después una y otra vez interminablemente al Panthéon, la Rue de la Montagne Sainte-Geneviève, y ya, ya, como decía ella misma, ya llegamos a la Vía Sacra del Barrio Latino, en la mismísima colina del Fundador, su juventud revolucionaria, el baile de la vida en todo su esplendor y cosas así. Todas esas huellas y tatuajes los tiene colgados en las paredes de su casa y en su memoria escrita en la computadora después de escribirla en los cuadernos que tiene escondidos. Y entra uno a la casa y ella, sin dejar de caminar con la majestuosidad sobrenatural de María Callas por los salones de su mansión veneciana en el Gran Canal, como si tuviera frente por frente la Piazza San Marcos en la plenitud de la primavera, va y señala ese plato espléndido en rojos que le abre el apetito a cualquiera.

—Mira eso, muchachón, mira bien eso y anota, Flora, fíjate, fíjate bien en la firma —dice Amanda tan campante, sin dejar de caminar por su casa.

«De Pablo para Amanda, mi china cubana», dice la leyenda del plato de Picasso.

—Y yo pasándolas más mal que el carajo, sin poderlo hacer fulas para mantener a toda mi gente, en qué clase de jodedera andamos metidos aquí, mi amigo —dice Amanda sin dejar de caminar por el pasillo de su casa, siempre como una diva que no se olvida nunca de cada uno de sus momentos estelares.

Es un plato de sus tiempos juveniles, de su primera época de París, el Barrio Latino otra vez, Montmartre, Henry Miller, Anaïs Nin, Sartre, Aragon, el Restaurant de la Chaise y sus muchas mujeres ambiguas, grandes tortilleras de lujo, como decía la misma Amanda Miranda recordándolo. Y Lam, siempre Lam apareciendo por todas las esquinas y los rincones de la memoria de Amanda Miranda, la niña blanca que lo aprendió todo o casi todo de los negros en la voz de la Maestra Lydia Cabrera, que de verdad lo aprendió todo de los negros de nación porque los esclavos de su familia blanca y española la señalaron con un dedo, la escogieron, la ungieron como voz, para que ella descubriera, jerarquizara y codificara los hechos de sus apóstoles negros, el viaje desde África hasta el Oriente cubano, ahí está *El Monte,* que hasta que ella no se murió en Miami no se atrevieron a reeditarlo en la isla. Y después, siempre caminando como una diosa por el cielo azul de su casa, se deja caer hasta el cuarto de trabajo, donde tiene la computadora, y va y la enciende y la pantalla de la computadora parpadea y sigue aclarando los colores, hasta que aparece allí la fotografía del millón, qué cosa más grande, el gran secreto que Amanda Miranda le enseña a los amigos que pasan por el despacho de su casa en el Nuevo Vedado.

—Ahí estamos los tres, la Santísima Trinidad —dice Amanda.

Y va y se carcajea, se mata de la risa hasta casi asfixiarse y caerse de espaldas. Se agarra de la silla y sigue riéndose sin parar y con mucho estruendo, como a ella le gusta celebrar un triunfo en la baraja.

—Una irreverencia completa —me dijo Niño de Luto después de ver el montaje electrónico.

Porque tiene allí dentro fabricada por ella una fotografía en la que aparecen el Papa Juan Pablo II y el Hombre Fuerte cara a cara, mirándose de hito en hito los dos, Dios y el Diablo midiéndose las estaturas y las fuerzas en la computadora de Amanda Miranda en La Habana, a ver quién puede más de los dos, pero los dos mirándose muy respetuosa y amablemente, como si fueran amigos del colegio de los jesuitas de Belén, invitándose a ponerse de acuerdo muy serios los dos, cuando el Hombre Fuerte lo fue a visitar al Vaticano y lo invitó al Papa a venir a Cuba. Juan Pablo II atiende al Hombre Fuerte mirándolo con fijeza para que no se le escape detalle y el Hombre Fuerte, vestido con su traje azul marino de Armani, observando cada pequeño datito que el Papa pueda dejar escapar de sus gestos. Y ella aparece en medio de los dos, Amanda Miranda, la Gran Señora, la descendiente cubana del generalísimo Miranda, como si fuera una introductora de embajadores, muy diplomática y con un gesto de gran estirpe en la cara para tan enorme ocasión histórica.

—Fui yo quien los presenté a los dos, aquí está la prueba irrefutable, un trago del carajo, ¿cómo te cayó el cuento, muchachón? —dice Amanda Miranda desvergonzada cada vez que le enseña la fotografía en la computadora a uno de sus amigos, y va y se vuelve a matarse de la risa, a carcajadas, casi cayéndose de espaldas.

Y después están los más de diez perros que pasean por los corredores de la casa al aire libre, como si fueran los dueños y habitantes privilegiados del lugar; y los gatos negros, como señoritas de compañía, cada uno con un lazo rojo al cuello maullando de un lado a otro, mirando a la gente que llega con una curiosidad que parece tan humana y de verdad; como que están sacándole a cada visitante las medidas exactas, sus intenciones secretas, lo que llevan por dentro y no se ve por fuera, y los loros de colores que hablan más que ella misma a toda hora del día y se mueven y parpadean y no paran de largar los loros habladores de Amanda Miranda; no te fíes, no te creas nada, Amanda, mi amor, ten cuidado, ten cuidado, ten cuidado, grita y repite el loro al que ella bautizó *Richelieu* como si fuera un cardenal, con su voz de vicetiple el loro *Richelieu* nada más ver gente que llega a la casa, no te fíes, ten cuidado, mi amor, Amanda, ten cuidado, ten cuidado, y ella le contesta que muchas gracias, monseñor, no se preocupe que somos

amigos de toda la vida, le dice al loro, como si hablara con una persona, con todo respeto y cercanía;
y las tortuguitas sacando la cabeza de su caparazón y
moviéndose por todas las esquinas de la casa, que
cualquiera puede pisarlas si no tiene cuidado, y
entonces sí que Amanda coge monte y se pone
terrible, las tortuguitas de Amanda como almas
en pena andando despacio por las habitaciones en
penumbra, aunque para ella son más valiosas y vi-
sibles que las bailarinas del Tropicana; para mí bai-
lan incluso mejor que muchas de ésas, le dice al
que entra por la casa y se queda sorprendido de
ver a las tortuguitas evolucionando a cámara lenta, apareciendo y desapareciendo por cualquier
esquina y por los patios, los cuartos y los salones
cuyas paredes están cargadas de cuadros de valor;
y gallos y gallinas, y muchos pollos vivos, para los
trabajos, los rituales de la superstición, según le cri-
ticaba con dureza Niño de Luto; y una jicotea tiene también Amanda Miranda, y hasta culebras he
visto yo reptando por los rincones de esa casa como
por la manigua, subiéndose por los muebles como si fueran ceibas y laureles mexicanos, que incluso una vez muy imprudentemente, como si no
la conociera, vaya, Diosmediante Malaspina se atrevió a llamarle la atención en voz alta y le recrimi-
nó aquella falta de higiene y de limpieza elemen-
tal en una mujer con tanta leyenda atrás y en una
casa donde viven tantas personas, ¿cómo podía ser?
Ella se indignó, lo miró con ojos de fuego y con ganas de fulminarlo, casi lo pone nuevo, se lo estaba diciendo con los ojos encendidos, que él era un

intruso en aquella casa y que no entendía nada de nada, porque además era catolicón de sacristía, resto del imperio español, un pedazo de nada que se tenía que haber embarcado para España hace ya más de un siglo. Había que verla contestándole con esa energía tan sagrada a Niño de Luto, que no volvió más nunca a la casa de Amanda.

—Animalitos del monte todos los que yo quiera tener. Estaría bueno que en mi propia casa me viniera nadie a darme lecciones de higiene. El que quiera marcharse, que se vaya, que yo no obligo a nadie a estar aquí, pero los animalitos del monte se quedan a vivir conmigo hasta que yo me vaya para la zanja de Colón —le contestó Amanda con dureza y doble intención.

Porque ella además se ríe de los católicos y de la religión vaticana, aunque dice en público que los respeta mucho. Verdad que se pone como loca furiosa cuando le hablan de las religiones sincréticas, se le sube el mercurio muchos grados por encima del nivel, nada de eso, nada de nada se puede hablar con la gran sacerdotisa de la santería, de modo que se acabó la historia entre ella y Niño de Luto al discutir de religión. De la religión de los negros cubanos no hay quien se atreva a llevarle la contraria, las reglas de santería son una cosa muy seria para que vengan aquí los catoliquitos con esa bobería del sincretismo, así dice Amanda. Y no hay más nada que hacer ni que decir con ella, sólo faltaba que le fueran a ella con esas ínfulas de religiones verdaderas, precisamente a ella que había estado ya en tantos cielos y en tantos infiernos, toditos con sus dioses verdaderos, sus altares verdaderos, sus ritos verdaderos y sus oraciones verdaderas, y todo eso sin contar al Hombre Fuerte, que ése sí es verdadero pero de verdad y se te aparece cuando le da la gana en medio de la fiesta y sin que nadie lo haya invitado, decía Amanda Miranda muerta de risa.

Por esa misma manía de Diosmediante Malaspina, su obsesión con grandeza de la memoria, de quién era él y quiénes habían sido sus familiares, sus padres, sus tres hermanas y sus antepasados, sin que aparentara nunca haberse dado cuenta de que las cosas habían cambiado irremisiblemente, se la pasó Niño de Luto en tremendo cráneo con libros, documentos y papeles legales, como si él mismo fuera su propio abuelo Amable Malaspina, revolviendo fechas fehacientes, siempre envuelto en los recuerdos y reclamando en su mente herencias, tierras e ingenios que tal vez no existieron más que en su imaginación, recomponiendo páginas y páginas de la vida de los Malaspina en Cuba y fuera de la isla, como quien reconstruye hueso a hueso el interminable esqueleto de un dinosaurio del que nunca se tuvo certeza absoluta de su existencia. Se sabía de memoria las aventuras del marino Alejandro Malaspina, sus viajes a Filipinas, sus acometidas temperamentales, la pasión por las conspiraciones. Se agenció mapas del globo en los que señalaba los itinerarios de Alejandro Malaspina, cada una de sus expediciones, sus trabajos, sus viajes a las islas del Pacífico, las estancias en las ciudades de América del Sur, las arribadas a las radas y puertos del sur con las que cumplía a rajatabla los planes de sus ex-

pediciones. Y el recuerdo especial de Talcahua-
no, donde le llegó la carta del ministro Valdés y
la noticia de su ascenso en la marina, el paso por la
ciudad cercana de Concepción, todavía recupe-
rándose de una terrible epidemia de viruela que se
había llevado por delante a más de dos mil personas, sin perdonar sexo, edad ni calidad, parejo para
delante y sin perder el ritmo ni la música la enfermedad, como parejo era Alejandro Malaspina, según Niño de Luto, embebido siempre en los nuevos descubrimientos del padre del linaje del que
decía descender su familia cubana. Se sabía de memoria las tormentas, cada una de las miles de singladuras que Malaspina llevó a cabo en toda su vida,
los líos en los que anduvo metido y, finalmente, las
cárceles, hasta que después de diez años de estar
encerrado por Godoy y fuera del mundo, lo mandaron para Mulazzo, la tierra donde había nacido,
para que acabara sus días allí, olvidado y en silencio
y sin obtener nunca el perdón del rey Carlos IV.
Como le pasó al generalísimo Miranda, que lo cogió nada menos y más nadie que Simón Bolívar y
lo mandó a parar en Macuto para entregárselo a los
españoles, más nadie que Simón Bolívar entregó
al hereje que luego vino a morirse en San Fernando, Cádiz, en el cuartel de La Carraca. De modo
que en estirpes eran parejos Amanda Miranda y
Alejandro Malaspina, de la misma memoria de los
heterodoxos y rebeldes de la que los dos cada uno
por su lado decían venir. Nunca dejó Diosmediante Malaspina de escuchar durante muchas horas
de todos los días de su vida siempre música clási-

ca, como si fuera una disciplina de estudio, Enrico Caruso y Tito Schippa, la Callas, Di Stéfano, Alfredo Kraus, porque si a Amanda Miranda no había quien le discutiera de las reglas de santería tampoco nadie le discutía nada de música a Diosmediante Malaspina. La música era como el aire para él, intocable y sagrada. Hay que tener criterio, decía Malaspina, mucho criterio para hablar de estas cosas, porque la música es un don divino del máximo respeto, contestaba Niño de Luto si alguien se atrevía a contradecirlo en cuestiones artísticas. La música era lo primero. Después, todo lo demás.

—Voz, agilità, legato, temperamento y clase, eso es lo que Bellini necesitaba en *Norma*. Muchas lo han intentado con la Casta Diva, pero pocas lo han conseguido. Cómo no, claro, María Callas lo logró completamente, y más nadie ni antes ni después —afirmaba Diosmediante Malaspina, contundente si se trataba de defender a la prima donna de la ópera.

Después de la música, estaba la religión, la gran materia de combate que terminó por distanciarlos y hasta enemistarlos, a Niño de Luto y Amanda Miranda, que además defendía la pintura por encima de la música como el origen de todas las cosas en el mundo. Niño de Luto se sonreía superior en esas discusiones a las que asistí tantas veces hasta que se rompió todo. Sacaba de quicio a Amanda Miranda, porque ella no sabía más que nebulosas, marañitas, en realidad más nada que nada, de lo que Diosmediante Malaspina guardaba en el silencio más absoluto de su casa. De modo que no podían congeniar, sino moverse en un desencuentro continuo en cualquier conversación que se produjera entre los dos. Se la pasaba en todos estos sueños sin valor aparente en Cuba, hablando solo Niño de Luto de sus criterios musicales y discutiendo a golpes con los años y el tiempo, como un mosquetero cuyo aliento peleón no se terminaba ni con la edad de la vejez que ya se le había caído encima sin que se diera cuenta. Por eso no se cansaba de advertir que la desmemoria de verdad llega cuando las personas comenzamos a olvidar lo inolvidable de una manera voluntaria, aunque tal vez inconsciente.

—Sólo cuando nos olvidamos de lo que hay que olvidar la cosa está bien, eso es un ejercicio gimnástico muy saludable para la higiene mental y física, pero es peligroso olvidarse de todo lo demás que somos —decía Niño de Luto cuando algunos amigos le hacíamos ver el riesgo en el que estaba cayendo cada vez que recordaba cosas, hechos y personas que ya habíamos todos dado al olvido por instinto de supervivencia.

Por esa misma manía de ser distinto a todos los demás, incluso a los más cercanos de sus amigos, Diosmediante Malaspina elevó a Lázaro a ese rango superior de mayordomo, y Lázaro se dejó nombrar así hasta quedarse mayordomo para siempre, hasta el final. Le daba mucha más categoría y a los dos les encantaba irse del nivel para arriba.

Cinco

Entonces Lázaro el mayordomo siguió el consejo de Amanda, que fue la primera que se enteró del drama, y llamó desde la misma casa de Lawton a los policías esa mañana tan gris como intempestiva y desagradable. Les telefoneó alterado, la voz trémula y entrecortada. Estaba dominado por los nervios, comiéndose las palabras porque le faltaba esa parsimonia sosegada de las personas normales para hablar con sentido común con la policía y explicarle a la autoridad lo que había pasado en la casa de Niño de Luto.

Al principio, Lázaro dudó si llamar primero a Petit Pancho y decirle a toda velocidad, con la misma jerga inextricable que usaban para hablar entre ellos dos, mira lo que le ha ocurrido aquí a Niño de Luto cuando yo me fui al hospital, ¿qué hacemos, Pancho, qué hacemos? Decirlo además en su habanero personal, meter sobre la marcha y raudo la primera persona del plural, incorporar al biyaya a su complicidad y a su tembloroso estado de ánimo. Pero después, mientras se le encendía un bombillo en la cabeza y trataba de salir del laberinto repentino en el que se encontraba; cuando incluso una incipiente tentación que poco a poco le corrió por todo el cuerpo y lo empujaba a marcharse de la casa y a callarse todo lo que había visto como si no hubiera regresado esa mañana a Lawton, sino que se había quedado por La Habana Vieja resolviendo asuntos siempre pendientes; y cuando esa misma tentación ya fue un vértigo que le impelía a Lázaro a huir de la casa y a dejarlo todo como estaba, como si no hubiera vuelto del hospital, entonces le entró el arrebato contrario y, fuácata, cogió el teléfono de la casa de Lawton y discó mecánicamente como un autómata que hubiera recibido una orden por control remoto el número de Amanda Miranda.

—Muchacho, Lázaro, pero tú no seas tan loco, no esperes más —le dijo Amanda.

—Debía de estar tan blanco del susto como el papel o mucho más. Apenas podía articular palabra, no le entraba el aire en los pulmones y tartamudeaba como si el alma se le hubiera ido en uno de esos suspiros llenos de miedo, como lamentos de moribundo —me contó después Amanda.

—Llama ahora mismo a la policía, que vayan a la casa —le advirtió a Lázaro—, que te van a cargar todas las culpas si te demoras un minuto más, ¿tú no los conoces cómo son, muchacho?

Los llamó con la voz llena de temblores a la unidad de policía del reparto más cercano, al lado mismo de Cuatro Caminos. Que vinieran corriendo y con toda urgencia a la calle Armas en Lawton, entre Santa Catalina y San Mariano este, por Dolores o por Porvenir se llegaba antes, ellos lo sabían, o de Diez de Octubre directamente por Acosta también se podía llegar pronto a la casa de Diosme-

diante Malaspina. Frente por frente al Parque Buttari, un cacho de tierra pelada donde venían a aprender a jugar los peloteros, un parquecito de nada,
desconchado y árido, que no está de todos modos
en todos los planos de La Habana, ellos lo sabían
de sobra, donde los muchachos del barrio todavía
se siguen reuniendo y desde hace muchos años para
jugar pelota y convertirse en estrellas de las grandes ligas.

Ahí mismo, en ese Parque Buttari, intentó
estérilmente jugar pelota Niño de Luto cuando aún
era muy joven, en la breve temporada que quiso
ser atleta, aunque no tuviera las debidas condicio-
nes para ese negocio tan difícil. Era bastante fuerte cuando joven, y tenía cierto poder físico y un
cuerpo en apariencia atlético, pero no lo ayuda-
ban la audacia, el fanatismo y el valor de convicción que se necesitan para llegar a ser un gran pelotero, digno de jugar alguna vez en las grandes ligas
de esa época de oro, la mejor de la mejor y más nada, un gran pelotero de los de la age of gold de Cuba, que lo alejara de las tentaciones crecientes de
lo suyo que le iba ganando todo el terreno y ya se lo
comía por dentro de una manera irremisible.

Y verdad que fue una época única aquélla
de Cuba. Teníamos estrellas de verdad, Orestes Mi-
ñoso, Pedro Formental, y después Camilo Pascual
y Pedro Ramos. Teníamos boxeadores como Kid
Gavilán, Urtiminio Ramos, Benny Paret y el irrepetible José Mantequilla Nápoles, además de Luis
Manuel Rodríguez, que fue muy famoso en toda
Cuba por sus apariciones en la televisión. Tenía-

mos también en televisión a la mulata Gladys Sis-
cay, teníamos músicos como la Sonora Matancera
y estrellas que después se fueron para siempre, como
Celia Cruz, irreductible como es ella, y a Bola de
Nieve en el Monsignore, y a Beny Moré que aquí
se quedó y fue el que inventó lo del Caballo para
el Hombre Fuerte, cuando el de la barba pasaba
por delante del bárbaro del ritmo y él lo vio montado en aquel carruaje de héroe todo polvoriento
y gritó desde abajo, «¡Ése es el mío, ése es el Caballo!», un grito que oyó todo el mundo y que
significa el número Uno en la charada cubana. Teníamos el cha-cha-cha, y la Orquesta Aragón de
Cienfuegos, teníamos la flauta de Richard Egües,
cuyas descargas todavía se recuerdan y resuenan como un eco por toda la isla. Parece que todavía las
tengo aquí, en el oído, tan cerca en la música y tan
lejos en el tiempo. Y aquí, a La Habana, a Cuba,
llegaba todo el mundo un día sí y el otro también,
y se quedaban un rato largo, Josephine Baker,
Frank Sinatra, Sarah Vaughan, Nat King Cole,
Ernest Hemingway, todo el mundo iba y venía de
La Habana, todo el mundo iba y venía y aprendía
cosas en La Habana, que era una fascinación para
todo el mundo, sin que vayamos a olvidarnos que
bastantes años antes aquí cantó Enrico Caruso,
una lección histórica, se oyó en toda Cuba esa
lección del gran divo y dejó un eco de leyenda, que
parece que fue ayer y ya pasó más de medio siglo. Teníamos a Lam y a Portocarrero. Y teníamos
al gran maestro José Raúl Capablanca, y era como
él no se cansaba de decir, los demás tratan, pero yo

sé, era así mismo, y teníamos muchos y muchas cosas, pero faltaban otras y sobraban demasiados abusos y por eso vino lo que vino, a cambiarlo todo de un golpe. Teníamos el Almendares, que ése sí era un gran club de peloteros que llegaron a ser mitología de verdad, una leyenda en la que se miraban todos los pepillos que querían llegar a ser los mejores peloteros del mundo, como aquel equipo de la liga 45-46, lleno de estrellas inalcanzables, eso sí era un firmamento de élite, la crema de la crema de verdad, Alejandro Carrasquel, alias Patón, Witto Alomá, Oliverio Cruz, Santiago Ulrich, Tomás de la Cruz, Agapito Mayor, Daniel Parra, ¿se puede pedir más que ese gran equipo del Almendares? O el Santa Clara de la 38-39, casi la misma época, con Emilio de Armas como general manager, y con Tony Castaño, Santo Amaro, Lázaro Salazar, Raymond Jabao Brown, Armando Indian Torres, Manuel Cocaína García, Rafael Ruiz, Sam Bankhead, Rafael Sungo Pedroso y Antonio Pollo Rodríguez. Esos nombres sí que son inolvidables de verdad, son la historia del béisbol y los más importantes peloteros en la historia de Cuba. Cualquiera que se fije puede encontrar ese curioso paralelismo entre la historia de Cuba y la de la Yuma. Casi siempre les ganamos en todas las grandes ligas a los equipos de los Estados Unidos. Es el mismo caso, mutatis mutandis, que el de los griegos y los romanos, porque la civilización latina es una hechura de la griega, ellos, los griegos, fueron los maestros de los romanos, que fueron conquistadores conquistados por los mismos conquistados, parece

mentira pero es verdad, ¿oká?, y los yanquis nos en-
señaron a ser peloteros y luego los cubanos se las
ganamos todas, les robamos show a show y más nada, de alumnos pasamos a maestros de la pelota, y
por eso decía Diosmediante Malaspina que la historia de las relaciones entre los Estados Unidos de
América y Cuba podía leerse entre líneas a través
de la historia y las rivalidades de los peloteros y
los equipos de béisbol, se le quedó esa fijación melancólica de la juventud y la repitió toda la vida,
aunque Amanda Miranda se reía a carcajadas de
esa interpretación de Niño de Luto.

—Es el análisis de un picúo nostálgico y más
nada —decía Amanda Miranda.

En realidad, Niño de Luto nunca quiso
convertirse en un pitcher del género mayor, ni un
bateador ni un lanzador quiso ser, porque nunca
terminó de aprender a jugar del todo, como que no
estaba en su destino el deporte por mucho que él
se empeñara. Hasta que Yute Buitrón, que pasaba
por ser amigo suyo y de su hermana Amelia y era
uno de los jefes de las pandillas del barrio que iban
al Buttari todas las tardes a jugar, en pleno juego
de pelota le pegó un bofetón que le partió en dos
la ceja derecha. Le abrió una zanja en la cara, le des-
figuró el gesto y lo tumbó del golpe sobre la yerba
seca chorreando sangre, la cara toda manchada de
tierra. Le corría por toda la cara y el cuello a Niño
de Luto la sangre. El juego se interrumpió y ninguno de los otros peloteros se atrevió a decir una
palabra, todos estaban pendientes de lo que iba
a ocurrir un instante después. Se le quedó miran-

do desde arriba Yute abusador con un odio incontenible y le dijo a Diosmediante Malaspina que le iba a arrancar la cabeza si se le ocurría otra vez cogerle el culo con esa pésima intención.

—¡Parguela, ganso del carajo, maricón, fletero, comemierda! —lo insultó, lo humilló a gritos el Yute Buitrón delante del resto de los peloteros y de todo el público que los estaba viendo jugar ese día en el Buttari—, si me vuelves a tocar el culo, te mato. No te aparezcas más por el parque o te arranco la cabeza, cundango de mierda.

Yute Buitrón le estampó en la cara a Diosmediante Malaspina todo lo suyo, que hasta entonces había permanecido no del todo claro incluso tal vez para él mismo. Y verdad que ese episodio rompió las relaciones de Amelia y Diosmediante Malaspina con Yute Buitrón para siempre. Se acabaron los jueguitos secretos al fondo del jardín, los tres durante horas en el escondite, al fondo del jardín de la casa de Lawton, descubriéndose en el paraíso los cuerpos adolescentes, con Amelia en gran estrella de todas las funciones y Yute y Niño de Luto al principio como espectadores de la mise en scène y las morbidezze de la gran actriz en el escenario de su vida, y después como partenaires de esa misma función repetida una y otra vez en el secreto del paraíso, al fondo del jardín de los Malaspina. Se acabó la complicidad de esos mismos juegos placenteros que atormentarían los silencios culpables y los remordimientos de Niño de Luto para el resto de su vida. Se terminaron las confianzas ese mismo día de la pelea en el Buttari, delante de todo el mundo. Diosmediante estaba pasando uno de los peores instantes de su vida, embarullado en una vergüenza atroz, y se iba a acordar ya para siempre de aquel sucedido espantoso. Fue un brillo raro en el color de sus ojos lo que le descubrió Yute Buitrón en la mirada a Niño de Luto, y ahí se le delató por fin lo suyo. Buitrón se dio cuenta de lo que había pasado en los juegos secretos del escondite, de que ese mismo gesto de la cara de Diosme y ese brillo de sus ojos era el que había estado viendo en todas las sesiones del escondite cuando Amelia y él se arrebujaban y pegaban sus cuerpos adolescentes y llenos de vigor, hasta quemarse como yescas en el líquido caliente de Yute.

—Se volvía como loca, se transformaba en una odalisca desenfrenada, se movía como una bailarina sobrenatural —me confesó al contármelo muchos años después Niño de Luto.

Le entraba una fiebre que la hacía revolcarse gritando como una posesa mientras le duraba el éxtasis, que iba y venía una y otra vez, y a veces había que ponerle una mano entera sobre la boca para que no se escuchara fuera del escondite el prestissimo y sin embargo interminable alarido de placer de la niña Amelia Malaspina. Se revolvía sin poderlo remediar y se pasaba aquella saliva ardiente por todo su cuerpo, y después cogía tierra del suelo del jardín y se la restregaba hasta emporcarse toda mientras iba perdiendo el sentido sin dejar de extremar la voz en el grito de gusto. Respiraba todavía con dificultad, como si el aire no llegara a sus pulmones, pero pocos segundos después se tranquilizaba y perdía el sentido, como que se quedaba dormida y sin fuerzas ya para más nada.

Y en ese episodio del Buttari fue también la primera vez que Niño de Luto sintió que su complejo de culpa le mordía el alma con un ardor infernal hasta aplastarle cada una de las pulsiones de su cuerpo. Estaba acorralado y se quedó quieto en el suelo, como si no estuviera allí, como si aquel suceso no estuviera pasando en esos momentos, acurrucado, temblando, envuelto sobre sí mismo y aguantando las lágrimas en un llanto seco que le rompía todo el cuerpo por dentro, mientras esperaba que Yute Buitrón le volviera a dar de patadas, encogido Niño de Luto sin saber qué decir, ni cómo defenderse de la afrenta a la que Buitrón lo había condenado.

—Muerto de miedo me quedé —me confesó al contarme ese episodio crucial de su vida—. Hasta ese momento no sabía yo qué era el miedo. Fue una advertencia de Dios, porque ni en los peores momentos de Batista, cuando me detuvieron al sospechar que yo sabía dónde estaba escondido el Hombre Fuerte, tuve después esa sensación de pánico tan vertiginosa. Como un peso inmenso que arde en los pulmones, te asfixia, te persigue y te hace mirar para todos lados y a toda hora.

Se le clavó como un tatuaje con marca el complejo de persecución desde aquel día y por orgullo, por pavor o por lo que fuera, Diosmediante Malaspina desapareció y no volvió a intentar jugar pelota en el Parque Buttari ni una vez más, y tampoco en ningún otro lugar, sino que se retiró para siempre de aquella ilusión juvenil antes incluso de haberla empezado a gozar. Tampoco nunca volvió a invitar a Yute Buitrón a entrar en el jardín de su casa ni a participar en los juegos prohibidos junto a su hermana María Amelia, que se fue del aire sólo unos años después atacada por una fulminante tuberculosis cuando era tan sólo una lánguida mujer, ya casi madura, que sentía en su última respiración de enferma la nostalgia de los juegos con Yute Buitrón, los mismos juegos de los que Diosmediante Malaspina no hablaba nunca con nadie, salvo cuando me los contó como una confidencia leal en una época de miedo y fragilidad. Pero a nadie más que a mí me los contó, como si con esa confesión que nunca le pedí descargara de su memoria y su conciencia ese peso atroz que lo atosigaba. A todos los demás les dio silencio con ese asunto tan comprometido, como si no hubiera pasado nada entre ellos tres, o como si su remordimiento le comiera por dentro los recuerdos y lo hiciera en cierta medida responsable de la muerte de su hermana.

Durante el resto de su vida, agazapado en la azotea de la casa o escondido tras los cristales opacos de una de las ventanas exteriores, entornadas para que no lo descubrieran, con el mismo brillo raro en los ojos con el que Yute Buitrón le había descubierto lo suyo más nada que adolescentes, cogió el vicio insaciable de seguir con la mirada horas y horas a los peloteros sudando su pasión de jugadores, buscando con las pupilas dilatadas de sus ojos los músculos soberbios de los peloteros. Y se le subía la sangre al alma, como si no hubieran pasado los años, cada vez que se acordaba de que Buitrón lo había ridiculizado de muchacho. De manera que cuando ya fue un hombre entero y seguramente todo el mundo menos él se había olvidado ya de aquel episodio de juventud, durante años se apoyó Diosmediante Malaspina en el muro de la azotea de su casa para ver jugar pelota a los muchachos en Buttari los sábados y domingos por la mañana. Como una estatua de piedra miraba al frente, siguiendo las carreras y las evoluciones físicas de los cuerpos sudorosos de los peloteros como si no hiciera caso del jolgorio ni de la diversión del juego. Sin un gesto, sin moverse, quieto, con la pesada melancolía del que se sabe marcado por una cicatriz insoportable. Sólo ese mismo brillo en sus ojos y las pupilas dilatadas que confesaban lo suyo. Y después de un montón de años, cuando ya habían pasado al olvido de la gente de Lawton una pila de cosas que de verdad carecían de importancia real, cuando los de la Sierra se habían hecho para siempre con toda la isla y todavía vivían su madre y dos de sus hermanas, Niño de Luto se despertó una madrugada en un grito ahogado de sudor frío, porque había sentido en sueños y unos segundos antes de despertarse del todo cómo roncaban allí mismo un par de motores de jips militares que se detenían en la puerta de su casa de Lawton para sacarlo de la cama a empellones y llevárselo detenido.

—Es verdad que cuando soñamos que soñamos es que estamos a punto de despertarnos —me contó—. Algunas veces, el sueño es el preludio inmediato del hecho. Me levanté con una estaca clavada aquí, en el centro del estómago, una piedra que me cortaba la respiración. Los oídos eran un zumbido de alarma y el corazón se me saltaba a latidos por la boca.

Se acordó del suceso del Buttari y supo que era él, porque lo había estado esperando esa pila de años. Siempre había intuido que algún día Yute Buitrón iba a volver para llevárselo por delante hasta Villa Marista. Fue durante aquellos años horribles en los que se los llevaron a todos. Ya esa manía pasó hace mucho tiempo y ahora no ha vuelto a suceder sino a cuentagotas. Ahora incluso los miman, al menos en apariencia, pero algunos quieren recordar que tampoco entonces la cosa fue tan dramática como la pintan los gusanos y la propaganda de sus agentes reaccionarios que lo exageran todo, según dicen los oligarcas y todo el mundo asiente aquí amén, amén y así sea dentro de la isla, mientras fuera siguen gritando como locos porque no pueden hacer otra cosa. Un error de la Revolución, según los oligarcas, pero ellos saben que fue más un infierno horroroso que le costó la vida y la dignidad a mucha gente.

Y ahí estaba Yute Buitrón ahora con su uniforme oficial de coronel de la Seguridad, porque la memoria es un presente que no termina nunca de pasar, y siempre regresa, vuelve a buscarse, a encontrarse consigo misma, con un empecinamiento de loca. Y ahí estaba Buitrón en la húmeda oscuridad de la madrugada habanera de Lawton, parado con

las manos abiertas y en jarras, en la cintura, las piernas también abiertas y enfundadas en botas negras, su cuerpo atlético de espaldas a la fachada de
la casa de Niño de Luto, despreciándolo todo y mirando la silueta del Parque Buttari envuelta todavía en las sombras de la noche llena de silencios
de amanecida. Allí estaba Yute Buitrón de nuevo,
porque a la vuelta del tiempo no lo había perdido
de vista del todo, siempre lo tuvo en la mirilla, venía a cobrárselas y regresaba a buscarlo investido
de una autoridad que causaba espanto en Niño de
Luto. Regresaba a llevárselo hasta el infierno para
meterlo en cintura en la UMAP. Diosmediante Malaspina me dijo que lo había estado observando
durante unos minutos que fueron años, agachado detrás de los cristales de una de las ventanas,
como cuando veía desde allí jugar pelota a los demás, con el mismo miedo de su perdida juventud
acelerándole el vértigo del corazón que le impedía respirar con normalidad y le clavaba una punzada atroz en el pecho. Y entonces Yute Buitrón
se volvió y fijó su mirada de odio en la casa de Niño de Luto, como si lo hubiera adivinado escondido y temblando de terror detrás de los cristales.
Eso me dijo Diosmediante, que le había parecido
ver en la cara de Yute Buitrón la sonrisa salvaje de
una hiena muerta de hambre que encuentra a su
presa en plena noche y estuviera saciando de antemano su voraz apetito. Vio en la oscuridad de la
noche los ojos inyectados en sangre negra de Yute
Buitrón y su sombra moviéndose delante de su
casa. Y después, inmediatamente, uno de sus hom-

bres de uniforme que acababa de hablar por radio se acercó corriendo al coronel Yute Buitrón a decirle algo al oído, a transmitirle tal vez una orden. Y luego vio cómo llegó el estampido de rabia incontenible del coronel Buitrón, un alarido de impotencia porque Niño de Luto se le había vuelto a escapar delante mismo cuando por fin estaba a punto de caer en sus garras. Aunque lo sospechara y le pasara de sopetón por la cabeza llena de laberintos en esos instantes, Diosmediante Malaspina no podía imaginarse qué estaba ocurriendo de repente, pero Yute Buitrón le daba de patadas al jip por todas partes y maldecía a gritos y sin parar, no podía dejar de moverse, como si tuviera el mal de San Vito o lo estuviera montando un santo que le inyectaba a su cuerpo el movimiento descontrolado de una epilepsia repentina.

—¡Maricón, maricón, este maricón de mierda! —repetía Yute, y se agarraba de los pelos y tiraba la cachucha del uniforme al suelo de la calle mientras pegaba patadas al jip y puñetazos al aire de la noche húmeda de Lawton.

—Repetía todo el tiempo eso mismo, maricón, maricón, este maricón de mierda, para que todo el mundo se despertara y se enterara de todo —me dijo Malaspina.

Seguro que alguien muy importante, muchísimo más alto en el mando esa misma madrugada que el coronel Buitrón, que al fin y al cabo no era más que un simple coronel de la Seguridad del Estado, había dado una orden tan clara como inmediata y taxativa. Que a Diosmediante Malaspina lo dejaran en paz. Como si de él no existiera ni un pelo. Que nadie fuera a molestarlo ni lo tocara nadie. Que la cosa no iba de ninguna manera con él. Lo suyo quedaba exento de la ley general. De modo que Yute Buitrón tenía que tragarse aquella inquina de machetero salvaje que le había nacido muchísimos años atrás en el Parque Buttari, cuando era un aprendiz de pelotero, o tal vez en las inconfesables sesiones del escondite con Amelia, y Niño de Luto mirándolos a los dos y acariciando el cuerpo de Yute Buitrón, que se dejaba hacer, y no tuvo esa madrugada más que volver sobre sus propios pasos y sobre su misma venganza para regresarse por donde había venido a buscar a su presa sin conseguir echársela.

—Este hombre es una sorpresa detrás de otra —me dijo Amanda Miranda cuando se enteró del episodio pocos días después—. Con el bateo que tiene el beisbolista, le lanza la pelota para que le dé en toda la cara y Niño de Luto lo finta, lo esquiva y se le escapa. Verdad que no salgo de mi asombro, ¡vaya guante tiene este hombre!

—Esa madrugada —me confesó Diosmediante después que pasó del todo el peligro— volví a nacer, porque si caigo en manos de Buitrón seguramente no hubiera podido resistir las humillaciones ni las palizas.

Esa madrugada, me dijo, volvió también el miedo a buscarlo y durante una larga temporada se le invirtieron las costumbres más elementales. Todo el día arrastraba una modorra enfermiza llena de fiebres terribles, escalofríos y ganas de no hacer nada, sino de echarse quieto bajo una mata de mango y transformarse en un vegetal. Como si no existiera ya más ni se hubiera llamado nunca Dios-mediante Malaspina, escondido allá lejos de todo, en el fondo del jardín que se había fabricado desde niño en la parte trasera de la casa. De modo que ni deseos sentía en esa situación de sentarse con los ojos cerrados a soñar y escuchar a la gloriosa Giudita Pasta interpretando *La Sonámbula* de Vincenzo Bellini.

—Y eso que para mí era la paz misma la voz de la Pasta —me dijo Malaspina.

En cuanto cerraba los ojos se producía en él un fenómeno pavorosamente extraño. Sentía que se había quedado dormido durante horas, pero en realidad sólo había transcurrido poco más o menos el soplo de un minuto. Ésa era la sensación física exacta. De repente le parecía que dejaba de escuchar las últimas notas de los *Ecossaises* de la música de Schubert en el piano de Alfred Brendel y se despertaba un minuto más tarde con un vértigo horroroso pegado al temblor frenético del cuerpo. Sin equilibrio, se caía del sillón donde se había quedado dormido escuchando la música del piano, como si se estuviera resbalando interminablemente por un precipicio. Llegó a sentir tal pánico que perdió la costumbre de dormir. Huía del sueño pero todo el tiempo estaba amodorrado, de manera que cuando estaba despierto de verdad en realidad estaba dormido, y cuando se dormía un solo instante era precisamente cuando sentía que estaba más despierto.

—Ese pavor lo viví durante una larga temporada —me dijo Diosmediante Malaspina—, pero luego desapareció el vértigo y volví a recuperar la confianza en mí mismo.

No sólo había entre sus recuerdos los episodios penosos que le tatuaban su vida con los visajes pavorosos del miedo, sino otros sucedidos que venían a refrescar las historias de juventud siempre inolvidables. Así que me recuerdo también de su historia secreta de los años de la Universidad de La Habana. De lo suyo y de esa temporada de esplendor le viene todo, cuando estudiaba Derecho en tiempos de Grau y todo el mundo sabía ya lo suyo entre sus compañeros de clase. Era un grandísimo estudiante que no fallaba una Niño de Luto, un tipo cargado de generosidad y disciplina, y hasta de valentía a pesar de lo suyo. Un tipo que buscaba además que sus amigos lo quisieran mucho, lo necesitaba de verdad para sentirse seguro; y que podía si llegaba el caso correr riesgos mucho más terribles de los que podemos imaginar, jugársela más incluso que los revolucionarios clandestinos que ya estaban en la universidad y en su propia clase. Me recuerdo que cuando me estaba contando esa historia tan secreta de su juventud en la universidad y me estaba hablando de otro de sus grandes secretos, cómo llegó a atreverse, a pesar de que lo detuvieron una noche para interrogarlo en una estación de policía, a salvarle por dos veces la vida al Hombre Fuerte, le oí por primera vez su expresión predilecta. Dos palabras repetidas, dos palabras nada más que lo perdían y me llenaron desde entonces de terror pánico cada vez que Niño de Luto me lo confesaba al oído haciéndome a mí solo cómplice de sus enamoramientos pasionales.

—Una belleza, una belleza —me dijo—, era de verdad una belleza en aquella época.

Seis

Según el entourage sacré, Diosmediante Malaspina había sido desde siempre un abogado de la Iglesia Católica. Incluso cierto meollito sostiene que se había visto involucrado en algunas historietas tal vez turbias, de dudosa y hasta mala nota, mal vistas por los de arriba, pero nadie nunca pudo probarle nada de esos rumores malintencionados que tampoco nunca pudieron imputarlo ante la justicia y los tribunales revolucionarios. Sólo la policía y la justicia de la dictadura de Batista lo tuvieron un tiempo en la mirilla, lo siguieron y le metieron fuerza a una averiguadera contra él que no sacó nada en claro, de modo que fue ésa la única ocasión en la que Diosmediante Malaspina cayó bajo sospecha por la razón que fuera, que tampoco eso fue del dominio público, y ni siquiera de todos los amigos. Lo demás era lo suyo, y que era catolicón de verdad.

Y verdad que una de sus tareas más discretas consistía en cuidarse ante las autoridades de los problemas legales de algunos familiares que se quedaban aquí, de los católicos que se iban yendo para los Estados Unidos o para España, y asuntos así que tal vez podían resultar irritantes para el cogollito. Pero eso fue durante una temporada y más nada. Cosas de bienes, herencias, traspasos de casas, entra y saca de aquí y de allá, reivindicando la legalidad de determinados documentos o señalando tal o cual hipótesis, porque toda la historia de Cuba está llena de miedos y matazones, y de silencios y olvidos premeditados. Diosmediante Malaspina se ocupaba de los asuntos de esas gentes, sobre todo de La Habana, Matanzas y Camagüey, cuando lo requerían las viejas amistades de su familia, todas muy de la Iglesia Católica. Verdad que aquí, en Cuba, hay muchas sangres más o menos así, de aluvión y entrecruzadas, de las que nadie quiere acordarse, como si no hubieran sido nunca como realmente fueron. Todo el mundo sabe que es una mala costumbre del cubano olvidarse de sus propias cosas o hacerse el olvidadizo de los compromisos adquiridos, una indolencia para recordar las cosas de verdad de verdad que enfurece incluso a los historiadores. El mismo Diosmediante Malaspina es el final de una de esas estirpes nómadas de la aventura americana de España casi nunca deseadas que recalaron en la isla, se instalaron aquí porque creyeron que ésta era su tierra prometida y terminaron por hacerse ricos a fuerza de látigo con los naturales y los negros esclavos. De esa infamia no se escapa ni el padre del Hombre Fuerte, aunque no hay quien se atreva a hablar nada, ni cómo hizo la fortuna cuando vino por segunda vez de España, cuando se acabó la colonia, que hay quienes todavía se pasan en palabras de visajes el secreto de que traía gallegos de contrabando desde allá, y les cobraba por el viaje una pequeña cantidad siempre abusadora, pero ni siquiera se atreve nadie a recordarlo en silencio ni con uno mismo. El cubano es muy supersticioso y cree que si piensa algo que al Hombre Fuerte no le gusta nada, él va a enterarse de todas maneras porque nadie puede ocultarle nada y van a venir a buscar al descarado en unos minuticos para llevárselo a preguntarle qué tú estabas pensando, gusano, qué tú te atreves a pensar nada del Hombre Fuerte, ven para acá que te vamos a enseñar de aquí en adelante cómo funciona la maquinita de verdad de verdad. Eso pasa. Por eso hay mucha amnesia del pasado, mucho silencio, demasiado vapor, muchísima bola de humo, y en cuanto uno comienza a hablar de ayer los oligarcas consultivos son los primeros que dicen que todo lo que no está registrado en los libros son inventos de gusanos, de negros y gentes vulgares que siguen sus creencias y supersticiones. De modo que a nadie le gusta sacar la lengua para hablar de asuntos de la memoria y para poner las cosas que sucedieron en Cuba antes del 59 un poquito en su sitio. Todo eso quedó para los historiadores académicos y oficiales de la isla, que son los que establecen los cánones, las fronteras y las alcabalas entre la historia y la fábula. Pero de pronto, el día menos pensado alguien se alza por ahí, pega a dar gritos para que lo oiga todo el mundo, se pone a dar tumbos y golpetazos en medio de sus propios recuerdos y olvidos, principia a revolver papeles en los juzgados y se vuelve incansable en su manía. Como si lo montara un santo en pleno trance, y por eso dicen que son cosas de negro, de brujería, aunque eso exactamente fue lo que hizo Amable

Malaspina en su momento, sacar los papeles olvidados y revolver con una polvareda de reclamaciones lo que uno cree que le corresponde. Entonces, el día menos pensado cualquiera sale del anonimato y del olvido, se pone de ampanga y dice aquí estoy yo otra vez que no me había ido nunca de aquí, se pone a dar gritos reclamando su herencia y todo el mundo se asusta, se queda perplejo y para la oreja a ver para dónde va el ciclón de ese tipo al que se le cruzó un cable no se sabe dónde y quién es el guapo que le dice bueno, bueno, que lo bueno ya está bueno, aquí, ya, ya, menos lucha, no hagas locuras, estate quieto de una vez. Lo que quiere todo el mundo es rescatar su pasado, eso que irrita tanto a los oligarcas llenos de herrumbre que no quieren más que mirar palante, palante y palante. Como si ésa fuera la única solución de Cuba, correr para adelante hasta deslomarse en el abismo del futuro que nunca llega ni nos alcanza para nada.

Así son casi todos los oligarcas, menos Eusebio Leal Spengler, un peje gordo que tiene bula divina y entra hasta la cocina del Hombre Fuerte a consultarle sus problemas. Permiso, Comandante, y el Hombre Fuerte le deja hacer y le ha dejado rescatar de la ruina un barrio entero que se estaba cayendo desde hace medio siglo. Porque La Habana Vieja venía cayéndose de a pocos desde hace más de medio siglo sin que nadie le diera la menor bola, viene hoy un vientecito de nada y tumba tres casas de la calle Reina, cae un aguacero que tiñe de color tierra el Almendares y se enchumba y ahoga la casa de Joaquín Gómez, cómo no se van a caer enteras las casas de la calle Cuba. Incluso llegaron a meter en ese barrio a toda la provincia de Oriente que iba viniéndose para La Habana, les quitaron las argollas de los tobillos y de la nariz y los bajaron de la manigua y de la esclavitud oriental para que acabaran los negros de tronarse el barrio y se comieran hasta los cimientos de las casas históricas si les apetecía, que para eso tenían hambre y sed de siglos.

—Una voluntad de destrucción —sentenció Diosmediante Malaspina—, no otra cosa puede estar acabando con La Habana.

Y de repente, como un loco despavorido más, de esos que todavía encuentras por las calles de La Víbora y del Cerro de un lado para otro hablando solos, recitando versos que se van inventando unos a otros como si fueran argumentos para continuar caminando solos por esos barrios caídos de la mano de Dios y con la mirada siempre perdida en el horizonte del mar; de repente, vino Eusebio Leal y empezó a dar gritos ministerio a ministerio en todas las oficinas y en todos los archivos, sin dejar de preguntar a gritos, ¿pero qué locura van ustedes a hacer con La Habana Vieja? Y siguió dando la lata como si fuera de verdad Orlando furioso, como si fuera Otelo después de la muerte de Desdémona, rasgándose las vestiduras y advirtiendo aquí y allí del desastre, poseído por esa parte de la historia de Cuba que es La Habana Vieja. Y no se quedó quieto hasta que el Hombre Fuerte se viró para él y alcanzó a escucharlo dando gritos y él mismo allá arriba se alteró, lo mandó llamar

y le preguntó que por qué tanta lucha y tanta bre-
ga, por qué tanto fajarse con todo el mundo, a ver,
cuéntame de una vez y cállate después. Y el histo-
riador se atrevió y le dijo todo con todo respeto,
que se trataba de la historia y con eso no se juega
ni se le puede liquidar pasándole por encima cientos de máquinas de demolición para hacer allí mismo un barrio residencial, de lujo, hoteles para turistas y todo eso. Se trataba de la historia y ningún
equipito de urbanistas ni arquitectos italianos iba
a demoler esa parte de la historia de La Habana,
¿oká?, por muy carcomida que esté La Habana Vieja. Y entonces contó lo que él era capaz de hacer
con La Habana Vieja si se le daba el permiso para
levantarla de las ruinas. Y el Hombre Fuerte, porque así mismo fue digan lo que digan los oligarcas,
porque antes de que Leal saliera gritando por todos
lados estaba dispuesto el Hombre Fuerte a seguir
los consejos de los italianos y llevarse por delante La Habana Vieja, venga, le dijo mirándolo de
frente, cógela para ti, allá tú, pero esto a la Revolución que no le cueste nada, saca el dinero de
donde tú sepas, pero yo no te voy a dar un peso. Y
Leal se puso a dar vueltas por el mundo para le-
vantarle el dinero a los ricos. A los canadienses, a
los franceses, a los españoles, que tienen una pen-
dencia tan melancólica con Cuba que parece una
enfermedad, como si todavía fuéramos de ellos, y
a los ingleses y a todo el que se le ponía por delante, a hipnotizarlos con su verborrea eficaz y
brillante. Porque él habla con la convicción de un
cura jesuita en misiones, como dice con sorna mon-

señor Cañadas, imbuido del espíritu de san Ignacio de Loyola, un jesuita que termina ganando todas las luchas, una a una, ésa es la verdad. Y que si la
Unesco, y que si España, que si Francia, que si Canadá, que si un parquecito para Lady Di y que si
otro para la madre Teresa de Calcuta, que si toda
la vida vivió en Calcuta por qué no iba a pasarse como se pasó una temporada en el infierno del Fanguito, dos parques para ellas que los inauguró cuando vino el Papa a La Habana ante el estupor de
medio mundo. Que si Inglaterra, que si Italia, que
lo que fuera y fuese, y ahí está La Habana Vieja levantando vuelo y paseada de banda a banda por
las autoridades que visitan Cuba y por todo el turismo internacional, ¿oká, o no?

—La está inventando de nuevo —contó
Diosmediante Malaspina una tarde de reunión
en la casa de Bebe Benavente—, porque sabe que
aquí para rescatar la historia hay que inventárse-
la de nuevo.

Debajo del espeso silencio que se produjo
detrás mismo de las últimas palabras de Niño de
Luto se oyó de nuevo alzarse desde dentro del modernísimo equipo de música de Bebe Benavente la
voz de la gran diva. Porque ese día fuimos un grupo
de amigos a la casa de Bebe en el Vedado a escuchar viejas grabaciones de María Callas que las téc-
nicas modernas habían actualizado con una fidelidad exquisita, manteniendo la excelencia de la voz
de la prima donna con una calidad tan excepcional que parecía que la Callas estuviera allí con nosotros, en un escenario que no nos costaba mucho

imaginarnos gracias al milagro de su voz, y cantando en el salón de la casa de Bebe Benavente a dos cuadras más nada del Malecón. Eso nos pasa siempre a los cubanos, que somos un manicomio de verdad. Y en esa ocasión también perdimos tanto el tino en el fragor de aquella discusión sobre las historias, las herencias, Eusebio Leal, La Habana Vieja y el Hombre Fuerte, que nos habíamos olvidado de lo principal de la tarde, lo que nos había llevado a la casa de Bebe ese día, que la Callas estaba en ese instante mismo cantando *Nabucco* de Verdi en una grabación original del 52, y en el momento de hacerse de nuevo aquel espeso silencio gracias a las palabras de Malaspina, Abigail estaba en la segunda parte de la escena primera de la obra, *«Ben io t'invenni o fatal scritto... Anch'io dischiuso un giorno...»,* y fue como si el silencio hubiera estado siempre mandando sobre nosotros. La discusión desapareció por arte de magia hasta que la Callas acabó y se escucharon los gritos de bravo y los aplausos desde dentro de la grabación, como si fuera en directo, aplausos y vivas a los que nosotros nos sumamos enardecidos, transportados por la voz de la Callas. El primero de todos monseñor Cañadas, que había estado como ausente durante todo el diálogo entre Bebe y Diosmediante Malaspina sobre Leal y la reconstrucción de La Habana Vieja, sin participar en la discusión, no porque fuera amigo de ambos, sino porque estaba completamente embebido en la voz de la Callas y no daba importancia a aquellas conversaciones sobre historia a las que somos tan dados los cubanos a pesar de nuestros muchos olvidos.

Todas esas cosas que divulgaba el entourage sacré sobre Diosmediante Malaspina hacían mella en él, que si seguía siendo un abogado secreto para las cosas de la Iglesia, un catolicón reaccionario, un marica enfermo, además de sospechoso de guardar en cualquier lugar de su casa obras de arte que quién sabe de quién eran y quién y quiénes las habían dejado allí. Esos rumores le llegaban y lo resentían durante una temporada, lo retiraban de la circulación y desaparecía una y otra vez escondido en el fondo del jardín de su casa de Lawton, cultivando las orquídeas de su invención y las rosas amarillas que mimaba en todos esos largos ratos de soledad, mientras las viejas placas de Caruso sonaban ininterrumpidamente en el polvoriento gramófono, Diosmediante Malaspina otra vez en la fiebre del resentimiento contra sí mismo, sin querer ver a nadie, ni siquiera a sus amigos. Aún vivía su hermana Amelia cuando le empezaron las fiebres del mercurio altísimo y era ella quien atendía las llamadas telefónicas de algunos amigos que nos atrevíamos a perturbar esas soledades enfermizas de Diosmediante Malaspina con la excusa de la amistad. María Amelia lo sabía y nos respondía sin darnos más explicaciones, para que entendiéramos lo que estaba pasando por la cabeza de Niño de Luto en esos momentos de crisis.

—Diosme sigue enfermo, él te llama cuando se cure —contestaba Amelia.

Verdad que entonces resultaba una leyenda mentirosa cómo se cuentan por ahí las cosas de la vida de Diosmediante Malaspina. Era abogado, pero no de la Iglesia Católica, ¿dónde iban a dejarlo ejercer? Además desde el dólar le entraba dinero de fuera, de su familia, la misma que lo maltrataba llamándolo traidor, aunque siempre muy discreto y para dentro, sin especulación ninguna, él nunca tuvo ínfulas de divo de vía pública, porque era enemigo de esa actitud vanidosa delante de la gente que no tiene nada, que es casi todo el mundo aquí en La Habana, a pesar de que las cosas han mejorado bastante. Lo perdía lo suyo, ésa es la única verdad de su vida, eso es lo que realmente lo hundía en la tristeza y en el silencio, pero todos los intentos que hizo por liberarse de esa actitud que tantas veces lo había arruinado fueron inútiles. Y lo que él decía, que tenía toda la razón lo que decía en estas ocasiones, cuando alguien cercano y cómplice le reprochaba algunos de sus sucedidos, que corrían de boca en boca del cogollito cultural de La Habana, toda La Habana hablando de lo suyo por todos los salones y en todas las reuniones. Pero él lo repetía siempre, se quedaba mirando al que se había atrevido, primero con un gesto tembloroso y aparentemente lleno de dureza, los ojos fijos, inyectados tal vez de violencia contenida, un poco acuosos, los músculos en tensión. Pero después aflojaba, iniciaba una sonrisa que no terminaba de cuajar en su rostro, que ya era otro, y entonces lo decía.

—A los amigos hay que admitirlos como son, con todas sus manías psicofrenéticas. No nos olvidemos nunca de eso, para lo bueno y para lo malo.

Eso decía Diosmediante Malaspina. A veces le iba bien y otras no tanto, eso lo sabíamos más o menos los pocos amigos que le quedaban a Diosmediante, los que teníamos con él la vieja confianza de los amigos, con todas nuestras diferencias. Porque hubo muchos que lo fueron olvidando, dando de lado hasta olvidarlo del todo allá arriba en su casa de Lawton. Verdad que también Diosmediante siempre fue un poco errático, con caprichosos y repentinos desplantes de tristeza y unos arranques de furia que le volaban el tino de la cabeza durante un largo tiempo. Entonces se recluía en su casa para repararse, se renovaba escondiéndose, como si durmiera por espacio de una semana y volviera a la vida de nuevo, como si nada hubiera ocurrido, eso decía Malaspina. Así se escapaba de La Habana sin salir de la ciudad, y se dedicaba a escuchar música culta y bel canto, y a mimar con cuidados exquisitos sus orquídeas, las rosas amarillas y las plantas de su jardín, mientras la voz de Tito Schippa llegaba a todo volumen desde el salón a la parte posterior de su casa de Lawton. En esas temporadas de fracaso abominaba de todo el mundo, no quería ver a nadie, se volvía melancólico, monosilábico, y como lo sabía y se reconocía esa mutación de carácter que lo trastornaba más de la cuenta, se ocultaba ostensiblemente de todos nosotros con una lejanía que los amigos le fuimos conociendo poco a poco y con los años. Tremendo surmenage el de Niño de Luto cada vez que un bellaquito se la jugaba y lo dejaba tirado. Como decía Lázaro el mayordomo, el *sulmenán* de

Malaspina, vaya berrinche de loco, no hay quien le hable ni una palabra hasta que se enfríe de nuevo. Durante esas semanas y hasta meses de reclusión, el mundo exterior dejaba de existir para Diosmediante Malaspina, no recibía a nadie en Lawton y tampoco se acercaba a la casa de nadie. Como si se hubiera muerto. A todo el que llamara a Lawton, le contestaba Amelia por teléfono.

—Diosme está enfermo todavía, tiene las fiebres, él te llama cuando mejore —contestaba María Amelia.

Ésa era la contraseña para que supiéramos que todo seguía igual de turbulento en su alma y en su cuerpo. Me recuerdo de algunas excepciones que hubo, con su enigma y todo, según me confesó Lázaro el mayordomo, una vez que me atreví a acercarme sin avisar por teléfono a la casa de Lawton en plena crisis de soledad de Niño de Luto. Amelia me dijo que ya estaba mejor, que podía pasar un rato hasta el jardín, hablar con Diosme y animarlo a que saliera de su estado de postración.

—Ya se le quitó la fiebre —me dijo cómplice Amelia.

—Que sepas que no eres el único privilegiado a quien concede el permiso para venir a verlo y lo recibe, cuando está en pleno *sulmenán* —me dijo irónico Lázaro, confianzudo y pasándose de la raya, sin que hubiera todavía entrado a la casa—. Está ahí atrás, en el jardín, en eso que él llama el escondite, poniéndole piano de Schubert a las orquídeas y las rosas, fíjate tú, habla de música con ellas, como si fueran personas.

—¿Verdad?, ¿quién más? —le pregunté, inquiriéndole con un gesto de complicidad.

—Ah, no, mi chino, eso sí que no, hasta ahí no voy a llegar, tú me pides mucho por nada —contestó Lázaro—. Ya tú sabes de sobra que aquí se dice el muerto pero no el difunto. Bueno, te voy a dar alguna musiquita para que tú le pongas la letra. De lo más amigo de Diosme, y de lo más arriba. A lo mejor de los que tú llamas oligarcas o un extranjero, vaya, no han parado de hablar de artes y de cuadros, ya tú sabes, ¿oká?

Señaló con el dedo pulgar de su mano derecha hacia arriba, una y otra vez, al cielo azul de la tarde de La Habana en Lawton. No me dijo el nombre exacto de quien había estado conversando con Malaspina en el fondo del jardín esa misma mañana, sentados los dos en dos bancos de piedra del invernadero, en el lugar al que Diosmediante daba el nombre del escondite, un rincón en apariencia bastante sombrío al que sólo tenían acceso sus más íntimos, un rincón secreto con la semejanza de una cueva sobre la que caía una espléndida hiedra de hoja grande y perenne, de color verde rojizo, que hacía de puerta natural del escondite y lo apartaba incluso de la vista de los otros amigos que intentaban curiosear y entraban en el frondoso jardín lleno de selva que Diosme había ido levantando allí como un paraíso personal a lo largo de los años. Ni Niño de Luto ni Lázaro me dijeron el nombre de quien había estado allí esa mañana y a mí todavía me asalta una suerte de vértigo, como si se abriera delante de mí y de repente un abismo inmenso y tuviera inmediatamente que rechazar aquel perverso instinto de mi imaginación. De modo que hasta hace poco lo dejé en enigma, sin resolver, sin meter cabeza en el asunto, ya se sabe que en Cuba lo mejor es volverse estatua de piedra y no mirar para atrás cuando se le prende candela a la manigua. ¿Fue monseñor Cañadas, fue Eusebio Leal, fue Yute Buitrón, fue incluso el Hombre Fuerte? Y si fueron allí ese día, ¿qué fueron buscando de Niño de Luto? Más tarde supe que no había sido ninguno de ellos, pero tampoco ninguno de sus locos amoríos, ningún bellaquito había ido a interrumpir los sueños pavorosos de Malaspina. Y verdad que a él le gustaba refugiarse en el escondite. Agarró esa querencia desde pepillo cuando los juegos secretos con su hermana Amelia y Yute Buitrón, como el mismo Diosme me recordaba a veces melancólico, siempre tras cuatro copas de oporto, porque era uno de esos raros cargos de conciencia que llevó colgado de su asmática respiración a lo largo de toda la vida.

—Ah, amigo, los juegos de Amelia en el país de las maravillas —decía de repente con una sonrisa de melancolía diluyéndose ya de su rostro, como si un bicho le hubiera picado de repente en la memoria.

Ese mismo día lo encontré en el escondite y me recibió de buen humor, mientras limpiaba con sumo cuidado una colección de diminutas estatuillas de barro antropomorfas, muy finas. Como diez o doce me recuerdo que las iba poniendo encima de un tercer banco, medio envueltas en una especie de papel celofán.

—Tanagras, mi amigo, tanagras —me dijo cuando le interrogué con el gesto—, tienen por dentro y por fuera más de veinticinco siglos de vida. Son el alma de la civilización griega y valen una fortuna. Son eternidades, no les importa el frío ni el calor, ninguna historia les hace mella y la geografía mucho menos.

Si le preguntaran a las jerarquías de la Iglesia Católica por las tareas de Diosmediante Malaspina en asuntos legales, dirían más o menos lo que todos sabemos, de modo que los oligarcas quedarían como unos embusteros, porque ellos fabulan más desde el cielo de La Habana que los mentirosos de profesión del resto del mundo. Desde que se levantan por la mañana hasta que se acuestan andan dándole vueltas y jugando con la verdad para quitarla del aire y dejarla ciega, es un ejercicio que de tanta gimnasia se saben de memoria y lo hacen ya por instinto, para eso fueron educados en las leyes y costumbres revolucionarias. De manera que hay que hacer que nos creemos lo que ellos dicen, toda esa organización compacta y constante de la mentira, aunque ellos mismos saben que no nos creemos nada, porque tampoco ellos mismos terminan por creerse tantos embustes. Niño de Luto lo que fue de verdad es católico. Y más que católico fue catolicón de sacristía, y a ratos hasta un santurrón compulsivo, metido entre curas y rituales de altares, lleno de convulsiones y arrepentimientos constantes por lo suyo. Era un catolicón contumaz, de esos que parecen que pecan para luego arrepentirse de los pecados cometidos. Y después se vuelven santurrones sumisos y llorones unos meses, con golpes de pecho a casi todas horas, como si estuvieran viendo la llamarada del infierno a cada rato y fueran a caerse dentro, pero más tarde regresan al pecado y vuelven a empezar. Ésa fue un poco en síntesis la vida religiosa de Niño de Luto, y nadie pudo influirle ni para más acá ni para más allá, de modo que fue practicante de sus preceptos religiosos como le vino en gana. A ratos fervoroso y durante otras temporadas un tibio ausente de las ceremonias sacramentales que la Revolución intentó clausurar durante decenios sin acabar de conseguirlo. Verdad que algunos jerarcas de la Iglesia usaban de él como abogado de amigos y familiares que se iban yendo de Cuba y dejaban atrás todas sus pertenencias, bienes y valores, pero eso no da ni mucho menos la razón a los oligarcas que lo acusaban con el dedo de que era un depositario de esos bienes, un guardián en La Habana de las cosas de valor de la gusanera.

Lo que siempre lo enredó en un laberinto lleno de lucha entre la religión y la vida fueron sus amores continuados, las tentaciones fangosas en las que nunca quería volver a caer y a las que siempre volvía. Porque no bien había salido de una aventura desgarrado y hecho jirones como un cantante de boleros arrastrado por los suelos, caía en la siguiente, a veces sin una mínima distancia en el tiempo, un par de meses como mucho el uno del otro a veces, y más nada. En cuanto se aparecían de nuevo en su conducta los primeros síntomas, me ponía a temblar porque conocía muy bien a Niño de Luto y la necesidad que sentía de hacernos primero a mí, luego a mi mujer, y por fin a los dos juntos, cómplices de su nueva felicidad, de su nueva experiencia, cada vez que llegaba a su alma un bellaquito.

—¡Una belleza, es una belleza! —decía siempre Diosmediante Malaspina al principio de sus aventuras sentimentales.

—¡Un bellaco, es un bellaco! —reclamaba el mismo Niño de Luto en su desesperación, al final de cada recorrido amoroso.

Ahí estaba siempre al descubierto, a la intemperie. Ése era de verdad su flanco más vulnerable, porque su vida estuvo siempre llena de amoríos pasionales que comenzaban siendo bellezas únicas en el mundo y terminaban todos por ser bellaquitos miserables y satánicos.

Siete

Verdad que la visita del Papa provocó una descarga religiosa que nunca en cuarenta años había tenido lugar en Cuba ni con todos los metales del mundo y sus percusiones echando música para el aire de la isla. Subió el mercurio popular y religioso, fue de escándalo, porque antes del Papa nos llegó esa fiebre una vez sola a los cubanos, cuando el Hombre Fuerte entró en La Habana el primer día de la segunda semana de enero del 59, todavía con la cruz y Cachita colgadas al cuello, para que toda Cuba viera bien que ahí venía un cristiano viejo, de marca registrada y doble ancho, tradición española y cubana, montado en el jip de la libertad, flotando por encima de los otros barbudos risueños y eufóricos, rodeados de tanques por todos lados, la cosa más grande del mundo el estallido frenético en La Habana ese día. Y tal vez cuando lo de Playa Girón, donde se hizo famosa heroína popular y se ganó todas las medallas al valor la capitán Balboa, la madre de Leisi Balboa, el pianista de La Creazione, de quien inútilmente en su vejez Diosme Malaspina vino a encapricharse con una pasión de viejo verde que mataba de vergüenza. Y fue tan fuerte el golpe que le dio a Niño de Luto que desde el principio se comprometió con Angelo Ferri a gestionar el visado de Leisi ante el cónsul de España para que pudiera viajar a Teruel a conocer a la familia de quien él mismo había elegido como padre, un español anarquista que llegó a La Habana en los primeros 60. Aquél era de verdad el tiempo de las euforias, venía mucha gente y se quedaba en esta loquera, y ese español fue uno de los que se puso bajo el mando revolucionario para defender Playa Girón. Nadie le mandó a Malaspina a meterse en esos jardines samaritanos cuando ya no tenía fuerzas ni vida suficientes, pero Niño de Luto se enamoraba y perdía pie, y entonces andaba nadando en pantanos; él, que le gustaba llegar siempre hasta donde el cepillo no toca, caminaba sin tino, como si supiera de antemano que ese amor tenía para él la vista del que tumba cocos y hasta mata jicoteas en el agua, como si supiera que se lo iba a llevar a la fiebre y a la desesperación, hasta que tiempo después se despertaba de ese turbión soñador y regresaba al tino.

Verdad que los yanquis en Playa Girón se creyeron que aquí era nada más llegar y todo estaba matado; que somos buche y pluma y más nada, o que los cubanos no éramos más que gente turbulenta y habladora, por eso se nos iba la fuerza por la boca, nos amedrentábamos en cuanto aparecía delante de La Habana la US Navy y nos podían entrar con fierro hasta la cocina, ¿oká? Y no fue así para nada, sino todo lo contrario. El fierro es una forma de vivir del cubano, eso lo saben los yanquis pero no acaban de aprenderlo o lo disimulan mucho. Denle un fierro a un cubano y quítense de ahí que va un guerrero palante y hasta el fin del mundo, no hay zafra que se resista y si hay que tirarse por ahí para abajo y hasta el fondo del precipicio para cruzar antes un desfiladero, pues se tira el cubano y más nada. Eso nos pasó con Playa Girón, y antes cuando el Hombre Fuerte bajó de la Sierra y entró en La Habana como el Mesías prometido, montado en una burrita de fierro, y después ya sólo de esa manera cuando vino el Papa a Cuba. Entonces en Diosmediante Malaspina se produjo también una iluminación, una epifanía sacral. Como si un rayo del cielo de pronto le hubiera abierto el alma descreída hasta atravesarlo con la fiebre de la fe, tal vez descuidada hasta entonces con tantos amores terrenales. Eso fue lo que le pasó en realidad.

—Es el camino del cielo, la señal que los cubanos estábamos esperando.

Eso me dijo Diosmediante Malaspina con una convicción que me asustó, porque yo me movía en medio de muchas dudas, titubeos y contradicciones. Me lo dijo con ese lenguaje atropellado, nervioso y lleno de intercalaciones que utilizaba cuando quería que no entendiéramos casi nada de lo que decía, tal vez para conseguir una distancia de nosotros, sus amigos, quizá para convencerse a sí mismo de la paz en la que estaba con las propias pasiones de su carne. El caso es que en los últimos tiempos su ardor religioso se inflamó como tea en candela, no había quien lo metiera a viaje, quien lo hiciera entrar en razón, y acabó por incendiarse del todo a partir de la invitación y su asistencia al coctel que ofreció el embajador de Italia, Giovanni Ferrero, en su residencia de Cubanacán en honor de los ilustres visitantes del Vaticano y la Iglesia. Allí estaba el cuerpo diplomático en pleno, el nuncio Stella a la cabeza, uno de los artífices del gran periplo, el entourage sacré, los sumos oligarcas del partido y casi todo el gobierno presidiendo la fiesta. Toda La Habana estuvo allí esa tardenoche en que empezó el milagro, y al que no estuvo se le puso falta porque entonces no era Habana ni contaba para nada en la isla, estaba borrado del mapa, ni estaba en la vida ni en las señales del cielo, ¿oká? Versalles en la plenitud de su esplendor en todo Miramar, fulgurante esa tardenoche gracias a la presencia de una inmensa cohorte de purpurados y príncipes de la Iglesia y a la inminente llegada del Papa. Trago va, sonrisa viene, saludo cortés va, delicadeza de protocolo viene, un ámbito lleno de voces y rumores repentina y sorprendentemente amistosas, los camareros de un lado a otro del salón encendido con el mágico fulgor con el que Italia hace las cosas aquí y en todos lados. Las bandejas enteras de tramezzini, bocaditos de salmón marinado al hinojo y con pimienta negra, carpaccios de bresaola, mozzarelas de búfala con tomate caprese, queso parmesano; insalate y pastas de todas clases, creaciones personales de don Angelo Ferri, el cocinero siciliano que el Papa se había traído a Cuba; platos de tagliatelle al ragú de cordero, gnocchi di patate con gorgonzola y con salvia, ravioli de rúcola, bisque de gambas, una delicia esplendorosa, pappardelle primavera con apio, linguino al pesto. No faltaba de nada en aquel lujo. Y bebidas, spumante, reservas y chiantis de todas las clases, rones, aguardientes y birras a barra abierta, y una cosecha entera de champán francés; la Iglesia cubana en peso abrazándose con la curia vaticana, los vicarios episcopales, monseñores Riverón, Ángel Petit, Carlos Manuel de Céspedes y el padre Jorge Serpa, el canciller de la diócesis Suárez Polcari, monseñor Loiz, monseñor Pérez Varela, monseñor Orlando Cobo, toda la nunciatura, con monseñor Stella a la cabeza, los arzobispos, monseñores y curas que vinieron acompañando a Su Santidad. Sólo faltaba el cardenal Ortega Alamino, y el Papa y el Hombre Fuerte tampoco estaban porque Juan Pablo II no había llegado, y el otro andaba como siempre en todos lados esos días y no tenían por qué estar allí porque ellos dos cada uno en su lugar estaban hablando de cosas del porvenir, del cielo y del infierno, de cosas de la eternidad. Porque estos dos son eternos de verdad, el Papa de Roma y el Hombre Fuerte de Cuba, que parece que se mueren casi todos los días, renquean como si estuvieran en sus postrimerías y después resucitan y tiran mampara como pepillos atléticos preparándose para los Panamericanos y las Olimpiadas. Pero todos los demás, todos, todos, todos, estaban allí, con los periodistas internacionales que se movían en la nube de perplejidad en que se mueven los sonámbulos ante un espectáculo hipnótico que parece un espejismo, sin acabar de creerse lo que estaban viendo y que estaban en la fiesta. Y además todos ellos en sana conversación con todos los miembros del partido, oligarcas incluidos, Carlos Lage, el gallego Fernández, Manolo Barbarroja, el pobre, Ricardo Alarcón, el negro Lasso, Abelito Prieto, hasta Machado Ventura, y Eusebio Leal. Todos, todos, todos, de gala y sin guayabera, y Luis Báez ofreciendo su libro de los generales cubanos por todas las esquinas del salón de la embajada de Italia, para que lo tradujeran y publicaran al italiano, a ser posible en una editorial de influencia vaticana.

Diosmediante Malaspina también estuvo allí, en medio del milagro, doblando el Cabo de Hornos de su memoria, en el centro del cielo que se había instalado al oeste de La Habana esa tardenoche, en la residencia del embajador de Italia en Cuba. Como que lo hubieran sacado de las calderas del olvido, del fondo del infierno, del pesimismo y del silencio de tantos años, para llevarlo a que resucitara en aquel ceremonial de festejo nunca visto antes, Niño de Luto vestido con un impecable traje negro sin poder traducir del todo lo que estaba sucediendo más que como un milagro de Dios, deslumbrado porque pensó que ése era el principio de un cambio definitivo en el pobre destino de Cuba. No podía ser otra cosa que la entronización de Cristo de nuevo en Cuba con la aquiescencia del Hombre Fuerte precisamente, el Hombre Fuerte que él había conocido tanto de joven, en la universidad, cuando estudiaron juntos algunos años, tan cerca y tan cómplices en el mismo banco, el Hombre Fuerte al que él había salvado la vida un par de veces en tiempos de Batista, un secreto de Malaspina que nadie conocía en Cuba, el Hombre Fuerte que con la carga y el cansancio de la vejez estaba regresando al camino del bien y de la verdad delante de todo el mundo.

—Si los jesuitas de Belén, con el rector Baldor a la cabeza, no le hubieran negado los pesos para las viudas de sus dos negros muertos en combate después que salió de la cárcel por lo del Moncada, no habría habido esa quiebra entre la Iglesia y el Hombre Fuerte —me dijo justificándolo Niño de Luto.

Verdad que también recordaba Niño de Luto que después de la entrada del Hombre Fuerte en La Habana, su amigo José Ignacio Rasco fue a buscarlo porque el rector Baldor quiso congraciarse con él, darle un homenaje, una comidita con todos sus antiguos compañeros de Belén, donde el Hombre Fuerte había sido pupilo y los dos negros muertos en combate servidores del colegio, ahí fue donde se hicieron cómplices y después los convenció para alistarlos y se los llevó al Moncada.

—Pero él no se olvida de nada —me añadió sabedor Malaspina—, y le dijo a Rasco, déjame aparcado ese asuntico y no me lo toques, eso le dijo. Y Rasco después se tuvo también que ir al exilio.

En esas fechas cumbre de la visita del Papa, Diosmediante Malaspina regresó pasional y eufóricamente a las prácticas religiosas de los católicos, aletargadas cada vez que se activaba un romance en su vida y durante el tiempo que le duraba la relación amorosa. Volvió a la misa de casi todos los días e incluso a la confesión y a la comunión. A veces se le podía ver en la iglesia de San Francisco Javier, otras en Jesús María y hasta en la parroquia de

Belén, porque ya se les había caído a los católicos el miedo por asistir a los cultos, y ésa era otra de las cosas que había conseguido milagrosamente el viaje del Papa. Por eso también estaba convencido de que todo iba dirigido al cambio de vida en Cuba después de la visita de Juan Pablo II. Por eso se había escapado de los frecuentes surmenages a los que lo condenaba su tristeza de amores y se volvió de repente un tipo franco y abierto, que recordaba y decía cosas que durante mucho tiempo se prohibió que las recordáramos, y durante mucho más tiempo se vetó tajantemente que se hablara de que esas cosas estaban bajo estricta prohibición. De modo que también se había prohibido de manera tácita por parte del entourage sacré decir que estaba prohibido ir a los cultos católicos, y mucho más prohibido todavía que lo conversáramos entre los cubanos. Pero Diosmediante vio en la visita papal ese milagro que hasta los babalaos estaban cantando hace años en sus bembés. Y entonces, fuácata, se le metió en la cabeza la loquera de que el Hombre Fuerte se había convertido a la vieja religión. Estaba seguro de ese milagro y llegó incluso a tratar de convencernos a mí, a mi mujer y a la Miranda.

—Recuerden que bajó de la Sierra con la cruz y Cachita colgados al cuello, y ésos no son amuletos de negro. No se me olviden de que donde hubo siempre queda —nos decía Diosmediante Malaspina en confianza, con la sonrisa malévola que buscaba una cómplice cercanía con nosotros, pero toda esa iluminación religiosa confundía los deseos con la vida real y derivaba de su pura ingenuidad.

De modo que Amanda Miranda, después que se repuso del berrinche jaquecoso que se agarró porque no la invitaron a la fiesta papal de la embajada de Italia en Cubanacán con toda La Habana presente, y ahí se dio cuenta que el peligro pendía una vez más sobre su cabeza porque no figuraba en la lista de la nomenklatura ni en la de los oligarcas que organizaban el optimismo cotidiano de los habaneros, me contó que delante de ella monseñor Cañadas, con el que tenía una cierta amistad aunque también muchas distancias, una contradicción constante esa dichosa complicidad, tuvo que intervenir para llamarle suavemente la atención en privado a Diosmediante Malaspina, a lo largo de una de esas tardes con audiciones de ópera y bel canto que teníamos en casa de amigos comunes.

—Fue en casa de Bebe tomándonos las exquisiteces de costumbre en los Benavente —me dijo Amanda—, y Niño, fíjate tú, como un moscón, monotemático perdido, zumba que zumba y dale siempre con lo mismo. Cada vez que podía, metía el bichero en la sartén y se llevaba la conversación al Papa y a los cambios inmediatos que veíamos en Cuba. Yo se lo dije más de una vez, para molestarlo, oye tú, Diosme, chico, despierta de una vez, que no podía permitirse estar tan empapado a su edad, y se lo decía riéndome del juego, pero él como que estaba lloviendo ahí fuera, con una displicencia superior, ni siquiera se dignaba contestar a mi impertinencia, cómo estaría de empapado el pobre Niño...

—Ay, Diosme, niño, desengáñate, muchacho, mira que tú eres niño chico, aquí no va a cambiar nada de nada —le dijo monseñor Cañadas un poco irritado, como si estuviera reprochándole una mala acción a un adolescente.

Beatriz Benavente se sonrió con un gesto descarado, porque ella es una mujer de visión larga que anduvo el mundo de una parte a otra, con nacionalidad española y patente de corso, ¿oká?, que entra y sale de la isla sin que nadie le ponga reparos ni aquí ni allá. Y Amanda Miranda entonces bajó la cabeza en silencio y buscó de mirar para otro lado, pero Malaspina se quedó mirando fijo a los ojos a monseñor Cañadas. Lo entendió como un agravio personal y no daba cordel a que un jerarca cubano de la Iglesia Católica fuera tan descreído y tan descuidado con las señales que el Altísimo estaba enviándonos a todos desde el cielo.

Verdad que para mí, y no para mí solo, monseñor Cañadas es el espía mayor del Vaticano en todo el Caribe, y aquí en Cuba es un hombre insustituible que necesitamos de verdad unos y otros, para algo tiene toda la historia de Cuba en la memoria y a flor de piel, fechas y episodios exactos, con la interpretación preparada hasta el detalle para cuando haga falta. Mete cabeza y cuchara si hace falta en todos sitios sin aparentar que se mete, como de puntillas, para que nadie se moleste o le pregunte qué hace usted aquí, monseñor, si su mundo no es de este reino ni mucho menos, o quién le ha mandado venir hoy a este velorio, que es como hay que estar en Cuba en las alturas, de perfil, gaseoso, transparente y casi invisible. Estar, bueno, que sepan que estás, pero parecer siempre que te has ido y que sepan que nunca te irás, ¿oká?, la cosa parece barroca, rebuscada y difícil de entender, pero no lo es, no molestar a nadie y desaparecer como una bola de humo cuando los hoyos son muy hondos y se puede provocar un accidente evitable. Siempre salió bien de todos los barullos que se formaron en todos estos años entre el gobierno y la Iglesia, y tiene puesto fijo no sólo con los de todos los pisos de arriba sino también con los oligarcas que entran hasta el fondo de la cocina del Hombre Fuerte, a comer buenos huevos fritos y amarillo sin apenas pedir permiso. Lo mandan a llamar para consultarle, monseñor, mira esto, Benito, fíjate bien en lo otro, ¿oká?, ten cuidado con tal asuntico o con lo otro, que no nos están poniendo muy buen reparo; o para preguntarle si es verdad lo que dicen de éste o del otro, si están metidos o no en bullebulles sospechosos. Para nada es un confidente, aunque lo parezca, porque monseñor Cañadas nunca jugó a esa pelota y siempre dio la cara, como el cuarto bate que es, pero hasta han llegado a decirle que a ellos, al entourage sacré, y desde luego al Hombre Fuerte, también les hubiera gustado mucho más que el cardenal hubiera sido él. Así se lo dicen de vez en cuando, seguramente para irritarlo, para inquietarlo, y meterlo en un brete, para preocuparlo y atarlo corto, un trabajito que le hacen a monseñor en sus nervios a pesar de su cancha y de sus tablas, porque aquí lo fundamental y cotidiano es saber transar las caren-

cias y las dependencias psiquiátricas de cada uno.
Va y le dice algún oligarca de confianza, como si
fuera la voz del oráculo, tú sabes bien, Benito, tú
me entiendes, monseñor, que el cardenal nuestro
eres tú, el otro es el de la Iglesia. Y monseñor Cañadas, azorado y nervioso de la puerta para fuera, pero ustedes no digan eso, cómo se les ocurre
esa irreverencia, yo no soy más que lo que soy, un
pastor de la Iglesia Católica al servicio de mis jerarquías superiores. Se lo hacen pasar mal y muy
mal, se divierten con esos juegos los oligarcas, y
aunque monseñor lo sabe y entiende por qué le
lanzan así la pelota no puede acostumbrarse a esa
broma tan pesada, porque ahí le están dando una
categoría política de futuro, no se lo dicen pero
se lo hacen ver, como si le estuvieran mandando un
recado desde la casa de La Coronela.

Aquí en La Habana sucede con monseñor
Benito Cañadas lo mismo que con Diosmediante
Malaspina, y eso es un grado más de memoria para
todo el mundo. Porque son los únicos de sus familias respectivas que no se mudaron para 90 y Malecón, ni en el 60 ni después, cuando vino todo lo
peor y las tormentas no paraban de caer encima
de los blancos. Todos se marcharon en cuanto pudieron, huyeron dejándolo todo aquí, todos blancos en todas sus sangres. Unos años, nos vamos sólo
unos años, nos vamos hasta que acabe esta loquera
de infierno. Eso dijeron los ingenuos, esto está al
caer en unos meses, pronosticaron al irse y al llegar al exilio, a Miami o Madrid. Pero algunos otros,
incluso algunos curas que Diosmediante conoció

y que todavía se recuerda de algunas de sus profecías, dijeron todo lo contrario. Como aquel don Pitillo, el confesor de Niño de Luto, un cura español que había llegado aquí en los años treinta, que se lo dijo ya anciano al mismo Diosmediante Malaspina.

—No aguanto un minuto más, yo huelo el comunismo mucho antes de que nos caiga atrás, Diosme —le dijo—, me voy porque esto va a durar más de medio siglo.

Nadie le hizo caso. Me dijo Diosmediante que en los últimos instantes de su vida en Cuba, antes de regresar a España a vegetar y prepararse a bien morir, don Pitillo le había confesado que los que se marchaban diciendo que esto se iba a caer en unos meses eran una pila de hipócritas, unos pérfidos o unos niños de teta, unos ingenuos, eso le dijo, porque, a ver, ¿por qué se iban si la Revolución estaba a punto de derrumbe con toda la bulla del universo, por qué dejaban todo aquí si a esto le quedaban un par de meses de asma?

—Para salvar la vida, padre, para salvar la vida —le contestó Diosmediante Malaspina a don Pitillo.

Y pasaron años, años y años. No una vida sino casi tres ya. No un purgatorio sino un infierno eterno, entero y verdadero, una quemazón interminable. Tanto que los cubanos dejamos de medir el tiempo como lo hace todo el mundo, en horas, días, meses y años, y nos ha dado directamente por medirlo en siglos, más vale pasarse que quedarse corto y desesperarse como tanta gente. Pero ellos dos se quedaron aquí con todas las consecuencias, impertérritos, como si no estuvieran sufriendo nada de lo que ocurría, y parte de la familia de fuera de monseñor Cañadas también lo llama ahora el gran traidor, cuando él nunca jamás los ha llamado gusanos tal como la propaganda oficial exige todo el tiempo. Y pasa lo mismo con Diosmediante Malaspina. Claro que es una injusticia, todo esto, quedarse o marcharse, la discusión cubana, es una elección a veces libre y a veces no, pero en el caso de Diosmediante Malaspina o en el de monseñor Cañadas todo el mundo lo sabe, pudieron irse cuando les viniera en gana pero se quedaron. Y ésa es la diferencia. A enemigo que huye puente de plata. À tout à l'heure. Pero ellos no se mandaron a mudar por mucho que los alentaran y los invitaran a la huida, y por mucho que los molestaran e incomodaran con miedos y fantasmas, sino todo lo contrario, y ahí estaba la actitud de Niño de Luto hasta el final y a pesar de la persecución a la que lo sometió en tiempos de la UMAP y durante años Yute Buitrón.

Ése sigue siendo uno de los grandes enigmas de su vida. No se cansaba de decirlo cuando alguien se atrevía a preguntarle, cómo te quedaste, por qué no te fuiste de Cuba si hasta el Elegguá del Laguito te estaba abriendo un camino de lujo al mundo libre, para que te fueras a España o a la Yuma. Contestaba con esos ojos que se le ponían brillantes y casi acuosos, cuando lanzaba un mensaje en parábola para que lo entendieran sus amigos que estaban delante y no se pudiera decir que dijo otra cosa bien distinta ni que quiso decir más que lo que dijo.

—Tengo mucho más aquí. Además, por ahí fuera y aquí dentro es la misma cosa, el que aguanta, gana. Hay que tener paciencia, mucha paciencia, no se olviden nunca de que el ciclón pasa pronto —decía Diosmediante cuando llegaba la noticia de que algún familiar, algún amigo, algún conocido se iba mañana mismo de la isla.

El que aguanta, gana. Era una de sus prédicas favoritas. Podía haberlo impreso en piedra como una provocación más en el frontispicio de su casa de la calle Armas en Lawton, nadie podría decirle qué era eso y contra quién iba esa cosita que había puesto allí palabra a palabra, porque en todo caso también es la doctrina predilecta del Hombre Fuerte, ¿oká?, resistir, resistir, resistir, y lo de un paso patrás ni para coger impulso todo el mundo sabe aquí quién lo dijo antes que el primero que después lo repitió. Aunque la isla se hunda para el fondo del agua, como si esto no hubiera durado más de una vida y un infierno eterno, casi tres ya y lo que queda.

Verdad que fue en esa fiesta deslumbrante en la residencia del embajador de Italia en La Habana, con música de violines de Vivaldi y tantas conversaciones florentinas entrecruzadas, donde Diosmediante Malaspina conoció personalmente a don Angelo Ferri, el cocinero del Papa, un siciliano de casi sesenta años y con todo el mundo aprendido ya en las espaldas. De complexión física muy fuerte, y maneras muy educadas y ajenas a la rusticidad de su oficio, un tipo bastante simpaticón, entrador, que movía mucho las manos al hablar, con una vitalidad desbordante, como si alguna vez hubiera sido un primer actor de teatro siempre interpretando su papel esencial en el centro del escenario y bajo los focos; rubicundo de piel, risueño, discretamente conversador aunque expresivo en los gestos de su rostro, con unos ojos azules y vivaces que siempre parecían estar escarbando detrás de las apariencias los detalles más escondidos; azules, brillantes y muy claros los ojos de don Angelo Ferri, lo mismo que las aguas del Mediterráneo siciliano en días de sol estival, me recalcó Diosme, que miraban a su interlocutor con una atención desmedida auscultándole todo cuanto decía y no decía. Como si quisieran traducir todos los lenguajes cifrados que oía por primera vez en Cuba.

—No parecía cocinero, fíjate tú —me dijo Diosmediante—, sino un hombre más bien culto, un bon vivant, lleno de vitalidad, con el pelo canoso y brillante, como de Agnelli. Hablamos de Verdi, Bach y Schubert, y lo sabía todo de Caruso.

—Oh, Enrico, Enrico —le dijo Ferri levantando la mano derecha casi hasta el techo, en un gesto de admiración—, un genio, un genio irrepetible, Enrico.

—Un experto en ópera, fíjate tú qué sorpresa para mí —añadió Malaspina al contarme la fiesta—. Y después me preguntó sobre los sucesos cuando Caruso estuvo aquí cantando hace tanto tiempo, y si era verdad toda esa leyenda del atentado y lo que contaban de él, que parecía una pura novela.

A don Angelo Ferri se lo presentó monseñor Cañadas. Se había acercado Malaspina a salu-

darlo y entonces le dice monseñor, hombre, Diosme, ¿cómo tú estás?, ven para acá un momentico
que los quiero presentar porque ustedes son dos
almas jimaguas y se van a entender muy bien de
aquí en adelante. Es don Angelo Ferri, y él es Diosmediante Malaspina, un muy buen amigo de toda
la vida, don Angelo.

    —Así hizo el monseñor las presentacio-
nes, ya tú sabes cómo es él —me contó Malaspina—. Fue el mismo don Angelo Ferri el que se
presentó como el cocinero del Papa, ¿cómo te cae
el cuento?

    —No juegues —le reproché a Diosme al
principio—, eso no se puede creer.

    En medio de toda aquella gente de alcur-
nias variadas, Diosmediante Malaspina también estaba perplejo, como si viviera un sueño que trataba
de disimular. El cocinero del Papa y toda la curia
vaticana departiendo amable y amistosamente con
toda la curia del partido, ¿era o no era una señal
del cielo? Y en cuanto oyó el apellido de Malaspina, don Angelo Ferri enarcó sus pobladas cejas
canosas, los ojos azules mostraron un gesto de
asombro y disparó el índice de su mano izquierda
señalando a Niño de Luto, sin decir palabra primero pero preguntándolo en silencio y sin cambiar su
gesto de sorpresa.

    —¿Pariente de Alejandro Malaspina? —di-
jo después.

    —Rama cubana, sí, señor, para servirle. Des-
cendiente directo de Malaspina —confirmó reco-
nociéndose Niño de Luto.

Asintió con gusto, porque por fin el mundo de verdad culto, nada menos que el Vaticano, la vieja Europa y la Iglesia Católica conocían lo que significaba ser un Malaspina en Cuba.

—Vinieron de Montevideo, del Uruguay —añadió monseñor Cañadas mirando a don Angelo, divertido con el asombro del siciliano, cuyo rostro dibujaba una sonrisa semicongelada que venía a traducir la sorpresa del flechazo.

—No perdí ni un minuto —me dijo Niño de Luto— en explicarle al cocinero del Papa el periplo de la familia desde Montevideo hasta La Habana.

Verdad que seguramente don Angelo Ferri se había dado cuenta desde el principio y a pesar de su sorpresa que, en todo caso, estaba hablando con una rama bastarda del conocido viajero y conspirador histórico. Pero al mismo tiempo estaba descubriendo un mundo rarísimo en La Habana, por mucho que trataba de asimilarlo y no dar a entender su asombro por la isla y sus gentes; aquella Habana, empapada de repentina religiosidad popular por el Papa, que estaba viendo por primera vez con sus ojos azules, desde Miramar a La Habana Vieja y más allá de Casablanca, el Morro y las playas del este.

—Cuba, don Angelo, es la caja de Pandora, una sorpresa abierta siempre al vaivén de los vientos. Sepa —le agregó monseñor Cañadas, metafórico— que es una bendición para nosotros ser la síntesis de muchas cosas. Un lugar donde se congregaron desde hace siglos las esencias europeas de

España y de Italia. Fíjese, la voy a llamar para que la conozca, esa señora de blanco que nos sonríe y saluda desde aquel rincón es descendiente directa de Simón Bolívar.

La llamó con la mano y Natalia Bolívar se acercó toda pizpireta y vestida con blanco de santera, con sus gafas de señora mayor llena de memoria y dignidad mundanas, extendiendo la mano para conocer a don Angelo Ferri. De modo que fue ahí, en esa fiesta deslumbrante que duró tantas horas, donde Diosmediante Malaspina y don Angelo Ferri se conocieron. Luego vino todo lo demás. Me lo contó el mismo Niño de Luto un par de meses después de la visita de Su Santidad, cuando las cosas comenzaron a calmarse y nos fuimos dando cuenta de que todo había sido un teatro montado por el Hombre Fuerte para el mundo exterior, una estratagema política y más nada, para ganar tiempo una vez más y seguir adelante comiendo ficha tras ficha con sus jugaditas de ajedrez. Hasta las palabras de más trascendencia se las llevó el viento, las del Papa, que Cuba se abra al mundo y que el mundo se abra a Cuba. Buenas están las cosas para que el Hombre Fuerte abra nada de nada, porque por esa fisura de centímetros que se abriera al mundo hasta el aire se le convertiría en balsero. Si no quiere ni siquiera abrir su mano, ¿cómo va a abrir Cuba al mundo? Entonces, con Natalia Bolívar y Eusebio Leal hablando con monseñor Cañadas en esa fiesta de la embajada italiana, y monseñor Céspedes y Diosmediante Malaspina, se acercó a ellos Mauro Manfredini, un italiano a quien don Angelo Ferri saludó con una insólita y cercana familiaridad, según Niño de Luto. Como que ya se habían conocido antes del coctel de la embajada italiana. A Mauro Manfredini lo conocía de lo más bien toda la nomenklatura cubana, toda La Habana que estaba allí reunida. Incluso Diosmediante Malaspina, que en ciertos momentos se veía como un intruso, como un piojo pegado en aquella fiesta. Manfredini había llegado a Cuba en los setenta y siempre fue un niño bien al que algunos oligarcas que no lo querían le hacían cosquillas en el talón de Aquiles propalando por los salones políticos y diplomáticos de La Habana que era un agente de las Brigadas Rojas que se había venido de Roma huyendo de la justicia tras el asesinato de Aldo Moro.

—No fue por eso, niño —le aclaró monseñor Cañadas a Malaspina—. Ésa no fue la verdadera razón de venir a Cuba. Todo lo contrario. Fue porque siempre estuvo en desacuerdo con ese asesinato que se salió de la banda terrorista y se vino a La Habana a defender la Revolución.

Eso le dijo monseñor Cañadas a Diosmediante Malaspina. Una interpretación más, si se mira bien, porque podía ser exactamente por lo que decía el cura o por su contrario, que Manfredini estuviera aquí escapado de la justicia italiana en primera instancia, durante una temporada, a la expectativa. Pero se quedó para siempre. Aquí se le agotó toda la cuerda al reloj, se le acabó la mezcla al albañil, y aquí está todavía. Y cuanto ocurrió unos meses después del viaje del Papa ninguno de los que estaban participando amistosa y afablemente en la conversación de la embajada de Italia aquel día podía saber que iba a suceder. Ni siquiera podían intuirlo ni mucho menos sospecharlo a esas alturas. No había indicios para pensar que las cosas irían por ahí, pero por ahí fueron y por ningún otro lado que pudieran imaginarse. De modo que don Angelo Ferri también se quedó en Cuba, lo convenció precisamente Mauro Manfredini, los caminos del Señor son inescrutables. Y lo convenció además para que se hicieran socios de bisne y pusieran juntos un restaurante italiano en el centro de la ciudad. Ahora que Cuba se abría al mundo y el mundo se abría a Cuba gracias al turismo español, canadiense, mexicano y, ¿oká?, italiano. No había que olvidar precisamente al turismo italiano, ese que se quedaba colgado de la isla y de sus gentes, de sus mujeres y de sus hombres, como se había quedado para siempre Mauro Manfredini colgado de la ceiba tropical.

—Ya sabemos que a los cubanos nos gusta mucho la pasta —le dijo irritado monseñor Cañadas a Diosmediante Malaspina cuando la noticia corrió por toda La Habana como un reguero de pólvora y a espasmos de sorpresa y regocijo—. Pero, Niño, podía haber sido más discreto don Angelo, más sensato. ¿No estábamos nosotros aquí, precisamente la Iglesia, para que fuéramos sus socios y no un tipo con la turbia historia de Manfredini a las espaldas? Si quería quedarse en Cuba y poner un negocio, ¿qué mejor socio que la Iglesia?

No les sentó mal a monseñor Cañadas ni a toda la curia cubana que don Angelo Ferri se quedara en Cuba. Al revés. Pero lo que realmente les molestaba hasta el borde del vaso era que se hubiera empatado con Manfredini para poner un restaurante de pasta italiana

—En el coctel me sorprendió verlo tan desmejorado, decaído, tan físicamente cansado, como si contuviera el agotamiento que llevaba dentro —me comentó Diosmediante—. Verdad que yo no conocía mucho a Manfredini, sólo de algunas exposiciones y de alguna gala de Alicia Alonso, algunos conciertos de la Orquesta Nacional de Cuba y Frank Fernández, tal vez, no me acordaba bien de él.

Pero de todo eso hacía ya muchos años. Quizá, a mediados de los setenta, cuando Mauro Manfredini se hizo mundialmente presente porque en La Habana se convocó una tumultuosa rueda de prensa donde el romano se delató como agente doble. Un agente del G2 cubano que se había infiltrado en el aparato de la CIA para pasar información fidedigna, de primera mano y de suma importancia, a la Revolución. Ésos fueron sus quince minutos de gloria internacional. Salió en todos los titulares de los periódicos del mundo, en todos los noticieros, en todos los despachos de las agencias de prensa. Un escándalo de los que duran un santiamén, de esas jugadas que el Hombre Fuerte monta en un andamiaje perfecto para sorprender a los yanquis y comerles la reina. El patente de corso Mauro Manfredini confesándose agente doble al servicio de la Revolución cubana, un cuarto de hora de gloria y al fondo del pozo, inutilizado para la guerra, porque después se supo poco o nada de sus andanzas. De cuando en vez aparecía con su mujer mulata en alguna manifestación cultural, la música y la pintura, ese punto de encuentro aquí en La Habana de tantos y tantos agentes internacionales disfrazados de diplomáticos y de comerciantes, ese teatrito de gestos donde toda La Habana se desparrama en exquisiteces, sandunguerías y zalemas, donde a veces hay que estar y otras no. Porque hay que tener intuición ese mismo día, un sexto sentido en ese mismo instante, y sacar a pasear por las calles de La Habana, por el Malecón a ser posible, que ahí no llega más que el rumor de la brisa marina, el yodo y el salitre, sacar a pasear por el Malecón ese mismo día y en el instante exacto las antenitas y el termómetro de la paranoia para olerle la gasolina y el luz brillante al ambiente, para ver cómo anda la candela y qué sosiego o no se respira en el firmamento. Hay que echarle un pulso al miedo y medir el aceite de la euforia para ser y seguir siendo todavía supervivientes de la gran masacre, figurantes o protagonistas de toda La Habana. En eso siempre fueron expertos Mauro Manfredini y, naturalmente, monseñor Cañadas. Eran y son geniales para estar y no estar, florentinos de día y venecianos de noche. Y ahora reaparecía allí, después de tantos años de silencio y aparente olvido, en la fiesta papal del embajador Giovanni Ferrero en La Habana, Mauro Manfredini con los años encima, la respiración hundida, humillado de hombros y con una sonrisa perdiéndose entre sus ojos entrecerrados por el pesimismo que asomaba a su nostalgia de haber sido y ya no ser, sus pómulos salientes y sus labios botados como los de un mulato venido de Santiago, ¿oká? Y allí estaba ahora Mauro Manfredini, apestado aparentemente durante un siglo de silencios y piyamas, y resurgido, espléndidamente resucitado de repente, dueño de sí mismo y como si nunca lo hubieran tronado de toda La Habana. Estaba allí, aparecido justo en los días de la visita del Papa a Cuba y convenciendo en un abrir y cerrar de su mirada hipnótica a don Angelo Ferri para que se quedara en La Habana y abrieran un bisne de restaurante en el Paseo del Prado.

Inauguraron La Creazione meses después de la visita del Papa. Aceitunas negras, pastas de todo género, comida italiana, chiantis, mozzarelas, queso parmesano, boloñesas, delicias del norte y del sur de Italia, exquisiteces romanas. Ensalada mediterránea, con escarola, alcaparras, lechuga, tomatitos secos dulces y aceitunas negras, berenjenas a la parmigiana, con tomate y Grana Padano, y un risotto classico a la milanesa con azafrán y tuétano, y unos langostinos Arlecchino con arroz salvaje, sobre lecho de verduras y nata, y el rodaballo al horno con papa panadera y tomate asado; y la costata alla fiorentina, un lomo alto de buey al carbón con patatas al bacón crocante. Sorprendentes creaciones todas del genio culinario de Angelo Ferri. Ésa era parte de la carta de La Creazione, además de un menú turístico donde no faltaban las pizzas variadas, los spaghetti bolognesa y carbonara, con su postre y su café, ni un detalle faltaba en esa esquina de Italia en La Habana abriendo su mejor cocina a Cuba, con el cocinero del Papa dentro de los fogones y al frente del negocio. Y detrás de todo, su socio, el agente de la guerra fría Mauro Manfredini. Italia abriendo a Cuba su apetito y Cuba abriendo a Italia su corazón en la frontera de Centro Habana con el Paseo del Prado, y más nada.

Toda La Habana se dio cita en la inauguración de La Creazione. Los camareros otra vez como meses antes en los salones iluminados del embajador de Italia en Cubanacán, paseando sus ricos manjares por entre las legiones de invitados sonrientes, Diosmediante Malaspina entre ellos. Otra vez con esa sensación de escozor más allá de la piel, la sensación del intruso, de estar allí de más, un piojo pegado. Pero ¿no había sido invitado por uno de los dueños del local, no había sido invitado por don Angelo Ferri exactamente igual que estaba allí de invitado monseñor Cañadas y todos los demás? Y la música, Verdi, violines, Bach, Schubert y Mozart. Y entonces la música del piano magnífico como un milagro, y Leisi Balboa sobre el escenario, los ojos de Niño de Luto desorbitados por la pasión repentina que le había abierto en lo más hondo de sus silencios Leisi Balboa, la vista también repentinamente licuada por la emoción que se escapaba a raudales por todos los poros de su cuerpo ajado por los años.

—Una belleza, una belleza —me confesó Diosmediante Malaspina cuando me estaba contando entusiasmado la fiesta de inauguración de La Creazione.

Y entonces otra vez me llegó el temblor, irremediablemente. Como en todas las ocasiones en que Malaspina pronunciaba esas dos palabras que en su boca se volvían a cobrar un nuevo preludio de dramas ya innecesarios para su edad.

—Una belleza, una auténtica belleza —me dijo Niño de Luto sorprendentemente rejuvenecido.

Ocho

Verdad que puede decirse sin exagerar un ápice que Leisi Balboa es una belleza masculina cuyo físico, armónico, elegante y sensual a simple vista, levantaba tremendo cráneo entre las mujeres de todo género. Estoy seguro de eso. Pudo ser incluso un modelo educado en las pasarelas de La Maison de Miramar y con destino en París. O un galán de primera, un actor de cine de los que Alfredo Guevara y Julio García Espinosa prepararon y preparan para la exportación y la fama internacionales. Cuando lo conocí en La Creazione hace poco más de un año, porque Niño de Luto se empeñó y me llevó allí a comer con Angelo Ferri con una intención que nunca me ocultó, para que lo viera y le diera mi opinión, Balboa era un tipo joven y atlético cuyo mentón altivo y ojos negros de ébano indicaban un carácter pleno de sensatez, percudido en múltiples dificultades que había ido resolviendo por su cuenta, por su propio instinto de jaguar macho y con una tenacidad rayana en el empecinamiento, hasta salir a flote con la vocación que era su mayor y definitivo entusiasmo: el piano, la música del piano, la interpretación al piano de la música de los clásicos. Para eso había venido al mundo un año más tarde de los acontecimientos gloriosos de Playa Girón, donde su madre se jugó la vida defendiendo la patria hasta la heroicidad, por eso la condecoraron y le dieron a ella todos los honores militares, en el mismo lugar donde los yanquis perdieron todo lo que les quedaba de esperanza por cogerse Cuba para ellos y comenzó a perder la vida el presidente que parecía encarnar tantas esperanzas para todos, John F. Kennedy.

—Una belleza, una belleza —me repitió Diosmediante Malaspina para que supiera que se había enamorado una vez más.

Lo miré con sorpresa en cuanto le oí pronunciar de nuevo y por dos veces la palabra belleza. Busqué interrogarlo con el gesto. Fruncí el ceño, retorcí mi cara en un rictus de reproche insoslayable para Malaspina. Como si le estuviera pidiendo sin pronunciar palabra unas explicaciones que por cómplice lealtad los dos sabíamos que me debía.

—Fíjate en sus manos, Bach joven al piano y en La Habana Vieja, ¿no te parece un milagro? Una belleza, una belleza, vamos a comer con don Angelo y lo ves —me dijo desorbitando su emoción de viejo démodé.

Sin salirse del milagro, Diosmediante Malaspina se extendió exaltado en las dificultades evidentes que la música de Bach supone para un pianista. Un pianista joven en el trópico, dijo Niño de Luto como si estuviera hablando consigo mismo, un pianista perdido en una isla embargada por el mundo, ensimismada hasta extraviarse en su propio delirio histórico, porque Lecuona no hay más que uno y se acabó hace rato. Claro que también aquí somos barrocos, insistió Malaspina ante mi atento silencio, y no podemos olvidar que tenemos ese estilo decadente, el barroco, fíjate tú, eso exige que todas las voces posean relevancia idéntica, sobre todo en las fugas a cuatro voces. Se necesita igualdad absoluta en cada dedo del pianista para que se transmita la sensación de soledad casi mística, dijo Malaspina acelerando su discurso, como si el pianista que interpreta la música estuviera solo en el inmenso salón de un palacete, en la memoria del Vedado de ayer, acércate por ahí por la 17, ahí me lo imagino, o en la nave central de un templo solitario de columnas inmensas como troncos de árboles de la manigua, seculares, altos, eternos, y las bóvedas elevadas hasta pegarse con el firmamento abierto de los cielos.

—De ese silencio, de esa sensación de soledad y recogimiento sale esa música —dijo Malaspina.

Me recuerdo que habló de la dificultad de esa música para comunicarla al público a través del piano. No es Chopin, un poeta modernista en el fondo, dijo Niño de Luto sonriendo, que parece que compuso los nocturnos para recitarlos delante de la gente, para entregárselos al público de viva voz, nota a nota hasta llegar a la soledad del campo en una noche de estrellas y Luna llena. Pero Bach no, Bach demuestra la posibilidad de un beso único entre la austeridad y la armonía musical.

—Si Leisi Balboa hubiera sido austríaco y no cubano podría haberse llamado Gulda, Friedrich Gulda —seguía hablándome exaltado de Bach

en el Caribe, del pianista de Bach en el trópico—,
un artista que tenía la atrevida costumbre de anun-
ciar sus conciertos sin los contenidos a interpretar. «Gulda spielt Bach», eso anunciaban los carteles,
«Gulda interpreta a Bach», y más nada. Entraba al
escenario, recibía los primeros aplausos, se sentaba
al piano con una elegancia exquisita, sin impostu-
ra alguna, empezaba con un tema determinado y a
los pocos compases se había escapado y comenzaba
a hacer variaciones sobre ese mismo tema en clave
de jazz, ¿te imaginas tú el espectáculo? Así veo yo
a Leisi Balboa en su talento y en su triunfo. Así lo
veo ahí, como una feliz y genial reencarnación cubana de Jacques Loussier, así es como lo veo.

Sonrió de nuevo. Me miró, tomó aire y después cambió de asunto, hizo un corte en su monó-
logo e inició una casi interminable descripción del
músico señalándome con indisimulada afectación
cada una de las características del hijo de Iliana Balboa. Me dibujó con sus manos la estatura atlética
de Leisi Balboa, su cuerpo equilibrado, musculoso
sin exageraciones, sino curtido en la disciplina gim-
nástica desde sus años de pionero hasta ahora mismo, después de la universidad y cuando trataba de
abrirse camino como músico alternando sus estudios con esas horas dedicadas al entretenimiento
de los turistas en La Creazione, unos verdes para el
bolsillo y para la ilusión de viajar a España con su
novia tras las huellas de su familia aragonesa. Porque Leisi Balboa no tenía nada que ver con él ni
con lo suyo, nadie podía llamarse a engaño, ni él,
Diosmediante Malaspina, tampoco. Era un hom-

bre sólo de mujer, sin dudas, nada más verlo podía cualquiera darse cuenta de eso, aunque la primera opinión engaña a veces.

Verdad que hay mucha gente que quiere ver lo que quiere y más nada, se pasan la vida en ese juego de falsedades, y no ven de verdad lo que la realidad les da para que se vea, se engañan con el espejismo porque quieren engañarse, y otros bugarrones dicen que nunca es tarde para que a cualquiera se le vire el paraguas y termine por embarrarse en lo suyo, que lo llevaba dentro, escondido para que ni siquiera él mismo cayera en la cuenta, eso dicen ellos. Pero, Leisi, no, Leisi Balboa, hijo único de la capitán Balboa, era un hombre completo, un hombre para mujer y no para otro hombre, un gato macho, lo que hacía mucho más insufrible a mis ojos la locura de Niño de Luto, enroscado en un delirio tan imposible a sus años. La piel del cuerpo de Leisi Balboa traslucía una genética agitanada en la que la carne mulata de su madre, la capitán Balboa de Playa Girón, había dejado su impronta salvaje con una mesura armónica y equilibrada. Como si hubiera sido la herencia paterna la que había finalmente ordenado los rasgos físicos de su organismo. Niño de Luto me dijo que el cabello de Leisi Balboa era negro brillante, pelo bueno, suavísimo, cuidado, azabache, perfectamente cerrado y cortado a la nuca, suelto en leves ondulaciones, y peinado hacia atrás, dejando ver la frente entera y limpia de un hombre verdadero: el cabello perfecto de un Bach cubano y joven a la espera de actuar vestido de gala en los mejores auditorios del mundo. Su rostro ovalado, aceituno, casi cetrino, era un conjunto de datos, detalles y gestos que rozaban la perfección física; cejas duras y pobladas, ojos verdes, serios y atentos a su tarea de mirar y traducir las señales de humo de su curiosidad; los pómulos levemente salientes, masculinos; la nariz ligeramente aguileña, sugeridora de un profundo y desarrollado sentido del olfato.

—Cuando está al piano se transforma, no le importa el público, y el esfuerzo de concentración al respirar se le nota en las aletas de su nariz entreabiertas, como si fuera un tenor que modula sus fuerzas —dijo Niño de Luto, aunque no lo había visto tocar el piano más que en La Creazione, mientras los turistas prestaban atención a sus platos y aplaudían más por cortesía que por interés musical cada vez que Leisi Balboa terminaba de interpretar una de sus bachianas, sin importarles de quién fuera ni qué era esa música que estaban oyendo con tanta displicencia.

Los labios de su boca, carnosos, sin llegar a botados, esa señal que delata al negro escondido en el interior del mulato, sino de gitano sensual, suavemente entreabiertos para dejar ver una dentadura perfecta, todas las piezas en su lugar, blanquísimas. Como de anuncio de dentífrico americano, que aquí en La Habana resulta prohibitivo e inencontrable. La barbilla de Leisi Balboa llevaba impreso el hoyuelo de los elegidos secretos de la belleza, y acorde con todas esas facciones un mentón altivo, y un cuello atlético, firme y compacto, con la nuez de la masculinidad marcada en cada uno de sus movimientos. El cuerpo entero de Leisi Balboa resultaba la armonía física, tórax fuerte, hombros altos, brazos largos de gimnasta cotidiano, cintura y glúteos compactos e integrados en aquel cuerpo de hombre joven y completo dando paso a unas piernas largas y finas donde los músculos eran los exactos para llamar la atención hacia su propia armonía. Y las manos. Perfectas las manos de Leisi Balboa, hechas para no dejar nunca de tocar el piano: suaves y expertas en su tacto, ligeras y delatando en algunos leves movimientos su autoridad temperamental; con dedos largos, mágicos, abiertos, hábiles sobre las teclas, y uñas cuidadísimas. Niño de Luto cerraba los ojos y se llevaba las palmas abiertas de sus manos a la cara cuando me describía con pasional descaro las manos perfectas del pianista Leisi Balboa.

—Juan Sebastián Bach joven y cubano en La Habana Vieja —dijo Niño de Luto.

Verdad que Bach fue desde siempre el compositor preferido de Diosmediante Malaspina, de modo que a excepción de los primeros años sesenta, cuando todavía la esperanza daba paso a la euforia nacional, su fiesta celebratoria no era el 26 sino el 28 de julio de cada año, fecha de la muerte de Juan Sebastián Bach.

—Y encima se llama Leisi. No hay casualidades, mi amigo, no hay casualidades —me añadió enigmático. Estábamos sentados en los bancos de piedra del escondite, en el fondo secreto del jardín de su casa de Lawton, mientras el viento extrañamente húmedo por esa parte de La Habana corría en libertad por entre los verdes laberintos, los corredores y los setos de las orquídeas y las rosas amarillas y blancas de Malaspina; un viento fresco que creaba el microclima ideal en el que Niño de Luto se concentraba para escuchar la música que salía de las placas que iba colocando por riguroso orden en el viejo gramófono del salón. Estábamos en el escondite preferido por Niño de Luto para las confidencias más exclusivas, y yo estaba a punto de atreverme a preguntarle por qué se volvía a meter en aquellos pantanos cuando ya no tenía fuerzas para descubrir el lago Victoria ni dárselas ya más de doctor Livingstone en esos tejemanejes, a su edad; sabiendo además que el resultado de esa expedición, de llevarse a cabo, le acarrearía nada más que grandes disgustos, habladurías de la gente del barrio, bromas y juegos maliciosos de toda La Habana, desasosiego por una larga temporada, profundo surmenage final; esa tristeza de viudedad que se apoderaba siempre de Malaspina cuando lo doblegaba la sensación de amante abandonado y humillado tras el expolio al que lo ha sometido su pasión, el que le había ganado la partida, el otro en cada momento que Niño de Luto se quedaba solo, huérfano, con la mirada errática, los ojos de un lado a otro como si quisieran escapar de todo cuando sobre todo quería escapar más de sí mismo y de las fiebres que se le venían encima como un ataque epiléptico; porque el otro siempre le ganó, el que se iba, el que lo abandonaba y desaparecía para siempre de su vida, el otro sin nombre por un tiempo, hasta que Niño de Luto lograba expulsarlo de su respiración asmática y hacía como que nunca lo había conocido, y sólo cuando decía haberse olvidado de todo regresaba a la normalidad de su existencia. Me adivinó en el gesto sin palabras mi intención de preguntarle por qué, se sonrió con una mueca impostada, casi obscena y sorprendentemente juvenil, rejuvenecido, engañado por el espejismo carnal que lo había deslumbrado unos días antes.

—Quiere ir a España. A conocer a la familia de su padre. Voy a ayudarle —me dijo resuelto.

Iliana Balboa, la heroína de Playa Girón, le había puesto a su hijo al nacer el nombre de Leisi. No utilizó ninguno de los nombres de costumbre en Cuba, ni los cristianos, ni los negros ni los rusos que el aluvión de santos de nuestra historia le brindaba en esa temporada de fraternidad universal con los soviéticos, sino que lo inventó de su propia experiencia. Ni Yudelkis, ni Osmandy, ni Oskyel, ni Lázaro, ni Iván, ni Usnavy, ni Oniel, ni siquiera Mártires, que hubiera sido una ocasión para recordar los de Playa Girón; ni Juan, ni Carlos, ni Alfonso, ni José, ni Enrique, ni Ricardo, ni Santiago, nada de esos nombres, ninguno de esos nombres conocidos, sino Leisi. Simplemente Leisi Balboa, sin que por ninguna parte asomara en la trama del pianista el apellido del padre cuyos familiares lejanos Niño de Luto me repetía con cierta insistencia que Leisi quería encontrar en Teruel, España. No sólo en Playa Girón sino en algunos cuarteles y en las casas de La Habana donde nació, vivió sus hazañas y murió hay tarjas que recuerdan el paso

de la heroína Iliana Balboa por la historia revolucionaria de Cuba, que para ella alcanzó el clímax
en los sucesos de Girón.

Don Angelo Ferri le contó a Malaspina que
le habían recomendado al pianista Balboa desde
los pisos de arriba. Al principio, Ferri había torcido el gesto de su cara, no había podido impedir en
toda su vida esa suerte de rebeldía siciliana cuando
alguien trataba de imponerle cualquier cosa por la
fuerza y se había revuelto contra la sugerencia de
contratar a Leisi Balboa en una inoportuna y poco
contenida señal de rechazo. Quería demostrarle a
Mauro Manfredini que no le gustaban las impo-
siciones políticas, las de ningún régimen político; y
que vinieran a meterle allí, nada más abrir el bisne
de La Creazione y después de haberle dado todas las
facilidades burocráticas, a un recomendado musical
de los oligarcas consultivos del Hombre Fuerte
no le hacía ninguna gracia. Pero después, al ver sus
maneras, sus formas educadas, la discreción frente a los clientes y sobre todo ese modo de tocar el
piano como un virtuoso que hubiera estudiado en
las mejores escuelas italianas y austríacas, el rechazo inicial dejó paso a la agradable sorpresa del descubrimiento en la isla del tesoro, Leisi Balboa, un
diamante que se pulía a sí mismo en la disciplina musical. Y cuando Malaspina le preguntó quién
era el pianista, Ferri se deshizo en elogios para el
arte de Leisi Balboa con todo tipo de gestos, su sensibilidad musical, su armonía, su conocimiento de
la música clásica y de los más importantes compo-
sitores.

—Puede con todos con una pasmosa facilidad. Puede hasta con Bach aquí mismo —le dijo—. Mientras los clientes están comiendo y hablando sin hacerle apenas caso, él se abstrae con una superioridad artística increíble. Se levanta del suelo como si estuviera levitando. Como si en realidad estuviera interpretando a Schubert, o esos nocturnos de Chopin o los conciertos de Brandemburgo en cualquier escenario de los grandes teatros del mundo, en cualquier iglesia europea. Y, poco a poco, sólo con el piano y su voluntad va ganándose el silencio y la atención de todos. Posee una autoridad hipnótica poco común.

Cuando Malaspina siguió interesándose por el joven pianista, Angelo Ferri le confió lo que a él le había contado Manfredini al decirle que desde arriba querían que contratara a Leisi para el restaurante que estaban a punto de inaugurar los dos socios en la frontera del casco histórico de la ciudad, entre La Habana Vieja y Centro Habana.

—Es hijo de una heroína revolucionaria —le dijo Ferri—, una mujer que llegó incluso a general del ejército, creo, una auténtica leyenda. Iliana Balboa. Manfredini me contó que se llamaba Leisi porque su madre le puso el nombre en homenaje a la ciudad de Leipzig.

Verdad que Iliana Balboa había estado dos años en la ciudad en la que vivió Juan Sebastián Bach. No había ido a estudiar la música de los maestros europeos, ni a hacer turismo revolucionario ni solidaridad internacionalista ni nada de eso, sino becada con un contingente de honor para ha-

cer cursos de formación militar cuando Leipzig era
Alemania Oriental, antes de la caída del muro y
la reunificación. Cursos de formación militar en los
tiempos de la confraternidad con los países del campo socialista, le dijo Mauro Manfredini a Angelo
Ferri.

—Le gustó tanto esa ciudad, la recordó tanto, fue tan ella misma allí —añadió Manfredini ante
el asombro de Angelo Ferri— que se hizo una promesa. En el caso de que llegara algún día a tener
un hijo, porque todavía Iliana Balboa era muy joven, una militar de las más jóvenes y prometedo-
ras del ejército cubano, su nombre sería el de Leipzig, la ciudad que más amó en el mundo después de
La Habana. Así que cumplió la promesa después
de Playa Girón. De allí salió en estado, y el resultado de aquella época de amor y guerra es el pianista Leisi Balboa. Ésa es la historia, don Angelo.

Ésa era tan sólo parte de la historia, porque
luego Diosmediante Malaspina se metió como un
poseso en todas esas averiguaderas llenas de riesgo
que la curiosidad pasional despierta en quienes se
dejan someter por la carne y convierten el conocimiento de cualquier dato biográfico del ser desea-
do en una necesidad. Como si con ese acopio de
detalles pudieran hacer más suyo a quien desean.
En lugar de bregar para que esa ilusión óptica no
acabara por esclavizarlo, Niño de Luto se entregó
patéticamente, como un detective secreto, a apren-
derse de memoria la historia entera de Leisi Balboa, el hijo de la capitán Balboa, engendrado en
medio de la batalla de Playa Girón, en medio de

aquel escenario histórico. Pero Malaspina no perdió nunca la compostura ni su natural discreción, y nadie llegó a saber la pasión que se lo llevó hasta Leisi Balboa. Picaba aquí, picaba allá, pesquisa por esta esquina y preguntas aparentemente sin intención por la otra, metiendo cabeza de manera muy hábil en todo lo que le interesaba, aunque no dejaba traslucir en su rostro ni en sus gestos un ápice de la pasión que se lo comía por dentro y se lo llevaba en una loquera absurda hasta el abismo mismo de su propia senilidad. Como si se le encendiera en su interior un bombillo de alarma que le avisaba siempre del peligro, de que sus amigos a los que preguntaba podían llegar a darse cuenta de su delirio, y entonces empezarían a sospechar y a preguntarse entre ellos, sin que él supiera que se había convertido en simple comidilla, por dónde iba ahora Niño de Luto en esa vejez, que todavía no era decrépita pero anunciaba ya el deterioro final de sus pasiones, cómo se le ha ocurrido en estos tiempos esa locura y todos esos comentarios que los escándalos levantan en los labios de los hipócritas.

Verdad que Niño de Luto eligió estratégicamente una de las reuniones en casa de Bebe Benavente para hablar del pianista que tocaba por las tardes en el restaurante del cocinero del Papa, don Angelo Ferri. Ni siquiera dijo su nombre, porque no quería delatar su interés por Leisi Balboa, sino que sólo lo citó, de pasada, en plena conversación coral sobre la música de Juan Sebastián Bach, cuando ya el alboroto crecía y algunas voces interrumpían otras que tampoco dejaban de hablar, en el momento exacto en que los cubanos empezamos cada uno por nuestro lado a hacernos oír por encima de los demás para robarnos el show y ponerlo a nombre de uno, y la conversación termina degenerando en la algarabía de unas voces encima de otras, en un sorroballo de mala educación que clama al cielo. Ahí, en este instante del griterío, cuando desde fuera no se entiende nada y quien escucha al margen no saca ninguna conclusión de lo que se está hablando, metió cabeza Diosmediante Malaspina sin bajar el diapasón de su voz y sin dejar de hablar de música.

Siempre entre muchos tragos y la mejor camaradería surgida de los gustos comunes, en casa de Bebe Benavente todo el mundo hablaba de música, porque el salón de la Benavente había terminado por ser un ágora de discusión de algunos locarios de la música y de la pintura que no hacían daño a nadie con sus críticas y discusiones. Según el acerado criterio del entourage sacré, no hay nada más venal que un cubano con aires y vestimenta de intelectual europeo, eso decían desde el entourage sacré. De esas cosas, de música, de pintura, de arte y de cultura, no está prohibido hablar ni discutir en La Habana del Hombre Fuerte. Todo lo contrario. Para una parte de lo que los oligarcas llaman por lo bajo los elitistas, las reuniones de la casa de la Bebe Benavente resultaban un bálsamo en medio de los turbiones, discursos políticos y tensiones, y los constantes y repetitivos mensajes del Hombre Fuerte. Una suerte de oasis paradisíaco en medio del páramo, eso era el salón de música de Bebe Benavente. La dueña de la casa tampoco había prohibido expresamente que en su salón se hablara y discutiera de política ni de religión. Y mientras esa tarde subía de tono el alboroto de los habaneros, sonaba el *Don Giovanni* de Mozart, bajo la dirección de Carlo Maria Giulini y con las voces de Eberhard Wachter, Joan Sutherland, Elizabeth Schwarzkopf, Luigi Alva y Giussepe Taddei. No era el mejor de los *Don Giovanni* que Diosmediante Malaspina había escuchado en su vida, pero estaba muy bien, y era una grabación más que digna que le habían traído a Bebe Benavente algunos amigos venidos recientemente de España. Además, en las circunstancias de La Habana no había que despreciar nada y mucho menos por pruritos de exquisitez estética fuera de lugar. Entre todos nosotros existió siempre una tácita entente cordiale para excluir del ruido de sus voces cubanas todo cuanto tocaba a la política y a la religión, sobre todo tras las discusiones cada vez más frecuentes entre Amanda Miranda y Niño de Luto sobre la santería, los católicos y las creencias sincréticas. Entonces Malaspina metió cuchara con la habilidad que le conocíamos sus más cercanos amigos. Metió su voz en medio de la orquesta en el momento exacto, realizando los movimientos apropiados con sus gestos para que se le prestara la atención exacta, ni un punto más ni menos, para que los presentes supieran de un pianista que era un verdadero virtuoso, un pianista joven que, ¿se lo pueden algunos de ustedes llegar a imaginar en esta Habana?, interpreta a Bach con una fidelidad mágica en el restaurante de don Angelo Ferri. No sólo con una fidelidad mágica, sino con variaciones personales que no se salen de la esencia musical del mismo Bach, repitió Niño de Luto para que alguien le contestara en medio de la algabaría, para que los demás se pusieran a hablar de lo que sabían de Leisi Balboa, para ver si él ya sabía más que ellos del pianista de La Creazione. O si, por el contrario, algunos de los allí presentes habían reparado antes que él en Leisi Balboa.

—Leisi Balboa —dijo entonces ella, molestona Amanda Miranda, cuando apenas Diosmediante Malaspina había terminado de hacer su comentario con la misma exquisita perfección con la que su antepasado aventurero hubiera ejecutado en su *Atrevida* una descubierta por aguas de la rada de Montevideo—. El hijo de Iliana Balboa, la heroína de Playa Girón.

Sonaba en ese momento el recitativo de Doña Elvira y Leporello, «Di molte faci il lume...», en el segundo cuadro del acto II del *Don Giovanni,* pero las voces de la Schwarzkopf y Giuseppe Taddei pasaron para Malaspina a un oscuro segundo plano. Puso todos los sentidos en los sentidos de Amanda Miranda, aunque ella pareció mirarlo sin malicia mientras hablaba. Después guardó unos segundos de silencio, a la expectativa, sin quitarle a Niño de Luto ni un instante de atención. Tal vez Amanda Miranda estaba escudriñando en el alma de Malaspina, buscando allá dentro, en la oscuridad de Niño de Luto, donde no se veía nada y todo estaba escondido en la conciencia más secreta, porque los dos se conocían tan bien que casi se adelantaban con sus pensamientos a las palabras, cada uno por su lado. Pero en esa ocasión, Niño de Luto estaba prevenido. Le mantuvo la mirada a Amanda Miranda. Con firmeza, también a la expectativa, invitando a la santera blanca a que siguiera diciendo cuanto sabía de su descubrimiento, del pianista Leisi Balboa. Amanda Miranda seguía observándolo por debajo de la piel porque su objetivo, como siempre, estribaba ahora en averiguar por los gestos encubiertos de Malaspina las ocultas intenciones de aquella repentina interrupción del *Don Giovanni* de Mozart para hablar de un pianista aparentemente menor, y casi sin importancia para toda La Habana, que interpretaba en el turno de tarde y noche a los grandes músicos en el restaurante habanero de don Angelo Ferri.

—Dicen que es un virtuoso —añadió lacónica Amanda Miranda.

Hizo un gesto de escepticismo, levantó las cejas hasta enarcarlas, abrió los brazos y pasó sus ojos por todos los presentes mientras el sexteto arreciaba en *Don Giovanni* los cinco minutos del emocionante «Sola, sola in buio loco, palpitar il cor io sento...». Pero ella tampoco atendía ya a la música, ni a doña Ana ni a don Ottavio. El mercurio del ambiente había subido en el salón de Bebe Benavente con la ingestión generosa de los tragos de Arechabala, gintonic y Ballantine's de doce años. El aguardiente corría a raudales por las gargantas secas de los elitistas que estaban reunidos allí esa tarde para la primera audición del *Don Giovanni* recién llegado de España a La Habana. Otras tardes iban a venir más adelante, dentro de poco, en las que Bebe Benavente pondría las óperas eternas en su esplendoroso y modernísimo reproductor de discos compactos, para que sus amigos habaneros se trasladaran con la imaginación a los grandes escenarios de la ópera, Milán, Chicago, París, Salzburgo, Nueva York, Barcelona, donde no podían llegar más que cerrando los ojos y entregándose a la música con los cinco sentidos; para que sus amigos habaneros tuvieran esas horas de libertad que ella les regalaba de cuando en vez, *La Bohème* de Puccini, nada menos que con Montserrat Caballé y Plácido Domingo, en los papeles de Mimí y Rodolfo, y bajo la dirección inestimable del gran Georg Solti; o *La flauta mágica* de Mozart, palabras mayores que le habían traído desde España hacía sólo unos días. Las ventanas del salón estaban cerradas para que la audición del *Don Giovanni* fuera lo más perfecta posible, para que no escapara por el aire ninguna voz, ningún sonido, ninguna nota, para que los asistentes al concierto se hicieran la ilusión del espejismo, lo agarraran para ellos solos, se abrazaran a ese viaje de la imaginación que la música regala a quienes se empeñan en conocer sus secretos a lo largo de años de estudio y devoción, para que cada uno escogiera el teatro, el auditorio, la ciudad, el lugar adecuado a sus gustos y volara, volara y reprodujera con los ojos cerrados su paraíso musical en un silencio que no siempre resultaba posible de conseguir del todo en las audiciones de la casa de Bebe Benavente.

—El padre del pianista es otro cantar muy distinto, porque Leisi Balboa mismo lo escogió —dijo Amanda Miranda en su papel de sacerdotisa de todo.

Nadie quiso enterarse de un enigma que no les importaba gran cosa. Querían seguir oyendo el *Don Giovanni,* querían seguir bebiendo Arechabala, Ballantine's de doce años y tragos largos de gintonic gracias a la reconocida prodigalidad de la dueña de la casa. Así se alargaban las horas de la tarde, porque lo único que sobraba y sobra en La Habana era el tiempo, hay todo el del mundo para dar, repartir, cortar por aquí y alargar por allá. El tiempo pasa en La Habana y en toda Cuba pero es como si no pasara, todo sigue igual hoy, igual que ayer, todo camina hacia no se sabe qué lugar ni qué tiempo en un círculo supersticioso que sólo maneja quien pone el reloj en hora, marca los minutos y atrasa lo que le venga en gana, el Hombre Fuerte. De modo que nadie se interesó en ese momento por el enigma del padre del pianista Leisi Balboa, que Amanda Miranda había planteado esa tarde en medio del *Don Giovanni* recién venido de España. Nadie, salvo Diosmediante Malaspina. Pero Niño de Luto, que había intentado levantar la paloma con su comentario sobre Leisi Balboa, menos que nadie en esa velada musical podía preguntar ni demostrar interés por la vida del pianista de La Creazione, y mucho menos después de las palabras de Amanda Miranda delante de todos sus amigos.

Nueve

Lázaro el mayordomo llamó por teléfono a la unidad de policía de Cuatro Caminos para que viniera corriendo la patrulla de vigilancia más cercana. La tragedia entera había ocurrido en su ausencia. Lázaro el mayordomo no había sospechado nada en todo ese tiempo, se había marchado por la mañana temprano porque el hospital estaba bastante lejos y él no tenía carro ni manera de resolver su urgente problema si no era caminando hasta la misma puerta del Ameijeiras. Así que toda la noche se la había pasado desasosegado, metido en sí mismo y en sus preocupaciones de salud. De manera que cuando salió de allí, en la casa, en el Parque Buttari y por los alrededores de las calles Armas y Santa Catalina, Lawton abajo, no notó nada anormal, casi nadie por allí paseando, todo estaba en orden y envuelto en el silencio de la incipiente, húmeda y tibia amanecida habanera. El drama se lo había encontrado ya hecho, sin comérselo ni bebérselo, cuando regresó a la casa de Malaspina en Lawton.

Así se lo dijo a la policía por teléfono. No les dijo a qué desgracia se estaba refiriendo con aquella voz de tartamudo nervioso que llegaba desde el otro lado del hilo telefónico como podía lle-

gar del otro mundo, entrecortada por el susto, tor-
pona, temblorosa, sino que había sucedido una desgracia pavorosa en su ausencia de la casa de Diosmediante Malaspina. De manera que él no tenía
nada que ver con aquella atrocidad porque él se
había marchado por la mañana temprano al Ameijeiras para verse una dolencia que venía arrastrando desde hacía tiempo, un asma que provocaba ya
demasiadas sibilancias y una taquicardia que al final se había escapado del corazón y le corría ya como un escalofrío gelatinoso por todos los huesos.

—Me estaba llegando al estómago y tenía
marcada desde hace meses esa hora para ir al médico. Yo no estaba aquí. Corran a ver esto, háganme
el favor, no tarden —le dijo Lázaro el mayordomo a la policía por teléfono.

Verdad que lo dijo sin que nadie le pregun-
tara bueno, ¿y usted dónde estaba en el momento
del asunto, en qué cosa andaba y por dónde usted
estaba?, o si estaba o no estaba en Lawton. Nadie
se lo había preguntado y ya Lázaro el mayordomo se desbocó contestando que no hubo nadie
allí salvo el dueño de la casa porque él se había ido
al Ameijeiras para mirarse el asma que le atraban-
caba la respiración. Seguro que los delincuentes
habían aprovechado la soledad de Diosmediante
Malaspina para entrar en la casa, y seguro que sabían que Niño de Luto había recaído en ese estado de postración donde perdía toda conciencia para
someterse al nefasto nirvana del surmenage, el *sulmenán,* según Lázaro el mayordomo, la fiebre te-
nebrosa del alma que se apoderaba siempre de Ma-

laspina cuando los amantes lo plantaban en la soledad, cuando lo dejaban tirado como un trasto inservible y viejo y lo abandonaban en una delirante y enloquecida reflexión sobre lo suyo que terminaba por llevárselo hasta la nada. Entonces Niño de Luto se convertía en un muñeco de trapo con el que cualquiera podía hacer lo que le viniera en gana, porque en esa incapacidad ni entendía ni sabía siquiera cuál era su nombre y su apellido, dónde vivía y en qué cosa trabajaba. Se transformaba en una piltrafa sin voluntad, de manera que perdía del todo el control de sus sentidos y había que ocuparse de él a toda hora del día y de la noche. Había que vigilarlo, estar pendiente de él, acechándolo sin que se diera cuenta, mirándolo con atención todo el tiempo que no estaba dormido, que en la realidad eran pocos minutos, porque se despertaba casi siempre en un estado de locura, dando gritos despavoridos como si en la pesadilla que tan sólo había durado unos minutos estuvieran a punto de matarlo. Lázaro el mayordomo se lo había preguntado cientos de veces y empecinadamente a Amelia Malaspina mientras vivió, porque ella se ocupaba en el cuidado de su hermano cuando caía en esa fiebre tan rara. Después se atrevió incluso a preguntárselo al mismo Malaspina en los primeros minutos del regreso de su viaje interior, cuando volvía de la lucha sacudiéndose esas tinieblas de alma e iba poco a poco recobrando su actividad de conciencia y sus normas de persona. Pero Niño de Luto se encogía de hombros sin decir una palabra, sin esbozar siquiera un indicio por donde

Lázaro pudiera seguir caminando para deshacer el enigma. Era su manera de negarle la entrada en sus secretos a Lázaro el mayordomo.

—Si es un amarre, el palo es muy serio y está perdido porque me dice que la pesadilla siempre es la misma, pero no me dice qué pesadilla es la misma. Un enigma, un enigma de verdad el *sulmenán* de Niño de Luto —le confesó a Amanda Miranda en una de esas crisis de Malaspina, cuando ella llamó por teléfono para preocuparse por la salud de Niño de Luto.

Una sola pesadilla lo despertaba de repente, sudoroso, frío, envuelto en la pegajosa gelatina de la angustia que lo encerraba en una tristeza de la que tardaba en salir a la superficie de sí mismo. No se afeitaba ni se aseaba Niño de Luto en todo ese tiempo del melancólico ataque de amores, como si hubiera decidido matarse de a pocos a lo largo de instantes de la fiebre enfermiza, en plena soledad, y se abismaba en su letargo vegetativo cuando la certidumbre del abandono caía como un turbión sobre sus espaldas y lo partía en dos, lo empequeñecía y amedrentaba, lo sacaba del mundo y se lo llevaba a un purgatorio peligroso, al borde mismo de la demencia. Después, al regresar de esa locura, una vez que se rescataba a sí mismo de aquella manera de irse del aire por un tiempo, se volvía hiperactivo y maniático, gesticulaba y se colgaba de sus propios gestos, como si lo montara algo parecido al mal de San Vito, y primaba en él un único pensamiento angustioso que se iba directo a sus bienes y a sus papeles. Se le levantaba un interés inusitado por su testamento y sentía la necesidad imponderable de cambiarlo todo otra vez, borrar el nombre legal del heredero como si nunca esos papeles hubieran existido antes, como si jamás ese muchacho hubiera pasado por su vida para trastornarla por un tiempo, el muchacho que otra vez lo había humillado con su ausencia definitiva después de que él se lo hubiera puesto todo a su nombre, para que todo fuera suyo cuando él muriera. Toda su fortuna. O todo lo que el amante de esa temporada podía entender que era su fortuna, porque el testamento decía con toda claridad que las propiedades de Diosmediante Malaspina pasarían a posesión de ese amante en el momento de la muerte de Niño de Luto. Ése era el disparatado regalo que les hacía a sus amores, uno detrás de otro, un juego peligroso que volteaba una y otra vez cualquier tuerca, una loquera que mi mujer y yo conocíamos porque, una vez tras otra, nosotros fuimos los testigos ante notario de todos sus cambios de voluntad. Conforme cambiaba de amante, cambiaba de arriba abajo el testamento a su favor cada vez que ese mismo amante se ganaba su confianza y se agarraba tremendo cráneo con él, más nada que unos meses más tarde de que se iniciara su relación pasional. Entonces nos llamaba por teléfono, excitado, como si la pulpa de la pasión lo urgiera a resolver ese testamento nuevo, o se presentaba de manera intempestiva en nuestra vieja casa de Centro Habana. En esas ocasiones nos traía regalos, frutas, de vez en cuando carne de pollo, alguna botella de aguardiente, y nos pedía mil perdones por el favor que necesitaba de nosotros. Pero ya sabíamos que lo suyo se lo había llevado otra vez a lo mismo. Y verdad que desde que Niño de Luto me llamaba aparte y me hablaba con los ojos brillantes y la voz un poco ronca de la belleza que había conocido hacía una o dos semanas, sabíamos mi mujer y yo que los mangos volvían a caerse de la mata, y se venía una vez más encima con el mismo objetivo: el cambio de testamento a favor del nuevo amor que había aparecido en su vida.

—Ustedes son de verdad mis únicos amigos —nos decía Malaspina.

Hasta diez veces por lo menos me recuerdo que fuimos nosotros al notario para testificar oficialmente el cambio de testamento de Malaspina a favor de otros tantos de sus amantes, unos favores que a nosotros nos daba una pena enorme pero que a Niño de Luto tampoco lo dejaban inmune, porque esa repetitiva actitud le provocaba después un comején de vergüenza que en cierto sentido era también de remordimiento.

La misma pesadilla lo despertaba siempre de ese mal sueño de minutos en el fondo del surmenage, cuando Malaspina creía que habían transcurrido horas en el sopor del miedo. De manera que cuando sobrevenía ese estado lamentable, y después de la muerte de Amelia Malaspina, Lázaro el mayordomo tuvo que ocuparse de todo, hasta convertirse en el dueño y señor del territorio doméstico de Niño de Luto, aunque nunca pudo saber a ciencia cierta qué temores tenebrosos despertaban a Malaspina de sus sueños de pesadilla, de repente, bañado en un sudor gélido y entre estertores delirantes que le hacían temblar todo el cuerpo como si lo estuviera atacando el peor de los demonios con ese ataque epiléptico.

Nosotros, mi mujer y yo, sí lo sabíamos, lo fuimos sabiendo todo a lo largo de muchos años de una amistad tan profunda, y lo supimos también porque el mismo Niño de Luto me confesó la pesadilla, lo que él llamaba su destino manifiesto, esa sombra pegajosa que lo perseguía y de la que había estado escapándose todos los años de su vida pero que él estaba seguro de que acabaría por caerle atrás con toda la violencia del rencor y del odio. Tampoco Amanda Miranda logró saber con exactitud qué atormentaba a Niño de Luto en esos instantes de delirio, y un poco jugando y un poco de verdad llegó a recomendarle que se hiciera santo porque eso iba a servirle de limpia, que se sometiera siquiera una vez a ese ritual supersticioso, le sugirió esa loquera a Diosme Malaspina, que detestaba la religión de los negros cubanos con un desprecio absoluto.

—No seas terco, Diosme, no seas tan terco, en el ifá te dicen lo que tú quieres saber, cómo vas a morir y cuándo —le dijo una vez Amanda.

Verdad que me recuerdo muy bien que ese consejo de Amanda llegó en un muy mal momento y desencadenó una lucha en Niño de Luto que de nuevo marcó mucha distancia entre los dos durante un tiempo largo.

—Que me matan y me roban —me dijo en voz baja Niño de Luto en un momento de confi-

dencia en el escondite, al fondo del jardín—. Me
matan para robarme a Rembrandt y a Zurbarán.

Entonces les dijo Lázaro el mayordomo a la
policía de Cuatro Caminos que seguro que quienes lo hicieron también sabían que él se había ido
al Ameijeiras desde cuando estaba amaneciendo; y
sabían entonces que Niño de Luto estaba completamente solo y que nadie los vería cometer esos desmanes trágicos; y debían saber además que nunca
cuando no estaba Lázaro el mayordomo en la casa
se llegaba nadie hasta allí, porque Diosmediante
Malaspina ya en esos momentos no se dignaba abrir
a nadie de la calle. Ni siquiera podía oír las llamadas a la puerta porque se metía hasta atrás de la casa, entre los plátanos, las palmeras, las rosas, las
orquídeas, los marpacíficos, los flamboyanes y la
música de orquesta sinfónica a todo lo que diera
el volumen, de manera que tampoco prestaba atención a lo que ocurriera en esos instantes más allá de
su universo cerrado ni podía oír, por consiguiente,
si entraban o no entraban a la casa, así le dijo a la
policía él mismo; debían de saber que ni Petit Pancho se atrevía a acercarse a Lawton, como si una
ley no escrita pero firmada en el aire por Diosmediante Malaspina y Lázaro el mayordomo le hubiera vetado la posibilidad de llegarse hasta allí en
ausencia de su amigo ni aunque lo matara la curiosidad; que a él no lo metieran en esa bulla porque él
no estuvo allí en toda la mañana, podía probarlo, y
cuando llegó la puerta estaba abierta, disimulada-
mente abierta, entornada, vaya, pero abierta y sin
ninguna violencia aparente, como si la hubieran

dejado así para que el mayordomo que era él, Lázaro, se la encontrara así cuando volviera de mirarse en el hospital, o se la encontrara quien se apareciera por la casa de Niño de Luto. Y eso fue lo que le despertó las primeras sospechas a la policía, ese estado de agitación y algunas frases que dejaban cabos sueltos; y Lázaro el mayordomo les dijo además que si había pasado todo aquello lo que tenían que hacer era averiguar a fondo, que para eso estaban exactamente vestidos así, con el uniforme del orden y la seguridad, ¿oká?, y que empezaran cuanto antes para que cuanto antes pudieran encontrar a los culpables. Estaban allí para eso, le contestaron los policías con una cierta sorna, mirando a Lázaro el mayordomo como si le dijeran que no debía olvidarse de que habían venido porque él los había llamado y nadie lo estaba acusando de nada, compañero, ni lo estaban metiendo de ningún modo en tremenda fiesta que se había organizado en esa casa de Lawton, de forma que lo primero que debía hacer Lázaro era dejar de lado el sulfuro y calmarse. Tú, compañero, vas y te nos calmas, te tranquilizas, no te nos embulles más con esta tragedia, te nos sedas de una vez, tómate un par de vasitos de tilo tibio, que te necesitamos normal porque tú y ningún otro eres el primer testigo, y entonces debe calmarse, compañero, porque con usted no va nada. Eso y con esa musiquita zumbona le dijeron a Lázaro el mayordomo los policías de la patrulla de vigilancia.

—De momento la cosa está así mismo y más nada —intervino otro policía, sin que en su tono de voz viniera a delatarse ninguna segunda intención más que la derivada de la misma investigación policial iniciada allí mismo.

La gente no tardó en arremolinarse en los alrededores de la casa de Niño de Luto. No paraban de hablar en los corrillos de las esquinas y el murmullo crecía y llegaba a la casa desde el otro lado del Parque Buttari. La gente miraba muy atenta, llena de la curiosidad malsana que intuye una tragedia y quiere verla desde lejos, sin que le salpique ni una gota de nada, y sin acercarse del todo intentaba la gente averiguar lo que realmente le había ocurrido a aquel hombre tan misterioso al que muchos de sus vecinos terminaron por tenerle más miedo que respeto. Trataban de ver qué era lo que de verdad estaba ocurriendo de la puerta para dentro de la casa de Niño de Luto, hacían sus cábalas, apostaban en voz baja y echaban a volar al aire las palabras de sus hipótesis dando por hecho que los rumores que se esparcían por todo Lawton en ese momento eran del todo ciertos, pero no veían más que un muro de penumbras donde se movían como sombras silenciosas las siluetas de los policías, de un lado para otro, entrando y saliendo de la casa de Diosmediante Malaspina. De repente se asomaba uno al murillo de la azotea, miraba para la calle, como si estuviera midiendo la altura, gesticulaba, daba algunas órdenes en clave o decía alguna cosa que la gente no alcanzaba a oír. Volvía a perderse de la vista de la gente y regresaba después, otra vez miraba para abajo, donde estaban los jips parqueados y las máquinas relucientes de los caballitos, y más allá un cordón de seguridad que impedía el paso a cualquiera que no fuera autoridad en el asunto. La gente se dio cuenta de que los policías se estaban poniendo nerviosos porque se miraban unos a otros y discutían entre ellos en baja voz, pero sus gestos inquietos no dejaban lugar a más pábulo que al nerviosismo que se estaba apoderando de ellos. Hasta que el capitán decidió acabar con esa situación tan embarazosa y llamó para que más arriba supieran lo que ocurría allí dentro, eso fue lo que dijo, hasta lo oyeron en las primeras filas los curiosos.

—Que vengan de más arriba que esto está muy grande, compañero, ¿oká? —eso dijo así el capitán Flores.

Y que él no iba a tocar nadita de allí, añadió Arnaldo Flores, ni el polvo que no había ni más nada, que lo iba a dejar todo como estaba hasta que vinieran de más arriba a arreglarlo, todo se iba a quedar como una fotografía. Prevenido, había ordenado a sus hombres que no tocaran ni hicieran nada hasta que llegaran de más arriba a ver lo que había sucedido en la casa de Niño de Luto; que no movieran los muebles de donde estaban exactamente, ni se les ocurriera cambiar de lugar las sillas ni ninguno de los otros objetos domésticos. Se podían embarullar las huellas de quienes habían estado allí durante la mañana y después la investigadera fuese a ser mucho más dificultosa. Que tampoco fueran a tocar el gramófono, ni el plato que seguía dando vueltas, como si tuviera cuerda propia, y echando la música de piano hacia el fondo del jardín. No quería tocar nada el capitán Arnaldo Flores, de la policía de La Habana, alto, prieto, entrecano, con sus mostachos y su cuerpo de atleta, un veterano de la pelea callejera de La Habana, un obseso del orden y la seguridad que ahora respiraba como si quisiera retener la angustia, sus gafas oscuras con montura de carey ocultando su mirada repentinamente errática, las cejas levantadas alternativamente o las dos juntas, y la preocupación del gesto duro de un profesional hecho y derecho, a las duras y a las maduras, marcada en las facciones de su rostro. No fuera a ser peor el remedio que la enfermedad, porque al capitán Arnaldo Flores, de la policía de La Habana, no le habían regalado los galones, las estrellas de oficial y los grados de mando en esas piñatas de mentira donde los oligarcas consultivos premian más el vicio de la fidelidad canina que la profesionalidad estricta del policía vocacional. Esas mañas malsanas se las sabía de memoria desde muchos años el capitán Flores, y ahora no iba a echarlo todo a rodar por ahí para abajo en aquella cueva de Diosmediante Malaspina que la mala suerte le había echado encima esa mañana gris de La Habana.

Lázaro el mayordomo en todo ese tiempo de dudas de la policía entró y salió dos o tres veces de la casa, blanco como el papel, una nube de lágrimas bañándole todo el rostro y nublándole la visión, sin dejar de santiguarse y hacer visajes santeros de cuando en vez para alejar los malos presagios que le fueron viniendo encima de su destino. Entraba y salía del escenario de la tragedia y la gente

lo veía desde el otro lado del Parque Buttari y lo señalaba, uno, dos, tres, decenas de dedos índices y
manos que se alzaban y extendían señalándolo entre murmullos desde lejos, ése es, ése es él, Lázaro
el mayordomo, y él los miraba desde su vista nu-
blada por las lágrimas, por ese llanto nervioso que
arreciaba hasta clavarle el hipo en su respiración,
un hipido de miedo y pena, ni siquiera Lázaro
sabía los componentes exactos de ese pavor. Y cuando quiso parar el plato del gramófono porque la
música del piano sonaba ahora a sonata fúnebre,
se fue muy dispuesto hasta el salón y trató de ma-
nipular el brazo y la aguja del gramófono para que
aquel piano dejara ya de sonar y se hiciera todavía
más ostensible el silencio en la casa de Lawton, el
capitán Flores lo detuvo de un golpe de voz, autoritario.

—Óyeme, muchachón, por tu madre —di-
jo Flores—, tú no vayas a tocar ni el aire que se
mueve de aquí para dentro en toda la casa, ni se te
ocurra esa vaina.

Verdad que de primeras la policía entró a la
casa de Diosmediante Malaspina y dos o tres de
ellos siguieron hasta el fondo por puro instinto,
de manera mecánica, por olfato de perdigueros,
como si de antemano conocieran lo que se iban a
encontrar y dónde estaba el final de la tragedia,
hasta las habitaciones de servicio, más allá del jardín, donde vivía Lázaro el mayordomo. Lo hicieron siguiendo el reguero de sangre todavía fresca
que manchaba todo el salón y la galería entonces
penumbrosa que iba desde la casa hasta el principio

del jardín y más allá, un dibujo caprichosamente macabro y sanguinolento que se extendía desde el salón hasta el lugar donde encontraron a dos metros del suelo y de una viga de hierro herrumbroso colgando por la cabeza el cadáver destrozado de Diosmediante Malaspina, el dueño de la casa, de quien las únicas noticias que se fueron conociendo allí mismo y en primera instancia eran cuatro: que lo llamaban Niño de Luto, que era católico, que lo suyo lo sabía todo el mundo en La Habana desde hacía una pila de años y que nunca había tenido el más mínimo embullo con la ley, el orden, la Revolución, el gobierno y la Seguridad del Estado. Rien de rien. Ni antecedentes antisociales, ni políticos, ni de cualquier otro género sospechoso. A pesar de lo suyo.

El capitán Flores lo supo inmediatamente porque pidió informes con toda urgencia y se los enviaron por radio, allí mismo, en el mismo momento en que observaba con un gesto de pesadumbre profesional las atrocidades que habían cometido en el cuerpo ya sin vida de Diosmediante Malaspina, Niño de Luto, colgado del techo de aquella viga de hierro al fondo del jardín mientras una mueca de exagerada obscenidad se le iba cayendo del rostro al muerto. Además, Arnaldo Flores intuyó a primera vista que cuando lo colgaron de aquella viga de hierro para ahorcarlo, Niño de Luto ya llevaba fenecido un rato bastante largo, porque primero se habían ensañado con él hasta dejarlo como un surtidor por donde la sangre había salido como sale al mar el agua achocolatada del Al-

mendares cuando hay tormenta en las cumbres de
la isla: los orificios de las finas cuchilladas que veía
en el cadáver colgado delataban la saña de los criminales y su sangre fría a la hora de llevar a cabo el
asesinato. Tal vez Malaspina quiso defenderse de sus
agresores, se había movido por instinto de propia
supervivencia, se revolvió contra los que habían entrado a su casa por sorpresa, pero no pudo evitar que
le rajaran el cuerpo por todos lados hasta tumbarlo
en el mismo salón donde Flores pensaba que había
empezado la batalla cuando pensaba todo eso.

—Lo dejaron como un san Sebastián cualquiera —dijo Flores para sí mismo pero en voz alta, como para oírse y que lo oyeran los que estaban
allí cerca.

La primera cuchillada fue una de las más
terribles y profesionales, porque muy probablemente Malaspina no esperaba la saña de sus atacantes
ni que le hubiera llegado de repente el temido
momento de su destino manifiesto. Toda su pesadilla de siempre se estaba verificando en aquel ataque de sus enemigos, pero Malaspina empezó a
vislumbrar que su mal sueño no era más que una
visión profética cuando ya no podía poner de su
parte ningún remedio a la tragedia. La cuchillada
con punta fina le entró con fuerza a Malaspina por
la región subfrénica derecha de su cuerpo y le metió un revolcón del quince en el fondo del alma.
Cuando Niño de Luto empezó a ver las puertas del
infierno, la cuchillada le abrió en dos el hígado,
atravesó el riñón derecho, le provocó una hemo-
rragia interna y salió dos centímetros por la región

lumbar en su flanco derecho. Fuácata. Fue un golpe terrible que si no tumbó en el piso a Malaspina,
lo dejó apenas sin fuerzas, tambaleándose por todo
el salón sin comprender del todo qué le estaba pasando, agarrándose a los sillones y a la mesa del salón, que estaban también manchados de sangre,
mientras al mismo tiempo se llevaba las manos a la
herida que empezaba a robarle la vida.

Seguramente estaba cayéndose al suelo y
perdiendo la inicial resistencia contra sus asesinos,
a pesar de que se estaba reponiendo también de la
mala sorpresa del ataque, cuando le asestaron una
segunda cuchillada furibunda, de arriba para abajo
y sin darle tiempo tampoco a poder pararla de la
forma que fuera. Saltaba a la vista que ese golpe brutal llevaba la misma o mayor violencia todavía que la
primera, porque le penetró el cuerpo exactamente
por el lugar que la medicina anatómica conoce como
región supraclavicular izquierda, en trayectoria des-
cendente y posterior, fuácata otra vez, para que más
dura fuera la caída. El fierro atravesó con velocidad
vertiginosa el lóbulo superior del pulmón izquierdo, al que en una gran medida logró desgarrar, después pasó a un milímetro escaso de la aorta hasta
casi interesarla aunque por raro milagro ni la rozó,
porque entonces el cuerpo de Malaspina se hubiera
desangrado sin remedio y la vida le hubiera durado
un pasmo, y salió por debajo de la escápula, después de atravesar y romper el músculo trapecio izquierdo y el sexto arco costal posterior izquierdo.

El cuerpo malherido de Diosmediante Malaspina debió de caer al suelo con estruendo aun-

que Niño de Luto lo sintiera de lejos, endormido
por el dolor; debió de caer al suelo en el instante
de la segunda cuchillada y quedó tirado bocabajo,
apenas sin fuerza, moviéndose a cámara lenta
para tratar de incorporarse y escapar sin que apenas
pudiera moverse, sino que le mostraba la espalda
a sus asesinos, porque el orificio de entrada de la
tercera herida del cuchillo, en la región subescapu-
lar izquierda del cuerpo malherido, indica que el
golpe atravesó el corazón por su ventrículo izquierdo y salió por delante, por la región submamaria izquierda. Un golpe mortal de necesidad que lo partió
por el eje y acabó con Diosmediante Malaspina.

Los criminales no debieron de entender el
mensaje inane de aquel cuerpo ya sin vida, inmó-
vil sobre el suelo del salón de su casa mientras el
olor de la sangre fresca inundaba el ámbito doméstico todo lleno de sombras y en el viejo gramófono seguía sonando a gran volumen la placa con el
piano de Alfred Brendel interpretando alguna melancólica sonata de Schubert, uno de sus músicos
predilectos. Entonces le dieron la vuelta y lo pusieron bocarriba para asestarle una cuarta cuchillada que entró en Diosmediante Malaspina cuando
ya era cadáver. El cuerpo de Niño de Luto ya no
siente ni padece los golpes, ni su cabeza tiene ya en
esos momentos memoria de nada, es un despojo
humano ahogado de sangre, que no se mueve del sitio y cuya cara muestra los desmanes definitivos
de la muerte: la boca abierta como una fuente por
donde manan hilillos sanguinolentos, la mirada
errática de los ojos fija en ninguna parte, como si

quisieran escaparse de sus órbitas los ojos. Pero los criminales se han ensañado con el muerto, no prestan atención a la inmovilidad de Niño de Luto, tirado en el piso de su casa de Lawton, y la cuarta cuchillada, que entra y entra y entra, como si fueran dentelladas afiladísimas de hienas muertas de hambre, sale tres veces del cuerpo por los mismos lugares. Primero le destroza el peritoneo, después de entrar por delante a la altura de la segunda vértebra lumbar; un momento más tarde atraviesa en su trayectoria el músculo recto mayor del abdomen, secciona el intestino sin detenerse, rompe el duodeno, la cava inferior y el páncreas, y se incrusta en la columna vertebral, en el cuerpo de la segunda vértebra lumbar, tras pasar muy cerca de la aorta abdominal sin tocarla. La quinta cuchillada penetra el cuerpo del muerto por el pubis y rompe la vejiga y el recto, la sexta entra por el tercio medio del muslo derecho y rasga el músculo sartorio, la arteria y la vena femorales, atraviesa el músculo abductor mediano y sale por la cara interna del muslo izquierdo. La séptima y última cuchillada entra en Diosmediante Malaspina por la boca abierta, le destroza y atraviesa el paladar blando y la úvula, y se clava en la columna cervical. Fuácata y fuácata, hasta siete veces siete y sin parar.

Ese estilete de punta finísima, mitad bisturí mitad destornillador, lo dejan tirado al principio los asesinos en el salón, seguramente en el momento en que se dan cuenta de que hace rato que Niño de Luto está muerto. Entonces arrastran el cuerpo por toda la casa hasta el fondo del jardín, hasta el lugar donde lo encontró Lázaro el mayordomo colgado por el cuello de una viga de hierro del techo, como si hubieran querido ahorcarlo después de matarlo, como si hubieran querido amedrentar a quien entrara a verlo y lo descubriera, incluso al piquete de policías de guardia en la comisaría de Cuatro Caminos al mando del capitán Arnaldo Flores.

—Un crimen del carajo, de bugarrones en candela. Lo clavaron como a un san Sebastián cualquiera —repitió para sí el capitán Arnaldo Flores, esta vez sin abrir la boca ni pronunciar una sola palabra.

Diez

Me recuerdo que dos días antes de la llegada del Papa Juan Pablo II en el avión de Alitalia a Rancho Boyeros, Bebe Benavente nos convocó en su casa del Vedado para ver por la enorme pantalla de su televisor modernísimo el espectáculo más grande del mundo después de la entrada en La Habana del Hombre Fuerte y de los sucesos de Playa Girón. Había que celebrarlo de verdad todos juntos, como cuando nos reuníamos en nuestras largas veladas a escuchar óperas de Mozart y Verdi, porque esa experiencia iba a ser una cicatriz única en nuestras vidas y teníamos que estar todos juntos para ver la llegada de Juan Pablo II y el recibimiento excepcional que el Hombre Fuerte le había preparado a Su Santidad el Papa polaco.

—Fíjate tú, un Papa en la Cuba comunista. Todos mis amigos están invitados a mi casa —me dijo por teléfono—. Ustedes no pueden faltar. Lo veremos todo por televisión.

Todos los amigos habaneros de Bebe Benavente estábamos en su casa del Vedado con horas de antelación desde el mediodía de la fecha señalada para la histórica visita, porque cada uno de nosotros había podido a su manera resolver el

problema del carro. Nos habíamos llamado unos
a otros para llegar a tiempo ese día de fiesta en que
toda La Habana se había echado a las calles para ver
al Papa en carne y hueso y vestido de blanco. De
manera que ninguno de los amigos de Bebe Benavente se sustrajo a la tentación y estábamos todos
en su casa, los verdaderamente creyentes, los fieles
a la Iglesia Católica y a su jerarquía cubana, como
Diosmediante Malaspina, especialmente excitado
por la visita histórica de Su Santidad, convencido como estaba de que en adelante venía un cambio de vida para Cuba; los tibios, a los que no sólo
importaba muy poco lo que sucedía entre el entourage sacré y la Iglesia en Cuba, sus intrigas,
encuentros, empates y enjuages, sino que observa-
ban desde hacía rato con escéptica distancia cada
uno de los movimientos hipnóticos que el Hombre Fuerte ejecutaba sobre el escenario en su papel
de cuarto bate de las grandes ligas, como el mejor
prestidigitador internacional de la historia de Cuba y de todo el Caribe; los fríos e incrédulos, que
durante meses se habían quedado impertérritos
cuando las noticias de la visita del Papa a Cuba comenzaron a correr por La Habana entera y por
toda la isla, hasta que cobraron la magnitud oficial en los titulares del *Granma* y, sobre todo, en
las imágenes y las noticias de la televisión del Hombre Fuerte; y quienes, como Amanda Miranda,
habían mirado despectivos, y casi muertos de la
risa por el chiste, desde meses atrás los preparati-
vos del viaje papal, como espectadores de una pe-
lícula cuyo ambiente esencial estaba tan preñado

de efectos especiales que no acababan de conven-
cerlos de que fuera una realidad de verdad.

—Esa visita ni siquiera se va a celebrar —des-
cargó irónica Amanda Miranda para molestar a Malaspina, en una reunión de los elitistas en casa de
Bebe Benavente, cuando habían empezado a fil-
trarse los primeros resquicios de la visita papal y
tuvo la ocurrencia de armar en su computadora el
montaje de la Trinidad, el Papa y el Hombre Fuerte como protagonistas de esa divina comedia, con
ella misma en su papel estelar de presentadora oficial de los dos.

Estábamos todos allí, en casa de Bebe Benavente, expectantes, hablando entre nosotros de las
últimas noticias y rumores, todos nosotros en esa
ocasión locutores parlanchines de Radio Bemba, y
del larguísimo discurso de la noche anterior que el
Hombre Fuerte se había mandado por la televisión, las tres primeras horas sobre las últimas elecciones, como si hubieran sido de verdad elecciones,
nada nuevo sobre el nivel del mar ni bajo el sol del
Capitolio, el mismo cordel de siempre para que los
cubanos acostumbrados a ese evangelio sagrado se
fueran a acostar; y las tres últimas horas, las más largas y fulgurantes, para los corresponsales de prensa
de todo el mundo, más de mil quinientos curioso-
nes con carné profesional en La Habana esa noche
tomando nota de todas las sorpresas para largarlas
por los periódicos al día siguiente, y para la CNN
de los Estados Unidos de América. Todo sobre el
Papa en esas tres horas últimas de otro interminable discurso del Hombre Fuerte, su personalidad,

su historia, la visita papal a la isla, Cuba, la Revolución, la Unión Soviética, nuestros amigos del campo socialista que se había desmerengado con la caída del muro de Berlín y las preguntas que les había hecho el inteligentísimo Hombre Fuerte nuestro, confidencialmente, a los sucesivos ministros de Exteriores de los bolos, como si hubiera previsto desde su casa de Cubanacán muchos años antes que en el Vaticano iba a haber un Papa polaco.

—¿Por qué habían invadido Polonia, en lugar de dejarla ahí, como Finlandia, neutral e intocable, existiendo como si no existiera?

Eso dijo el Hombre Fuerte por la televisión con una naturalidad habilidosísima, como si se lo hubiera mechado todo y cada gesto hasta el fondo del forro, nada sorprendente en él que es el amo del pollo del arroz con pollo y también el amo del arroz, para darle la vuelta a los papeles de la historia de la Segunda Guerra Mundial y colocárselos a su imagen y semejanza, encima mismo de sus rodillas de militar invencible; para después hacer un larguísimo elogio del Papa amigo, valiente, dijo el Hombre Fuerte, un Papa valiente, así mismo dijo, con efusivo hincapié, porque él sí viene a visitarnos, ahí está la cosa, ésa es la diferencia, no como otros que siguen las órdenes del imperialismo y le cogen miedo a venir a Cuba, y también estamos dispuestos a recibir a Clinton, que venga Clinton, dijo sonriéndose con sorna, lo recibiremos muy bien, queda invitado; dijo el Hombre Fuerte vestido de Comandante en Jefe durante su discurso por televisión el día anterior a la llegada del Papa a Cuba, entre sar-

cástico y diplomático, Capablanca moviendo las
fichas del ajedrez como si él mismo hubiera inventado el juego y sus reglas, de modo que pudiera cambiarlas cada vez que le salía del forro viejo
de su sagacidad, más de seis horas sin levantarse de
su asiento, moviendo con mucha habilidad sus manos autoritarias y huesudas delante de las cámaras, echando el dedo índice de la mano derecha por
delante, para arriba y para abajo, porque ése es el
gesto de la orden, el dedo índice para arriba y para
abajo, para que todos los que estábamos viendo la
televisión en ese momento lo siguiéramos con nuestros ojos sin que se nos escapara un detallito, hablando hasta la madrugada con la lentitud de un
cansancio sólo aparente, dejando que la mandíbu-
la inferior de su rostro barbado ya de muchas canas bailara de un lado a otro de sus palabras. Como
si estuviera mascando las sílabas una a una, chascan-
do las palabras una a una, degustándolas e inyec-
tándolas en la historia de Cuba. Habló del Papa por
lo menos una hora, sacó los papeles de sus encícli-
cas sobre los pobres del mundo y leyó literalmen-
te las advertencias papales a los ricos. Y entonces
con la misma naturalidad, con la misma impavi-
dez invencible con que una hora antes había dicho
que nunca entendió por qué los soviéticos habían
invadido Polonia y si no sabían que ese país era un
país de resistentes y no otro país cualquiera, que era
un país de valientes, como nosotros, dijo el Hombre Fuerte, como los cubanos, dijo sonriéndole a
las cámaras que todo lo que había escrito el Papa
sobre los niños y sobre los pobres lo había dicho

antes la Revolución, eso mismo lo dijimos nosotros, dijo. Y se sonrió, hizo un mutis, una cesura
teatral, porque es el amo del tiempo y el espacio,
el jefe en el escenario, director, cámara y actor a
un mismo tiempo, el más grande best-seller an-
dante, el dueño del marketing, de la imagen y la
propaganda, él es la televisión y más nada, todo el
mundo le reconoce una gran genialidad teatral
para la propaganda propia.

—Coincidimos con el Papa —dijo sonriéndose el Hombre Fuerte.

Hizo un dibujo en el aire con sus dos manos para exigir aquiescencia sin decir una palabra,
para que las cámaras lo recogieran. Dejó la boca en-
treabierta y movió levemente la cabeza, primero de
arriba abajo y luego hacia los dos lados, pero siempre ligeramente, con suavidad de mayimbe, echando una ojeada de complicidad a quienes lo acompañaban en la mesa, sin perder la sonrisa que se iba
helando en su rostro hasta convertirse en el inicio
de una mueca irónica. Porque el mensaje que quería mandarle a todo el mundo, para que cayéramos
en la cuenta de que lo que estaba diciendo por televisión no era ninguna broma, era que el Papa y él
eran iguales, y que Polonia y Cuba estaban en el
mismo camino de resistencia frente a los ricos y los
poderosos del mundo. Oká, para que te enteres de
lo que hay, Clinton. Y verdad que a Diosmediante
Malaspina no le gustó nada esta parte del discurso
del Hombre Fuerte.

—Una irreverencia —me comentó, lacónico.

También advirtió el Hombre Fuerte de que no quería ninguna provocación durante la visita del Papa a Cuba. Ni el más ligero dislate, ninguna descarguita gratis por ningún lado en esa celebración, ni que se le ocurriera a ningún cubano aprovecharse de la estancia del Papa en la isla para montar esos carnavalitos a los que somos tan dados, un jueguito de protestas, una rumbita como la del maleconazo, de eso ni hablar, ni por un lado ni por otro, a ésos les pasarían los remos una y otra vez cuando se acabara la fiesta, uno a uno iba a meterlos en la gaveta; y a los que siempre han estado con nosotros y no entienden bien lo que está pasando, dijo el Hombre Fuerte levantando la cabeza con el gesto autoritario que siempre es su costumbre, adelantando otra vez el dedo índice de la mano derecha hasta casi salirse de cámara, a ésos les recomiendo infinitas dosis de paciencia.

—La historia nos dará la razón —ordenó el Hombre Fuerte casi al terminar su discurso, e hizo aparecer de nuevo esa mueca de sonrisa incipiente y superior, entre irónica y triunfante, en su rostro de señor mayor y satisfecho de estar sentado delante de todo el mundo sobre su propia eternidad.

Verdad que Diosmediante Malaspina se había pasado las más de seis horas de la intervención del Hombre Fuerte en esa madrugada delante del televisor, en el silencio del salón de su casa de Lawton, junto a Lázaro el mayordomo, dormitando durante el tiempo que el Hombre Fuerte dedicó su palabrerío al consumo interno, recitativo con violón, solo de prima donna para cubanos, le comen-

tó a Lázaro, para cubanos y más nada, le dijo una
y otra vez durante las tres horas de la primera parte del discurso. Después le pareció una hipérbole
cercana a la profanación esa innecesaria analogía de
sí mismo y Su Santidad, pero Niño de Luto casi
mejor que nadie sabía de memoria que el Hombre
Fuerte era así desde que fueron por más de dos años
compañeros de clase y banco en la Facultad de Derecho de la Universidad de La Habana; y desde
mucho antes, cuando era pupilo de los jesuitas en
Belén y lo echaron del colegio por guapo, se lo
mandaron para su casa a don Ángel y allí se le alzó
a su propio padre amenazándolo con sublevarle a
los trabajadores, ponerse al frente del golpe y quemarle toda la finca en un par de horas, si no le exi-
gía a los curas que lo dejaran volver y lo readmitie-
ran otra vez al colegio. Y a su padre no le quedó otro
remedio que pedirle de rodillas al rector que lo dejaran reingresar al colegio porque ni él mismo podía
con ese mastodonte que hasta en su casa no hacía
más que meter para pescado.

—Le tenían más miedo que a un brujo ñá-
ñigo —me confesó Malaspina.

Era así el Hombre Fuerte desde los tiempos de estudiante en los primeros años de Derecho
en la Universidad de La Habana, ya se mandaba
mal si le llevaban la contraria, escandaloso y albo-
rotador. Así era el Hombre Fuerte ya, cuando Niño de Luto lo conoció mejor y estuvo tan cerca de
él que ahí se fraguó una amistad que todavía no se
había roto del todo, hasta llegar a ser su ayudante
secreto en los estudios universitarios. Porque ver-

dad que después el Hombre Fuerte se dedicó con todo su ímpetu arrollador a empujar, a volarse y abrirse camino en la política cubana, en los años difíciles de sus principios revolucionarios en los que el Chino Esquivel le manejaba como si fuera su chofer el Chevrolet con que se movilizaba embullándose por toda La Habana y toda Cuba y reclutando adeptos para su causa y devotos sumisos para su persona; pero cuando en la universidad desarrollaba ya un gusto exagerado por el poder, por el poder político absoluto, porque fue un rinquincalla imparable antes de tiempo, Niño de Luto le confeccionaba en secreto los apuntes, se los actualizaba todos los días y se los pasaba a limpio y con letra clarita para que lo entendiera de un golpe el Hombre Fuerte, se enteraba además de los libros que los profesores exigían y le pasaba las noticias y preparaba los exámenes al Hombre Fuerte. Todo eso sucedió siempre en secreto, como que jamás ocurrió ni a nadie se le ocurre decir que sucedió alguna vez sino nunca porque nadie podía saber nada de ese pacto tácito entre el Hombre Fuerte y Diosmediante Malaspina, el Hombre Fuerte no sólo no se lo hubiera perdonado nunca, sino que le hubiera caído atrás hasta convertirlo en una ruina. Nadie podía llegar ni siquiera a sospechar ni mucho menos saber nada de esa complicidad que era un secreto entre los dos y más nadie en el mundo, porque pasaba también y sobre todo que incluso en ese momento el Hombre Fuerte era de verdad una belleza de la que Diosmediante Malaspina se había quedado pegado en secreto. Por

ahí le entró el agua al coco, como si Niño de Luto
fuera una mujercita primeriza y frágil que se había enamorado del Hombre Fuerte sin traslucir ni
el más mínimo gesto de esa loquera que le creció
como un turbión en el fondo de lo suyo, y sin que
el Hombre Fuerte llegara tampoco a notar nada
de ese embobancamiento que le entró a Malaspina con él sin poder evitarlo. Eso hubiera sido el final de esa amistad tan secreta y a Niño de Luto
no le hubiera dado tiempo a lo que ocurrió más
tarde, en plena línea de fuego contra el batistato y
antes del Moncada. Pero el Hombre Fuerte se le
cruzó en la vida a Diosmediante Malaspina como
se le cruzó después a Cuba, de un fogonazo imbo-
rrable, fuácata, que le dejó para siempre una cicatriz en su vida, como que formaba parte de su destino manifiesto, una fusión de elementos que lo
fueron haciendo poco a poco tal como fue después,
discreto, reservado, prudente, disciplinado consigo mismo y reverencial con los asuntos religiosos, pero apegado a lo suyo por encima del resto
de los asuntos como una sustancia fundamental de
su temperamento. Había nacido así, lo había luego desarrollado en sus años de infancia y juventud
y así iba a ser hasta el final, loco por lo suyo Niño
de Luto.

—Una belleza, era una belleza entonces
—me dijo Niño de Luto cuando bastantes años
más tarde me confesó su secreto mayor.

Era ya así desde entonces el Hombre Fuerte, aunque nadie se atreviera a decírselo a la cara
ni hacérselo saber, porque a todo el que se enfren-

tara con él ya desde entonces lo tronaba, lo fundía para siempre, lo hacía primero desaparecer de su vista y después no me acuerdo de nada, ya no existes, lo dejaba caer como una piedra al abismo del mar desde arriba del Morro. Era ya un mayimbe de tal machete y capricho que no sólo les había prohibido a sus amigos que tomaran material bélico, o sea, aguardiente, cuando él estuviera con ellos, sino que obligaba a beber en el Bodegón de Teodoro más nada que Ironbeer, un refresco de aquellos tiempos, que ya no hay de eso en Cuba, mucho más dulzón y espeso que la Coca-Cola, a quienes se enredaban con él en sus iluminaciones políticas y guerras por el poder en la universidad.

—Ironbeer o no beber —me dijo al recordarlo Malaspina con un deje de nostalgia, como si contra su voluntad echara de menos aquel tiempo de correrías juveniles.

Eso gritaba el Hombre Fuerte entonces en consonancia con la letra de la publicidad oficial del refresco, con una sonrisa leve de gran mando como todavía lo hace delante de las cámaras, como si no estuviera dando una orden tajante que había que cumplir a rajatabla, pero dando al mismo tiempo un fuetazo con la mano abierta sobre el mostrador de zinc del Bodegón de Teodoro.

Todos, todos, todos los amigos estábamos en la casa de Bebe Benavente en el Vedado, desde el mediodía de ese día tan azul, sin una nube sobre La Habana llena de gente. Para colmo había amanecido un día muy azul y diáfano hasta más allá del horizonte, con el sol sobre toda la isla y el mar echado, quieto como un plato de plata convertido en espejo de la temperatura de la bienvenida, la brisa acariciando toda la ciudad el día de la llegada del Papa a Cuba, la brisa fresca acariciando toda La Habana desde el mar, paseándose desde el Malecón por las calles de Casablanca, Guanabacoa, La Habana Vieja, Diez de Octubre, y para el oeste por Marianao, Siboney y Cubanacán, hasta por encima de La Víbora y el Cotorro, y por todos, todos los demás barrios de La Habana. En los días precedentes, las avenidas, las plazas y las calles por las que el Papa haría el recorrido oficial para entrar en La Habana habían sido minucioso objeto de mimos y cuidados especiales, limpiezas, arreglos, eliminación de hoyos y baches que llevaban allí casi cuarenta años, asfaltados perfectos, desconocidos en La Habana durante años, estreno de nuevos alumbrados donde hace tiempo que faltaban los bombillos de las luces públicas, albeos espectaculares de las fachadas de muchos de los edificios de la primera línea por donde estaba previsto que pasara la comitiva papal y el Papa en persona, de pie en el papamóvil que habían traído de Canadá, saludando con su mano a todos los cubanos, adornos de todo género y banderitas para que todos los habaneros pudieran dar la bienvenida a Juan Pablo II y el Papa se diera cuenta de que en Cuba se le quería, al menos en ese momento de expectativa. Se le quería, verdad que se le quería, entre la curiosidad y el pasmo se le quería ver en Cuba al Papa, como decía Malaspina, porque con esa visita iba a abrirse una nueva etapa de esperanza para Cuba, eso decía Malaspina tratando de convencernos mientras se convencía a sí mismo con sus propias palabras.

—Un cambio de vida de verdad —decía.

Todos los amigos estábamos allí, en la casa de Bebe Benavente, todos menos los monseñores Benito Cañadas y Carlos Manuel de Céspedes, porque ese día los dos melómanos tenían otra preocupación, otra tarea superior, un papel de oficiantes en esa fiesta mayor, y esperaban al Papa vestidos con sus ropajes de gala, como integrantes oficiales de la delegación de la Iglesia cubana, en las dependencias de autoridades del aeropuerto internacional José Martí. Verdad que Céspedes, porque es un gran melómano y lo vuelve loco la ópera, venía más a casa de Bebe que Benito Cañadas, a pesar de que monseñor Cañadas era más amigo de Bebe y de todos los demás, y sobre todo de Diosmediante Malaspina, como Niño de Luto me había dicho en más de una ocasión citándomelo siempre como una autoridad irrefutable. Cada vez que hubo alguna noticia cuya importancia elevaba su categoría a la más estricta reserva, Malaspina me lo comentaba en baja voz y con la misma confidencialidad que tratamos siempre las cuestiones delicadas. Entonces me hacía saber que se lo había dicho su contacto con la jerarquía de la Iglesia en Cuba.

—Ya tú sabes quién me lo dijo —me decía una y otra vez evitando pronunciar el nombre.

—No, no, Diosme, yo no sé nada —le contestaba yo por costumbre, para lavarme las manos y provocarlo a que me dijera el nombre exacto de la autoridad.

—El espía que todo lo sabe —volvía a contestarme Niño de Luto enigmático y con un atisbo de falsa irritación en su gesto.

—Sigo sin saber nada —contestaba yo una y otra vez a sus claras insinuaciones de complicidad.

—Él, chico, ya tú sabes que es él, monseñor Cañadas, ¿quién iba a ser sino él? —concluía entonces entre dientes Niño de Luto.

Verdad que en Cuba nadie quiere hacerse partícipe de lo que los demás saben de cualquier cosa, nadie con un par de dedos de ancho en su frente atiende en Cuba a esa costumbre que funciona como una muletilla en la boca de cualquiera, ya tú sabes cómo es la cosa, ya tú sabes cómo es el asunto, ya tú sabes cómo, que es como una letanía que exige la complicidad del interlocutor para hacer que se está en la misma maldad. De manera que quien no abre la boca está perdido porque el que calla y no niega expresamente en estas ocasiones parece que de verdad sabe, y verdad que nadie quiere ese tipo de complicaciones que luego nunca se sabe dónde van a parar ni en qué memoria y documentación oficiales quedan impresas para que en el momento indicado, fuácata, aparezca como por casualidad, aquí está, lo cogimos, fíjate tú todo lo que sabía el fuetero este, estaba en la maldad y calladito haciéndose el difunto, ¿oká? Por eso hay que decir siempre que uno no sabe de qué estamos hablando ni de qué va la cosa si se le dice expresamente ya tú sabes, sobre todo cuando el que sabe de verdad sabe de qué se está hablando. Por eso siempre que Diosmediante Malaspina me decía ya tú sabes, yo le contestaba que no, que no sabía quién, ni qué, ni nada, y que si me lo había dicho alguna vez ya no me recordaba, ¿qué tú quieres que yo haga con la mala memoria que tengo, eh?, que a veces era verdad o lo hacía yo pasar por verdad mía que nadie podía negarme, no me recuerdo del asuntico y más nada. De manera que fuera Niño de Luto y sólo él quien se comprometiera conmigo diciéndome libremente y por su propia voluntad los nombres de los muertos y también los de los difuntos, y no yo con él al confirmarle con mi silencio o mi gesto afirmativo de cabeza que yo también sabía de lo que estábamos hablando. Al fin y al cabo, éramos íntimos amigos y siempre supo que yo era mucho más que una tumba con todo lo que me contaba, un camposanto entero, sellado y clausurado, como después de su muerte y tras las investigaciones judiciales cerraron y clausuraron a cal y canto todas las ventanas y las dos puertas de entrada de su casa de Lawton por la calle Armas, que la gente pasaba por delante y ni se atrevía a mirar las columnas de la puerta principal ni echar de reojo un vistazo por la verja que dejaba ver el corredor a la intemperie por el que también se podía llegar a la primera parte del jardín de los Malaspina sin entrar por el salón. Con todo lo que él me confesaba era un camposanto, ni una palabra más ni una palabra menos, sino silencio absoluto y labios pegados, y por eso he terminado por saberlo todo de Malaspina, por eso supe lo del

Zurbarán, lo del Rembrandt, por mucho que ahora diga el entourage sacré que todo es una fábula de invencioneros con mala intención; por eso supe del valor del mobiliario tan costoso, que eso sí estaba a la vista de todo el mundo en su casa de Lawton, lo de la vajilla de las bodas de Luis XVI y María Antonieta, completica la vajilla y todas las piezas como nuevas, como si no se hubiera estrenado o sólo se hubiera usado la vez de esa boda real, y lo de los otros cuadros y las estatuillas griegas que Niño de Luto me había enseñado aquel día en el escondite del jardín, una fortuna; y supe también por eso lo de los papeles de Alejandro Malaspina que no tenían sino ellos, su olvidada familia cubana, que ni siquiera Niño de Luto sabía por qué nadie de la familia le había dicho jamás cómo habían llegado desde Montevideo hasta su abuelo Amable Malaspina esos papeles de puño y letra del ilustre marino, con notas de algunos de sus viajes, impresiones de la política, conspiraciones secretas en las que anduvo metido desde joven y memorias de su vida aventurera.

Vimos por el televisor inmenso de Bebe Benavente descender al Papa del avión de Alitalia y al Hombre Fuerte recibirlo al pie de la escalerilla, saludándolo con la mano en alto cuando lo vio aparecer en la puerta del aparato. Como si hubieran sido amigos de toda la vida y todos estos años de tanta distancia hubiera estado esperando a que Juan Pablo II llegara a su casa para estarse un rato allí, conversando los dos como viejos compañeros de colegio. Bebe Benavente estaba de pie en medio del salón, fascinada por el espectáculo, moviendo de un lado a otro el vaso largo del trago Ballantine's en las rocas que atenazaba con sus dos manos, tac, tac, tac, ése era el ruidito de los cubos de hielo dando en el cristal de su vaso como si estuviera haciendo sonar una campanilla de atención y reverencia. Tenía sus ojos brillantes y fijos en la pantalla, como si estuviera viendo un milagro en el que nadie creía un par de meses atrás de ese día de finales de enero azul y limpio de La Habana, cuando se anunció oficialmente la fecha de llegada a Cuba de Juan Pablo II y Amanda Miranda locaria perdida se atrevió a decir jugando con las palabras entre sus amigos que eso no se iba a celebrar nunca.

—Si tú te fijas —le discutió tajante Amanda Miranda a Malaspina—, la Iglesia Católica aquí en Cuba, no ha hecho nada en toda la historia. Eso sí, un par de curitas valientes en tiempos de crisis, Félix Varela, ése sí, para qué te voy a decir otra cosa, el resto una labor de diplomacia e intermediación en algún directorio, está claro, pero más nada. Después cada uno a su templito, Dios en la de todos y los curas a la Iglesia.

Pero ese día todo el recorrido del Papa por las calles de La Habana fue un fervor popular que nadie podía negar, salvo Amanda Miranda, que aguaba la fiesta del milagro afirmando que el Hombre Fuerte había sacado a la fuerza a todo el mundo a la calle para que se viera la amistad del pueblo cubano y la locura del país entero con la visita de Su Santidad. Ella no quiso estar en la casa de Bebe Benavente, rechazó la invitación con toda amabilidad, ay, chica, mi amor, ven acá, por favor, te agradezco tanto todo, pero ya tú sabes cómo yo pienso, Bebe, yo me dedico a otras supersticiones mucho más serias, le dijo jocosa y casi muerta de la risa Amanda Miranda cuando Bebe Benavente la llamó por teléfono. Es terrible y hay que conocerla a Amanda Miranda, y se lo dijo así, jugando, como si estuviera cantándole un son de los Matamoros, ay, chica, mi amor, ven acá y todo eso, para rebajar grados de mercurio a la insistencia de Bebe Benavente.

—Espera, un momentico, ven acá, nunca te he dicho que no, pero ahora te lo voy a decir y espero que tú comprendas, mi amor, no voy a ir, Bebe, ya tú sabes —le dijo.

La comitiva papal bajó desde Rancho Boyeros en un clamor que llenaba las aceras de las avenidas por donde iba pasando el papamóvil. Incluso nos olvidamos del gesto de aviso que el Hombre Fuerte había hecho delante de todo el mundo, un gesto de ira autoritaria y contenida que las cámaras de la televisión transmitieron a todos los que estábamos viendo la llegada del Papa, cuando falló la técnica en las primeras palabras de su discurso de bienvenida y no se oyó nada de lo que estaba diciendo. El Hombre Fuerte se paró al escuchar el molesto murmullo que le llegaba de las tribunas de invitados, miró hacia el lugar de donde salía la técnica de la televisión, hizo un gesto de reconvención entre torvo y avisador, y esa mágica llamadita de atención bastó para que su vozarrón saliera muy claro por los cuatro costados de la megafonía del aeropuerto y llegaran nítidamente sus palabras de bienvenida a los telespectadores del acontecimiento. Nos miramos Diosmediante y yo de reojo durante un segundo porque los dos nos imaginamos el sudor frío que había invadido el cuerpo y el alma de los políticos responsables técnicos de la televisión. De modo que el Hombre Fuerte había ordenado que en Cuba durante la visita del Papa no podía estallar ni un bombillo y lo primero que pasaba, nada más bajar del avión Su Santidad, es que se quedaba mudo delante de todo el mundo, de Cuba, de la CNN, de Clinton, de los Estados Unidos de América. Eso sí que no, ustedes no saben con quién se la están jugando, un paso para atrás, vaya, ni para coger impulso, y sólo faltaba que el espectáculo de luz y color naturales se cayera al piso porque un par de mequetrefes irresponsables no habían caído en la cuenta del gran partido que estaba jugando el más grande cuarto bate del mundo en ese momento crucial de la historia de Cuba.

La comitiva papal abandonó después el aeropuerto, dejó atrás Rancho Boyeros y bajó hasta La Habana por Paseo. Mirábamos el televisor y recordaba yo los trabajos que se llevaron a cabo para terminar a tiempo, antes de la llegada del Papa, el gran Corazón de Jesús que cubrió la fachada de la Biblioteca Nacional, frente por frente de la figura del Che, que lleva mirando fijo para la Plaza de la Revolución desde hace casi cuarenta años. Un par de noches antes de la llegada del Papa, pasamos por allí Niño de Luto y yo en un taxi que nos llevaba primero a él a su casa de Lawton y después me regresaba a mí a la mía bajando hasta el Paseo del Prado y dando vuelta por el Malecón hasta entrar en Centro Habana. Nos quedamos asombrados cuando vimos las obras que sostenían el inmenso dibujo en colores del Corazón de Jesús en aquella fachada. El chofer conducía el carro, iba en silencio pero muy atento, y primero nos miró con prevención, luego se fijó un poco más y debió ver el estupor clavándose en cada gesto de nuestros músculos, una muequita que no decía ni una palabra pero estaba diciéndolo todo con ese atronador silencio, mientras Malaspina y yo nos miramos de frente, de soslayo, de reojo, de perfil, nos miramos de todas las maneras entendiéndonos con esos visajes que el chofer debía estar viendo por el retrovisor y sin más esfuerzos.

—Van a decir misa ahí, compañeros, el Papa va a hacer una misa en el mismo centro de la Plaza de la Revolución —dijo entonces el chofer sonriendo—. Lo que se ve en esta Habana ya no se ve en ningún sitio. Cómo cambian los tiempos, Venancio, qué te parece.

Me recordaba de esa anécdota mientras mirábamos muy atentos todos en la televisión que la comitiva se iba acercando a La Habana y hacia la parte donde estaba la casa de Bebe Benavente; y me recordé también de la contestación silenciosa que le dimos al chofer hace dos noches al pasar por delante de la Plaza de la Revolución, porque Malaspina y yo asentimos como si aquello ocurriera todos los días en Cuba, o como si dijéramos amén y bendijéramos todo cuanto pudiera ocurrir en La Habana en ese viaje papal. ¿Y acaso sabíamos no-

sotros quién era el chofer, si era chofer de verdad de
verdad o era un taxista ocasional en el que se ocultaba un coronel retirado de las Fuerzas Armadas,
de los que hacen ese servicio civil después de haber estado años en el frente de Angola dando fue-
tazos por aquí y por allá, por ejemplo? Nada dependía de nosotros, ninguna parte del milagro, ni
un ápice del espectáculo, ninguna gloria del episodio. Todos los amigos comentábamos en voz baja,
para no dejar de escuchar las palabras del locutor
que relataba el gran espectáculo, hablábamos un
par de frases intrascendentes sobre el calor terrible
que el Papa con su salud maltrecha tendría que so-
portar durante su estancia en Cuba, cómo el Papa
se había venido para abajo después del tiro envenenado que Alí Akha le clavó en el vientre, pero qué
resistencia tenía al mismo tiempo, como si antes
de una muerte que todo el mundo le seguía pro-
nosticando para un futuro inmediatísimo, hoy sí y
mañana también, tuviera que convencer a todos
los habitantes del planeta de que la suya era la religión verdadera y más nada, por eso viajaba tanto.
Y cuando Malaspina vio por la televisión de Bebe
Benavente que el papamóvil se estaba acercando
al Vedado, volvió a mirarme con los ojos brillantes y encendidos y me dijo que fuéramos, que nos
acercáramos a la explanada de entrada al hotel Cohiba por donde el papamóvil iba a doblar la esquina para enfilar Miramar, dejando a la derecha el
hotel y más lejos el Malecón, iba a enfilar por Tercera y Malaspina quería verlo de cerca, por eso me
pidió que lo acompañara.

En esa esquina, a la derecha de la puerta del hotel, justo delante del Habana Café, ahí nos apostamos Malaspina y yo cuando vimos que ya estaba muy cerca la comitiva papal y que Juan Pablo II venía saludando a todos los habaneros que cubrían de griticos de bienvenida las aceras de Paseo abajo y levantaban las banderitas que les habían dado desde por la mañana. El papamóvil pasó deprisa por delante de nosotros. Giró por Tercera para dirigirse a Miramar y fue como un instante y más nada de ver ahí delante al Papa en persona. Niño de Luto se quedó estático, paralizado, con las manos juntas en el pecho, sin parpadear, como si no respirara, en un éxtasis que me pareció vergonzoso y desvergonzado, vamos, sin recato ni discreción, pero él creía ciento por ciento en que ese episodio de la historia de Cuba marcaba un milagro.

—Es el principio del final o el final del principio —dijo enigmático, mientras la gente se iba disolviendo para regresar a sus casas después de darle al Papa la bienvenida por su llegada a Cuba.

Once

El Zurbarán era inmenso, todo un horizonte de figuras humanas entre nubes violáceas y claroscuros, por lo menos casi tres metros de largo y más de dos de alto. Estuvo allí, colgado en esa pared, desde que lo trajeron a la casa de Lawton, oculto tras un mueble de época, de madera de tea, que parecía haber sido fabricado a conciencia para esa función, para que sirviera de custodio y tapadera al Zurbarán secreto y lo escondiera de ojos afanosos siempre indiscretos y de memorias envidiosas. Para eso eran los muebles, como resguardos que lo sacaran de la boca de cuenteros que andan cayéndole atrás al primer rumorcito que escuchan por ahí de cualquiera. Se cogía un testero entero del cuarto oscuro que daba al salón y que debió de tener en tiempos de Amable Malaspina, cuando se hizo la casa de Lawton y toda la familia abandonó el Vedado para trasladarse a este suburbio que entonces estaba empezando a ser tierra de cristianos, un destino de comedor grande donde seguro que los Malaspina celebraron banquetes de lujo y fiestas familiares interminables. En el medio de ese sancta sanctorum seguían allí las doce sillas de la familia y sus invitados en las fiestas, en torno a la gran mesa de las celebraciones que, aunque no se

utilizó durante largo tiempo, hasta que a Niño de
Luto se le despertó de pronto la manía de su gran-
deur familiar tras la visita del Papa y empezó a darle órdenes a Lázaro el mayordomo para comer allí,
cualquier día siempre lució limpia de polvo y brillante su madera. Como si Niño de Luto a lo largo
de esos mismos años estuviera esperando a que el día
menos pensado el pasado regresara al futuro para
otra vez celebrar uno de aquellos interminables fes-
tines de ricos, con platos tradicionales criollos y dulces y postres como los de antes.

El Rembrandt no era tan grande como el
Zurbarán, pero también estuvo siempre oculto de
todas las miradas tras de uno de los dos aparadores
del mismo color y la misma madera que el mueble
que escondía de la vista el Zurbarán. De modo que
en aquel cuarto oscuro, que Malaspina vigilaba con
sumo cuidado, como que había allí un gran secreto prohibido de ver y saber, no tenía permiso para
ingresar ni siquiera Lázaro el mayordomo antes de
la visita de Juan Pablo II a Cuba. Todo lo que había allí dentro encerrado, en la habitación de los
secretos, como siempre la nombró Amelia, estaba
completamente al cuidado de Diosmediante Malaspina, porque él era el capitán de ese vapor que
marcaba el paso del tiempo y la memoria dentro
de aquella casa y aquella familia. Hasta el líquido
reparador de los muebles lo daba el propio Malaspina. Se encerraba dentro del sancta sanctorum durante horas, casi un día entero cuando le tocaba
esa faena, acompañado por su hermana Amelia hasta que ella se fue del aire, y ninguno de los dos se

permitía el lujo fácil de que una mota de polvo, una telaraña o la luz excesiva de La Habana dieran de lleno en aquel museo secreto y lo terminaran por dañar ni siquiera en un centímetro. Salían exhaustos, demacrados y sudorosos de aquella limpieza de fondos, y con el deber cumplido a la perfección, después de haber revuelto todos los cajones del mueble y de los aparadores. Porque se pasaban horas ordenando, contando y catalogando las joyas de oro y diamantes, los papeles manuscritos de Alejandro Malaspina y los orígenes de su familia cubana, los cuadros históricos que habían ido adquiriendo durante décadas en subastas y tiendas de arte antiguo en Madrid, Roma, París y Barcelona para trasladarlos hasta La Habana e instalarlos como anillo al dedo en el viejo palacete del Vedado; las estatuillas griegas que eran una belleza y que yo había visto por primera vez en el escondite en las manos de Niño de Luto porque se las había estado enseñando en esa ocasión a Angelo Ferri; aunque no voy a cometer el error de asegurarlo del todo, por ahí se fueron mis sospechas cuando Lázaro el mayordomo me hizo la broma del muerto se dice pero no el difunto, las más de quince tanagras de más de veinticinco siglos de las que Niño de Luto tal vez se había inventado el camino por el que habían venido a parar a la familia y que, por indicios, he llegado a sospechar sin poder tampoco asegurarlo del todo que fue una de las causas del juicio masónico y la condena que la logia en la que Amable Malaspina era un alto grado de autoridad llevó a cabo contra él, hasta sacarlo del paraíso, echarlo del Ve-

dado con toda su familia y para siempre. Como
que Dios había expulsado del Edén por traidor
irredimible a una de sus criaturas elegidas, un ángel que le salió con manos firmes para el roberío,
incumplió los juramentos secretos de los masones
y se robó las tanagras que fue a buscar a Roma y
que no le pertenecían sino que eran de verdad para
otro bisne de más gente. Se encerraban allí dentro
del sancta sanctorum y hacían inventario, las contaban una a una con sumo cuidado todas las piezas
de una de las fantásticas vajillas que la familia real,
la aristocracia y la nobleza francesas utilizaron en las
bodas de Luis XVI y María Antonieta, una porcelana blanquísima, sin mácula alguna y con dibujos azules describiendo escenas campestres de fau-
nos y dioses mitológicos de Grecia y Roma, de un
valor en dólares incalculable, un tesoro único y ex-
clusivo para cualquiera de los museos principales
del mundo entero. Y por eso mismo no se podía
perder ni una pieza, ni se podía levantar una esquir-
la mínima de cualquier plato de aquellos que Niño de Luto cubría uno a uno con paños y papeles
especiales. Ni de la cubertería ni de la cristalería ni
de la vajilla de museo histórico que los Malaspina
guardaban allí dentro como oro en paño se podía
romper ni perder nada. Se encerraban allí Amelia y
Niño de Luto, y después Malaspina solo, cuando a
Amelia se la llevó para Colón una tisis rara que no
había tenido precedentes en la familia, al menos
en la rama cubana, y se entregaban como dos fre-
néticos a la limpieza del museo que iban sacando
por la trampilla de una suerte de sótano inmenso

que estaba debajo mismo de ese cuarto secreto, con galerías, pasadizos y otros cuartos llenos de huecos horadados con disimulo en las paredes a la manera de las catacumbas de los primeros cristianos. Ese lugar también lo había hecho construir en secreto Amable Malaspina en los bajos cuando se estaban levantando los cimientos de la casa de Lawton, aunque en los planos de los arquitectos que dibujaron su proyecto, la edificaron y trabajaron a pie de obra hasta que la casa se terminó, no hay nada de ninguno de esos sótanos a los que jamás bajé, pero supe que existían porque Malaspina me contó muchas de las cosas que yo sé precisamente por sus confidencias, como que descansaba en mí los secretos más importantes y valiosos de su vida y su memoria, por si a él alguna vez le pasaba algo.

—En esta Habana vivimos en una ciudad sin murallas. Me horroriza que esa hiena se aparezca por aquí una de estas madrugadas, rompa todo lo que encuentre y se lleve lo que le dé la gana —me dijo atemorizado.

Hablaba del coronel Yute Buitrón, porque era su silueta uniformada la que se le aparecía a Malaspina en las pesadillas desde que Buitrón llegó aquella vez a su casa y Niño de Luto se despertó de golpe con un sudor frío retorciéndole la médula del alma y el pavor repentino arrimándole una parálisis total. Me habló de los esfuerzos que tuvo que hacer en esa ocasión para sobreponerse al miedo, levantarse de la cama y acercarse a la ventana y ver allí, en la calle, parqueados delante de la casa y el Buttari, los jips militares de la Seguridad del Estado.

—No pensé en mí, sino en la familia y en todo lo que hay en la casa, en todo lo nuestro y en lo que nos han ido dejando los demás bajo nuestra tutela —me dijo guardián.

Verdad que no todos los valores y las obras de arte que estaban guardadas, sin que nadie tuviera nada de esto verdaderamente por cierto, en los bajos de la casa de Lawton hasta el día que mataron a Niño de Luto, eran propiedad de los Malaspina. Mucha familia cercana y otras gentes amigas, que se marcharon de Cuba desde que se vio que el Hombre Fuerte era el único y absoluto capataz de la isla, les habían otorgado la confianza, primero a su padre y luego al mismo Niño de Luto, hasta el punto de que dejaban en depósito y escondidas en sus sótanos las pertenencias valiosas que no podían sacar al extranjero con ellos mismos para venderlas y poder mantenerse al menos los primeros años; las dejaban allí en el mejor resguardo, en los sótanos de la casa de Lawton de los Malaspina, en La Habana, una ciudad cuyas casas, casonas y palacetes no tienen salvo excepciones muy señaladas sótanos ni pasadizos escondidos, y se iban para fuera con una esperanza baldía, hasta que la Revolución se cayera con todo el estrépito que los profetas le han augurado con tanta equivocación que hasta el día de hoy los únicos que de verdad nos hemos derrumbado somos los cubanos de dentro de la isla. Porque la Revolución sigue ahí, quejumbrosa, patética y avejentada hasta la herrumbre, pero bailando *Giselle* como Alicia Alonso sobre el escenario, rampante y con todo el beneficio para sí

misma, en pie delante de todo el mundo y sin des-
canso. El Hombre Fuerte manda, hace el trabajo y
amarra, y el entourage sacré echa la baraja sobre la
mesa, tira los caracoles y parte, reparte, y se lleva
la mejor parte, así hasta la victoria siempre porque
ellos siempre tienen una suerte que nadie les puede arrebatar, una y otra vez les sale el uno en la charada, el caballo ganador, ¿oká?

De modo que era razonable el pánico de
Niño de Luto al día en que entrara por la puerta
Yute Buitrón al mando de una patrullita de anima-
les haciendo terremoto con sus pasos y sus voces gri-
tonas, una monada de siete u ocho, o gentes de tropas especiales con las pistolas en la mano y los bates
dispuestos para el siguiente juego, y se llevaran por
delante hasta destruirlo todo aquel museo secreto del que nadie más que los Malaspina quizá supieran su valor incalculable y del que nadie había
oído noticia, rumor ni marañita alguna. Ni siquiera
los oligarcas que se movían con patente de corso
por los secretos valiosos de La Habana, manejaban
todo el baro del mundo y lo sabían todo de todos.
Porque verdad que Niño de Luto era la discreción
caminando de la puerta para fuera de la casa de
Lawton por cualquier parte de La Habana. A veces
Amanda lo sacaba de quicio, se le quedaba mirando con esa fijeza irónica que tenía sus ojos claros
cada vez que se le metía una sospechita muy adentro y estaba a punto de dar uno de sus golpes sar-
cásticos y le decía, niño, pero chico, que secretísimo tú estás, pareces abakná, muchachón. Porque
ella sabía que a Malaspina le molestaba cualquier

analogía de su carácter con la superstición de la que Amanda Miranda se había vuelto con los años algo más que sacerdotisa.

De modo que Niño de Luto nunca se soltó el moño en público y no dio que hablar jamás por un show más o menos, sino que tenía lo suyo muy bien guardado aunque todo el mundo lo sabía. Y como que le había tocado una mala suerte, una cruz que sobrellevaba con la pesadumbre y la tristeza lánguida con la que enmascaraba el final de cada uno de sus amoríos. Sólo mi mujer y yo supimos de todos esos laberintos de su alma, de los cambios de amores, de los bellaquitos que le sacaban todo mientras duraba el asunto y a los que iba beneficiando en su testamento conforme se mantenían sus relaciones, los mismos bellaquitos a los que luego desposeía de todo, los condenaba a la nada y al silencio y si te vi ya no me acuerdo. Como si nunca hubieran existido, como si jamás hubieran pasado por el escondite de su casa de Lawton. Ni mis consejos ni el pavor que tenía Malaspina por que llegaran a descubrir su tesoro lo tiraba para atrás en la loquera de lo suyo. Porque cualquiera de esos buscones y pingueros que llegaban a la vida de Malaspina como una viñeta más del suplicio de Tántalo, cualquiera de esos bellaquitos que no entendían nada de arte y a los que les aburría la música de Malaspina, música de curas y santurrones, pon ahí otra cosa, hombre, y no seas tan viejo, ponme ahí la Charanga Habanera o los Van Van, que eso sí es ritmo de verdad, le decían a Niño de Luto humillándolo, ni les importaba nada lo que estaban viendo allí en la casa, cualquiera podía haberse dado cuenta de algo raro. Por ejemplo, haberse puesto a pensar de repente, pero esto qué es, qué es lo que hay aquí adentro que huele a sahumerio y a limpio, todo tan bien ordenadito entre tanto invernadero, tanta musiquita de iglesia antigua y tanto mármol gris en ese cuarto de baño que enseña pero al que no deja entrar a nadie. A pesar del sigilo con que Niño de Luto envolvía las obras de arte y que la puerta doble del cuarto oscuro siempre estuvo cerrada a cal y canto contra la curiosidad de esos visitantes temporales, a alguno de los que iban por allí más tiempo que lo que duró lo de los demás podía habérsele encendido un bombillo en la cabeza, haber tenido más olfato que el resto, y fuácata, enfermarse con ganas de robárselo todo, la calle está muy mal y hoy en La Habana el que parece medio mongo a primera vista hace unos relojes suizos que no fallan, ni adelantan ni atrasan un segundo. Pero de eso nunca se dio cuenta Malaspina y corría los peores riesgos de su vida en manos de sus amoríos.

Nunca pasó nada. Nunca ninguno de sus amantes ocasionales le robó nada ni le preguntó qué hay ahí dentro, a ver, dímelo ya o te parto el alma y la vida, dímelo ya, a ver, viejito, ni lo golpeó por esos silencios ni nada de nada. No pasó nada ni cuando se cumplió el presentimiento del mal sueño de Malaspina y Yute Buitrón se acercó aquella madrugada a la casa de Lawton para arrasarla. Secretamente a Niño de Luto siempre le quedó la espina de la sospecha clavada en la garganta y recorría una y otra vez, en los círculos obsesivos de su me-

moria y en sus ratos neuróticos, con la misma empecinada y minuciosa exigencia con la que inventaria-
ba las obras de arte y los valores de su tesoro secreto,
cada uno de los pasos que en sus juegos adolescentes
con su hermana Amelia y con él mismo dio dentro
de la casa muchos años atrás el pelotero Yute Buitrón. Porque el coronel Buitrón sí podía haberse
dado cuenta y lo pudo haber archivado en su cabeza hasta encontrar la mejor ocasión de la venganza. Tal vez el día menos pensado Yute Buitrón
se pusiera a darle vueltas a aquel rompecabezas juvenil, empezara a colocar las piececitas en su lugar
exacto y le entrara la manía de la averiguadera, porque a eso se dedicaba entonces, antes de que lo des-
tinaran después al turismo, su altísima función pa-
triótica en los nuevos tiempos del bisne y los fulas, y
ése era de verdad su oficio revolucionario, investigar
entre quienes no eran adictos a la Revolución, bus-
carlos, informar, caerles atrás y llevárselos por delante hasta la UMAP; y se podía haber puesto a
recordar que en sus correrías juveniles por las penumbras interiores de la casa de los Malaspina en
Lawton, más acá del jardín, mientras Amelia se escondía para que él afinara el olfato, para que todos
sus sentidos se encendieran en alerta y el fluido de
un deseo imparable lo obligara a buscarla y la encontrara medio desnuda, esperando por él la carne
ansiosa y virgen de la niña blanca, como un ángel
gótico ofreciéndose entre las sombras del mármol
gris del cuarto de baño, un territorio en el que entonces podía escucharse como un eco la respiración anhelante y los quejidos de placer de Amelia

y Buitrón en el instante de morder los dos al unísono la manzana, en el instante de marcarse los tatuajes de los dientes en la piel de sus cuerpos adolescentes, en el éxtasis de morderse y sorber la sal
del sudor los dos, siempre limpio como una patena
el cuarto de baño de mármol gris claro de Carrara
que no se abría absolutamente para nadie, porque
estaba terminantemente prohibido abrir su puerta, y mucho menos pisarlo, fuera de uso para todo
el mundo de la casa y mucho más para quien viniera de fuera, un intruso por descuido o un inva-
sor por la fuerza; se podía haber dado cuenta Yute
Buitrón de que esa casa de Lawton donde había
sido huésped asiduo durante los años de su juventud olía en realidad a la fortuna de los valiosos secretos que los Malaspina habían ido almacenando
tras los muebles del cuarto oscuro, en los inmensos cajones de los aparadores y en los sótanos labe-
rínticos de los que fuera de la familia nadie tenía
ni la más nimia idea de su existencia.

Verdad que nunca discutí de los dos cuadros con Malaspina, pero a mí personalmente siempre me gustó más el Rembrandt que el Zurbarán.
De manera que cuando en ocasiones estábamos los
dos juntos en la casa escuchando algunas sinfonías
de Mozart y entonces Niño de Luto se levantaba
con una sonrisa en los labios y le veía el gesto ladi-
no que aparecía en su cara, ya sabía que después
iba a coger las llaves, abriría la puerta y me invitaría a
entrar y ver los cuadros ocultos tras los muebles del
sancta sanctorum. La primera vez que le vi ese ademán, estuve a punto de decirle que no, porque un

turbión de miedo vertiginoso me estaba avisando del peligro, me cogió de golpe el vértigo y me llevó hasta una parálisis casi incomprensible. Dudé unos segundos en los que Niño de Luto me miró con la sorpresa de un fronterizo. ¿Estaba negándome yo mismo el privilegio de conocer de cerca los tesoros de los Malaspina que nadie salvo ellos habían visto en años? Porque aunque algunas de esas joyas artísticas habían venido desde el palacete del Vedado hasta la casa de Lawton, nadie pareció nunca más acordarse de ellas, como que nunca existieron en manos de los Malaspina ni el Zurbarán ni el Rembrandt, ni ninguna de las otras cosas de valor que reposaban almacenadas en los sótanos. Volvió a mirarme sorprendido, acuciándome con sus ojos brillantes, hasta que cedí a su invitación como si me dejara llevar por una sensación de hipnosis y claudicara ante el amigo de toda la vida, como si dijera ya está bueno, vamos, pues. Entonces abrió la puerta del cuarto oscuro, prendió el interruptor de la luz y se encendieron en el techo tres bombillos que rompieron la penumbra y bañaron con brillantes haces de una luz blanquecina y muy fuerte al antiguo comedor. Olía a cerrado. A cerrado, limpio y silencio hermético, y nosotros mismos podíamos oír una vez dentro el eco de cada uno de nuestros pasos y movimientos rebotando en las paredes.

—Hay que trabajar un poco —me dijo Malaspina.

Me lo dijo con el gesto cómplice, señalándome los muebles que cubrían las dos paredes grandes del antiguo comedor de la casa. Había que mover con mesura y prudencia aquellos muebles inmensos de madera brillante, oscura y muy limpia que a simple vista parecían inamovibles, como si nadie más los hubiera tocado ni un centímetro de su lugar exacto desde que fueron colocados allí por primera vez.

—Es fácil, sólo hay que hacer un poquito de fuerza —dijo Malaspina.

Primero nos dirigimos al mueble de tres cuerpos en uno tras el que se ocultaba el Zurbarán. Niño de Luto entró hasta el fondo del cuarto oscuro y forcejeó apoyándose en la pared por la mitad de la altura del mueble y desde su derecha. Yo hice lo mismo desde la izquierda sin perder de vista cada uno de los movimientos del dueño de la casa. Y entonces el mueble rodó sorprendentemente sin mucho esfuerzo por el piso y lo llevamos con una facilidad asombrosa hasta donde estaban las sillas, justo en el centro del cuarto. Un ingenioso mecanismo de ruedas ocultas por completo en los bajos del mueble lo hacía rodar sin dificultad y sin estridencias hasta donde quisiéramos, como baja y rueda una barca por encima de los toletes desde la playa a la orilla y hasta introducirse en el mar, sin hacer ruidos extraños y sin dejar la menor marca sobre el piso. Y entonces, detrás del mueble, apareció el Zurbarán de los Malaspina. Miré a Niño de Luto con una expresión de verdadero asombro.

—Vamos a hacer lo mismo con el aparador —dijo sonriéndose, viéndose dueño de la situación, y señaló el mayor de los dos muebles que quedaban sin mover en el comedor.

Tampoco hubo ninguna dificultad en que el aparador rodara hasta donde quisimos. Mientras tiraba del mueble para llevarlo casi hasta el centro del cuarto, deduje que esa misma operación la habían hecho cientos de veces Amelia y Niño de Luto durante todos estos años de desidia, entre el silencio y el sigilo domésticos que habían servido para salvaguardar esas joyas de tantas miradas avariciosas, de los criados de antaño, de todas las amistades de los Malaspina y, desde luego, de los bellaquitos circunstanciales que ocupaban la manía que Malaspina tenía por cultivar lo suyo intramuros de la casa. Y entonces, ante mis ojos cada vez más asombrados, colgado en la pared que unos segundos antes estaba cubierta por el aparador, fantástica, esplendorosa, bellísima, apareció ante mis ojos la tela mágica, el Rembrandt de los Malaspina, que no resultó después exactamente una tela sino una tabla de roble, de unos ochenta centímetros de alto y medio metro de ancho, en la que se transverberaba la imagen de una espléndida mujer medio desnuda, de cabello castaño y muy largo cayéndole por delante en dos cascadas que medio le cubrían unos pechos bellísimos. La mujer observaba con atención sus piernas, pero tuve durante unos instantes la sensación de que nos estaba mirando a nosotros y nos invitaba después a mirarle sus pies, sus piernas, los pliegues y las sombras de su vestido blancuzco y mojado, como si el artista la hubiera captado en ese momento eterno saliendo de un baño íntimo. Ni su rostro sonriente ni su cuerpo se parecía al de Lucrecia, ni al de Hélène Fourment, ni a los de Judith, ni tampoco mucho a pesar de ciertos rasgos análogos, a los de Saskia van Uylenburch tal como ella aparece vestida de Arcadia, y si algún parecido mantenía de cerca con cualquier otra de las mujeres de Rembrandt se lo encontré en el rostro y el cuerpo de la adúltera. Allí aparecía reconfirmada, en esa tabla de roble, toda la madurez artística de Rembrandt con todas las velas desplegadas al viento para desafiar el paso del tiempo, la geografía y el olvido. Los colores de las tierras, traslúcidos ocres y sienas, los pigmentos del bermellón, esmaltes y amarillos de plomo y estaño y, sobre todo, todas las tonalidades de los oros, flotaban sobre la pared iluminada por los bombillos del techo del sancta sanctorum como si se tratara de un milagro del cielo que se había revelado en la casa de Lawton de los Malaspina. No podía ni quería salir de mi asombro. Sin poder quitar los ojos de encima del roble, sabía que Niño de Luto estaba mirándome, auscultándome y midiéndome con su sonrisa los grados de más que se le habían subido al mercurio por el asombro y la admiración repentinas, además de la acelerada respiración que me llevaba hasta la taquicardia. Seguía embebido. Pasaba mis ojos incansables una y otra vez por cada uno de los pigmentos de aquella aparición que Niño de Luto me había descubierto en su sancta sanctorum tan secreto y no dejaba de preguntarme en silencio cómo había llegado a la casona de los Malaspina aquella maravilla, y cómo antes había llegado a Cuba, de dónde había venido, en qué momento la trajeron hasta el Caribe y quiénes, de dónde fue sacada y cómo, con qué permisos, dónde pudo estar censada alguna vez o en qué catálogo, cómo pudieron conservarla en ese estado tan perfecto los Malaspina, sobre todo en esta última etapa de tantas carencias en Cuba. Porque estuve seguro de que aquel Rembrandt no había estado nunca en ningún museo conocido, no lo había visto jamás antes de ese momento secreto en ninguno de los ensayos ni libros sobre Rembrandt, sus cuadros y sus pinturas. Y ahora tenía yo la nota subida y era mi imaginación la que entraba y salía de corredores de mi memoria que terminaban una y otra vez en un cul-de-sac lleno de interrogantes y enigmas que me confundían, sin que pudiera permitirme como hubiera querido alguna conclusión sobre la esplendorosa mujer del roble. Aunque sabía bien que Rembrandt rara vez firmaba sus cuadros, me alongué un poco para ver su nombre en la madera, abajo, a la izquierda, y la fecha de ejecución de la pintura, 1655, un año después que pintara el roble de *Mujer bañándose en un riachuelo,* que con la tabla de los Malaspina guardaba indudables cercanías y consanguinidades, ciertos parecidos casi jimaguas en la composición, aunque no en los gestos ni en la elegancia de la mujer, sino en los colores, en la técnica de la paleta del pintor y en los volúmenes elegidos por el artista. Tampoco salía de ninguna fontana ni riachuelo, ni el agua devolvía como en un espejo las hermosas piernas de la mujer, sino que la del roble de los Malaspina salía de una tina preciosa, de un raro color marmóreo, plomizo y grisáceo tirando a blanco amarillento. Deslumbraba su cabello castaño con ribetes dorados, y su cuello perfecto, cuya piel rezumaba la divinidad sensual y anunciaba el alabastro de la figura femenina como una invitación a mirarla por entero, todo el cuerpo descubierto hasta más abajo de la cintura sin dejar ver el vientre y el sexo, velados con pudor por una suerte de peplo que terminaba exactamente en sus muslos de porcelana color carne.

—Te presento a mis dos mejores y auténticos amigos. Aquí Zurbarán, aquí Rembrandt —dijo adelantando la mano derecha hacia los cuadros, sin dejar de bromear.

Verdad que Malaspina dijo auténticos con una solvencia indudable. Deletreó auténticos sin cesura en las sílabas, pero su seguridad en el tono de la voz me impedía preguntarle ninguno de los enigmas que me volaban toda mi cabeza confusa desde que removimos los muebles del sancta sanctorum y salieron desde detrás de aquellas tumbas de madera noble sus mejores y más auténticos amigos, Zurbarán y Rembrandt.

Un grupo de mujeres de rostros y cuerpos insinuantes y satos ocupaba la mitad izquierda de la tela de Zurbarán, de casi tres metros de ancho por dos y algo de largo; un mural inmenso, de colores oscuros y casi tenebrosos, en los que un hombre por completo desnudo y de mediana edad, en la derecha de la tela, probablemente un santo, una figura enjuta, macilenta y casi famélica, aunque sana y ostensiblemente musculosa, como cogida en pleno arrepentimiento, en la penitencia de sus pecados mundanos y en soledad ascética, una suerte de san Jerónimo pero sin los tantos años con los

que aparece en las pinturas de Zurbarán, con la
barba y el cabello todavía sin canas, color castaño,
repele inequívocamente el ataque sensual, lascivo
y concupiscente de las mujeres. Habían ido a buscarlo al desierto, a la cueva oscura que se insinúa a
la derecha de la tela, al reducto que el santo había
escogido para retirarse de las tentaciones de sus sentidos y del ruido mundano de los cuerpos a los
que había rendido salvaje pleitesía hasta el instante mismo de la revelación divina, la cueva oscura
donde se dirigía el santo huyendo de las visiones
de sus recuerdos transformados de repente en en-
viadas del diablo para sacarlo de su cambio de vida
y regresarlo a la bulla, al juego y a la juerga de la
que había decidido salir para encerrarse en la santidad. Los ojos del hombre santo eran dos haces
oscuros de luz despavorida. Como si en esos momentos su cerebro le estuviera dando órdenes de
escapar y meterse en la cueva con toda su voluntad de eremita y el primer indicio de rechazo de
las mujeres de su vida se clavara como en una pe-
lícula en la mirada errática y en los gestos de su
rostro contrito. Ellas se reían a carcajadas, obsce-
nas en su experiencia y hábiles en su saber, con sus
ojos encendidos de pasión y los pechos enhiestos al
aire lleno de sombras y nubes violáceas, vestidas de
la cintura para abajo y hasta los pies con telas de color rojo y almagre. Debían de conocer de sobra las
debilidades carnales del hombre, y habían decidido iniciar su rescate todas juntas a la vez, y para
que el santo no tuviera ninguna posibilidad de redención ni de huida estaban cortándole todas las sa-

lidas. Debían de conocerlo bien cada una de ellas, las manos y los brazos blancos extendidos y abiertos para abrazar al varón cuyo sexo, que debería estar flácido y desdibujado en una pintura religiosa, se escapa de entre las piernas con una repentina, incipiente e inevitable erección. Trata de huir a como dé lugar de la obscenidad que se le viene encima porque la conoce, procura por todos los medios santos no escuchar las palabras pecadoras de las mujeres que lo buscan, persiguen, rebuscan y rodean para que el hombre no entre en la cueva, dibujada con muchos más oscuros que claros, y pueda por fin librarse de las visiones que acuden a él sin haberlas llamado nadie. En el suelo, a pocos centímetros de la figura del hombre, yace el paño de color blanco zurbaranesco, arrugado casi violentamente, con el que el santo debía tener cubierto el cuerpo un instante antes de que llegaran a despojarlo y perseguirlo las alegres comadres de su vida. En la composición y en los colores, en los rostros y los cuerpos, en el tratamiento del episodio, en el orden de las figuras en la tela, es un Zurbarán auténtico, que el mismo Malaspina me fechó ante mi reconcentrado silencio: hacia 1540. Añadió algunos datos de trascendencia que centraban el lienzo, las evidentes influencias riberescas, la clara analogía de los sentidos de la carne frente al anacoreta, los cuerpos de las mujeres botando fuera su deseo sensual para echarse al hombre, los gestos de sus rostros de fiesta y sus ademanes de cortesanas que conocen los abrevaderos donde la presa viene a beber cuando la sed le aprieta la garganta, saben cómo acercarse a la presa para cazarla, el contraste del cuerpo del anacoreta que no busca desde hace tiempo otra cosa que ganarse a pulso de soledad su santidad. El óleo entero, de arriba abajo y por todos los rincones que pudiera admirarse proclamaba la autenticidad del Zurbarán de los Malaspina. Y otra vez mi cabeza se fue hacia los mismos laberintos del Rembrandt, las mismas preguntas y parecidos enigmas, cómo había llegado hasta allí, desde qué convento, monasterio o sacristía españolas o italianas, qué secretas singladuras había recorrido y en qué barco viajó y cuándo había llegado al puerto de La Habana aquella espléndida tela de Zurbarán, qué Malaspina lo había traído hasta allí tal vez en los treinta desde la casona del Vedado, quién o quiénes lo encerraron en el silencio sagrado del sancta sanctorum de la casa de Niño de Luto en Lawton, y con qué complicidades pudo Diosmediante Malaspina mantenerlo hasta hoy en la inexistencia, escondido en un pobre suburbio habanero y lejos de la mirada y el conocimiento de tantos expertos dedicados expresamente a la investigadera de las obras de arte con que la huida masiva de los blancos pudientes había regado La Habana desde que triunfó la Revolución y todo verdor pereció para pasar lo que quedaba aquí a las exclusivas manos del Hombre Fuerte, sus métodos de brujería y sus inalterables mecanismos de poder.

—Nos merecemos un trago, vamos a sentarnos —dijo de pronto Malaspina rompiendo el silencio.

Abrió una hoja del aparador y sacó de su interior una botella negra y dos copas limpísimas de cristal de Bohemia. Era Fonseca de veinte años y, con la parsimonia del viejo aristócrata que quería llevar dentro, Malaspina sirvió dos copas de oporto hasta los bordes y me invitó a coger una de ellas mientras él levantaba la suya.

—Brindemos por la amistad auténtica —dijo mirándome sin dejar de sonreír ante mi asombro.

—Por la auténtica amistad —contesté chocando mi copa con la suya.

Doce

Después del asesinato de Diosmediante Malaspina en su casa de Lawton, los acontecimientos se precipitaron sobre don Angelo Ferri como una cascada imparable, hasta el punto de que Amanda Miranda llegó a sospechar que le habían hecho un trabajo con la secreta intención de que abandonara La Habana de una vez y se marchara a su país. Pero ¿quién o quiénes iban a estar interesados en que quien había sido el cocinero del Papa hasta el viaje a Cuba del Pontífice católico se marchara de la isla de la que según todas las trazas se había enamorado tan pasionalmente?

—Mira a ver si al final va a ser la mismita Iglesia, chico —me sugirió Amanda—, recuérdate que en sus alturas cayó muy mal que se empatara con Manfredini para abrir el comedor ese en el Paseo del Prado.

Bebe Benavente, tras un angustioso timbrazo mío pidiéndole una salida a mi incómodo papel, me aconsejó que me diera botella hasta la casa de protocolo que don Angelo Ferri había alquilado al gobierno en Miramar para comunicarle la mala noticia del asesinato de Diosmediante Malaspina. Las dos veces que había estado almorzando a últimas horas de la tarde con Niño de Luto en La

Creazione, don Angelo se había comportado con nosotros con una exquisita cortesía, más por su creciente amistad con Malaspina que conmigo, con quien por decirlo así sólo estaba adorando el santo en la peana. Y nos había invitado, tras elegirlos él mismo en la surtida bodega de su restaurante, a dos botellas de sus vinos italianos, un bianco malvasía di Candia Corti della Duchessa (Parma-Emilio), que de verdad resultó espléndido con el pargo al grill en su punto de sazón, sabrosísimo, y un superior e inolvidable Barbera D'Asti Mecor para la carne. En esas dos ocasiones, su gentileza no dejó dudas conmigo, porque no me tuvo de lado sino que me hizo participar de la conversación, tuvo en cuenta mi opinión sobre el *Werther* de Kraus, que a mí como a todo el que tiene una mínima sensibilidad sobre la ópera me parece único, se animó a tomar con nosotros un par de tragos del vino tinto y se distrajo hasta que Leisi Balboa llegó, se sentó al piano y comenzó con Schubert y las bachianas al jazz su trabajo de pianista de tarde y noche en La Creazione.

—Esa velada, Bebe, fue de verdad de verdad, vaya, muy agradable —le dije a Bebe por teléfono.

—Vienes obligado a ese merengue, chico, no le vas a dejar ese papel a monseñor Cañadas, ¿verdad? —contestó, y su voz desde el otro lado del hilo telefónico me sonó como un suave y amistoso imperativo, más que como el simple consejo de una amiga tan cercana.

Verdad que todos nos habíamos quedado como piedras pegadas al suelo cuando nos fuimos

enterando del asesinato de Niño de Luto, sin saber
qué hacer ni cómo reaccionar ante la barbarie. Bebe
Benavente fue la más cautelosa de todas, quien con
más tino mantuvo la calma entre todos los amigos
de Niño de Luto, la que mejor manejó los signos,
las palabras y las cábalas, porque al fin y al cabo
ella es también la que más privilegios disfruta en
la situación que vivimos en Cuba. Ella sabe y puede. Entra y sale cuando le da la gana, aunque nunca en Cubana de Aviación, ya lo dice ella misma,
que es la compañía de aviación comercial más religiosa del mundo, porque sólo vuela cuando Dios
quiere y todo el pasaje va rezando hasta que el bicho volador toma tierra en su destino. Se va para
España, vuela hasta Santo Domingo, de ahí salta
para Nueva York, baja para Miami, se manda dos o
tres días con parada en San Juan de Puerto Rico,
parte después para Europa, visita Madrid y París,
sus ciudades preferidas, sus tiendas de toda confianza y de toda la vida, como a ella misma le gusta
repetirnos, compra regalos que nos trae genero-
samente a los amigos que no podemos movernos
de aquí, compactos de música clásica, botellas de
vinos gran reserva, ropas y todas esas cositas tan
necesarias que precisamente no abundan dentro
de la isla. Se aparece como si fuera nuestra hada
madrina y se va antes de las doce como Cenicien-
ta, ésos son los papelitos estelares que le gusta hacer y se los reserva cada vez que puede, y con toda
la delicadeza sobre cada escenario, para que nadie
se sienta humillado por esa libertad que Bebe Benavente mantiene dentro y fuera de la isla gracias

a que eligió vivir en La Habana, siendo española, aristócrata y con fortuna personal. Muchas tierras, haciendas, fulas y bisnes en Madrid y Andalucía. Nunca se metió en nada Bebe Benavente, ni en revueltitas ni conspiraciones, ni en marañitas ni nada de nada, ni una palabra más alta que otra, ni un ojo para acá ni un gestito para allá, que nadie pudiera interpretar que si esto o lo otro. Al entourage sacré ni se le ocurre rozarle un pelo porque saben todos que tiene bula perpetua del Hombre Fuerte antes y después de que enviudara del comandante Mendoza, a quien nosotros en privado llamábamos irónicamente Champancito en los últimos tiempos y desde que supimos que la cirrosis se lo estaba comiendo por dentro irremisiblemente. Verdad que Mendoza era insaciable con las burbujas y se bañaba en champán francés por fuera después de haberse inundado por dentro, hasta casi caerse muerto en uno de los sofás del salón de Bebe. Y empezaba entonces, hasta que ella lo retiraba a su habitación con un tino de sabia y una discreción de mucho agradecer, a balbucear monosílabos inextricables que le cruzaban los cables de la cabeza. Cuando Bebe Benavente se sentaba a su lado y lo invitaba con arrumacos, sonrisas y piropos a levantarse, entonces el comandante Mendoza, ya retirado del servicio militar activo por su muy bien ganado prestigio entre la minoría vitivinícola de los oligarcas consultivos, nos sonreía a todos y daba por fin la novedad, siempre la misma, de su estado de burbujeante ebriedad. «¡Vaya, vaya, está fuerte la cosa, el champancito último parece que me tumba!», decía Mendoza tratando de incorporarse inútilmente, tambaleándose mientras su mujer lo ayudaba a levantarse. Por eso le pusimos Champancito, sin que Bebe llegara nunca a enterarse o por lo menos jamás se dio por aludida, tremenda lucha le hubiera entrado con nosotros que éramos sus amigos de llegarlo a saber, no nos lo hubiera perdonado nunca.

De modo que Bebe Benavente era por esas mismas razones la persona más sólida de todos nosotros, porque no podía ser de otra manera, porque nosotros hemos vivido en una isla, quizá no como quisimos pero como pudimos, y porque todos entendíamos que esa bula divina del Hombre Fuerte le permitía un estado de ánimo que nunca entró en barrena, ni en depresiones, ni en tristezas, ni en surmenages, ni en excesivas seriedades, sino que siempre hubo en ella un savoir faire excepcional y un saber estar con la cabeza alta todavía más, el silencio oportuno y la palabra exacta, ni mucha ni poca, en el momento más indicado. Todo lo contrario que Amanda Miranda, que se pierde por un escándalo, se mata por la brillantez de un juego de palabras cualquiera, se exalta por cualquier cosa y suelta un discurso cuya verborrea raya el ataque de nervios. Con esa voz que se le ha puesto de vieja fumadora de habanos, que encima le gusta a tanta gente porque dicen que tiene un fondo de profecía todo lo que dice, como si viera el futuro en cada una de las palabras que pronuncia, y hasta le van a consultar y todo. Habla con una ronquera profunda y desmesurada en la que al final salen siempre de colofón unas ganas de pelea y de bronca très pericolosa, de verdad de verdad, a veces parece un gallo levantado con la espuela preparada para el tajo en la carótida, un gallo de los que pintó Mariano Rodríguez, que Flor tiene los mejores todavía guardados bajo llave, según dice Amanda Miranda. Pero cualquiera le dice nada a ella, tan femenina, tan mujer de toda la vida y con tanta memoria a cuestas.

Cuando se supo del asesinato de Niño de Luto se verificaron esas dos posturas tan distintas con una nitidez que todavía las acentuaba mucho más. Bebe Benavente mantuvo la calma, medía como siempre las palabras, y mucho más si corrían por el hilo del teléfono. A veces caía o no caía el timbrazo en su casa del Vedado, y eso era más que suficiente para que entendiéramos cualquiera de nosotros al llamarla que estaba ocupada o que no podía o no quería atender la llamada en ese instante. Pero Amanda Miranda lo primero que dijo es que esa tragedia se veía venir; que para ella, que lo podía decir ya de una vez, no era en el fondo ninguna sorpresa, porque de muy antiguo sabía por algunos plazas que contra los Malaspina, seguramente por responsabilidades de su abuelo Amable Malaspina, había caído un tremendo candangaso que nadie había conseguido desamarrar. Después dijo que con tanto trasiego que hubo en esa casa de Lawton, hasta Lázaro el mayordomo le había dicho un día más o menos jugando, eso me dijo Amanda Miranda alarmada también con la muerte de Niño de Luto, que había temporadas que estuvo tentado de cobrar entrada para hacerse rico, tanta gente pasaba por allí, tú, fíjate, me dijo, hasta qué punto eso fue un plan. Una broma de mal gusto, porque Diosmediante Malaspina no tenía fama de sandunguero ni mucho menos, por mucho que Lázaro el mayordomo se deshaga ahora en critiquitas y sospechas que inducen a pensar todo lo contrario, que la conducta de Niño de Luto lo llevó directamente a ese terrible accidente, nunca pisó ninguna latitud sospechosa ni lo de Rogelio Conde teniéndolo a tiro de piedra de su casa lo vio nunca ni por dentro ni por fuera. Lo suyo y más nada, con toda discreción, de la puerta de la casa para dentro, sin ruido ni bulla alguna, por mucho que el loco de Petit Pancho vaya reclamando por todas las esquinas la inocencia sin fisuras de Lázaro el mayordomo, el primer implicado en el asesinato de Niño de Luto según la policía. Cui prodest?, le dijo el capitán Flores a Amanda Miranda cuando la santera quiso interceder por Lázaro el mayordomo; cui prodest?, repitió defendiéndose retórico el capitán Flores, porque en el momento de su muerte el testamento de Malaspina lo beneficiaba a él solo, a Lázaro el mayordomo y a más nadie. Había cogido Niño de Luto la mala costumbre de ponerlo todo a nombre de Lázaro el mayordomo en los interludios de los amoríos con sus bellaquitos. Cuando no había nadie en medio Lázaro era el pollo del arroz con pollo, y la policía no hizo otra cosa que colocarlo en la mirilla, prestarle atención e interpretar a su manera el nerviosismo de Lázaro el mayordomo al llamarlos por teléfono cuando descubrió el cadáver de Malaspina como un san Sebastián, colgado de una viga herrumbrosa del techo en la bañadera del fondo de la casa, en las mismas dependencias donde estaba el cuarto de Lázaro el mayordomo.

—Chico, no creo que fuera él ni que tenga nada que ver el pobre bobo con todo esto —se atrevió a decirme por teléfono Amanda Miranda, muy fuera del caso, muy objetiva—, ni agallas tiene para habérsele ocurrido, tú ya sabes, se le va la fuerza por las palabras hasta quedarse sin saliva y más nada, y además aquí de verdad hay que saber de una vez dónde el palo tiene el hueco, mi hermano. A lo mejor el otro detenido no contó con nadie, y lo pensó y él solito se fuñó a Niño de Luto.

Se había negado al principio Amanda Miranda a ir a la morgue cuando la llamó el capitán Flores de parte de su amigo, un alto cargo de la policía judicial de Marianao, para que viera si había indicios y señales secretas, objetos de rituales clandestinos, féferes de negros, en el mismo cadáver de Malaspina o en la casa de Lawton y por todos los lugares por donde habían arrastrado ya muerto a Niño de Luto hasta llevarlo hasta más allá del jardín, traspasar el escondite y colgarlo en lo alto de la bañadera; por si había restos sospechosos del ritual palero, de los ñáñigos o de cualquier otra ceremonia santera. Amanda Miranda siempre dijo que todo eso que se dice de los negros es una exageración malintencionada de tanto calambuco que se quedó disimulado en Cuba después de la colonia, la mitad es mentira y la otra mitad se la inventan para cargarles la culpa de todo a los negros. Cuando no sabe la policía encontrarle una explicación, eso es cosa de negros, y si cuando se acabó la colonia los hubieran pasado a todos los calambucos por el Collins nada de esto estaría ocurriendo, eso dice descarada Amanda Miranda sin darse cuenta de que ella es blanca y de qué sangre viene después de tantas vueltas y virajes.

—Fíjate tú, ni que esto hubiera sido nunca Haití —me dijo Amanda quejándose.

Si alguna vez la fama de los abaknás había sido la de la rebeldía y la violencia, los defendía Amanda Miranda, esa historia ya pasó hace tiempo. Como pasó el terremoto por San Francisco y como sucedió en Chicago lo que sucedió en los treinta, fuetazo y fuetazo, gatillo fácil por aquí y por allí, en todas las calles, desde la avenida Michigan hasta el extrarradio y los basurales de la ciudad, lo decía así, entre la indignación y el sarcasmo, para que nosotros lo entendiéramos. Lo que pasa es que en Cuba todo lo que nadie carga se lo echan al hombro del negro, chico, me decía con desparpajo Amanda Miranda, son unos abusadores, cuando la realidad es que desde Andrés Petit para adelante, fíjate tú si hace tiempo, decía Amanda, ya más de un siglo largo y entero, hay potencias abaknás que están llenas de blanquitos.

—Hasta curas que son plazas abaknás hay aquí mismo, mi hermano, para que tú lo sepas, no sigamos con esa jodedera —me dijo por teléfono, con su voz escandalosa, atrevida, provocativa y casi a gritos, como si diera por hecho que nuestra conversación la estaban escuchando con mucho interés terceras personas para grabarla y llevarla a escuchar mucho más arriba—, así que no se hagan los locos los que dicen que no lo saben porque eso es así al ciento por ciento, todo el mundo está al tanto, y al que todavía no lo sepa que me oiga bien alto y se entere de una vez, ¿oká?

—Ese turno de baile es tuyo, chico, no puedes dejarlo pasar —me insistió muy seria Bebe Benavente.

De manera que decidí irme hasta Miramar a ver a don Angelo Ferri y a contarle cuanto sabía de la muerte de Niño de Luto. Me recuerdo que entonces pensé y estuve completamente seguro de que el antiguo cocinero papal no se había repuesto del todo todavía del gran disgusto, todo un escándalo que corrió como un reguero de gasolina a prenderle candela hasta las sentinas silenciosas de toda La Habana, el gran disgusto que su socio Manfredini le había propinado de sopetón un par de meses antes de que Niño de Luto fuera asesinado en su casa. Verdad que Mauro Manfredini, aunque parezca mentira en un tipo que no cree ni en Dios Todopoderoso, un temba que ni en los orishas ni en nada de nada creyó nunca, había sufrido también esa suerte de extraña revelación que había vuelto locos de euforia no sólo a Diosmediante Malaspina sino a muchísimos católicos cubanos, además de otros muchos más nada creyentes ni religiosos que vieron alterado el cotidiano diapasón y el calmón de su estado de ánimo con el viaje del Papa a Cuba.

Como la apariencia venía a demostrar que con la visita del Papa algo mucho o poco iba a cambiar en la isla, Mauro Manfredini no estuvo al margen de esa expectativa sino que la vio refrendada el día en que, a lo largo del coctel oficial que el embajador de Italia dio en su residencia con motivo de la inminente visita del Papa, conoció a don Angelo Ferri y sin mucho esfuerzo, que eso es la cosa más grande del mundo, lo convenció para que se quedara en Cuba al menos por una temporada larga e intentaran juntos y como socios el bisne del restaurante italiano que abrirían un tiempo después en medio de La Habana. También Manfredini cayó en la trampa y llegó a creerse que el Hombre Fuerte había escogido un cambio de vida para la isla e iba a irlo liquidando todo de allí en adelante, con la complicidad y la ayuda del Papa en el ámbito internacional y con la jerarquía de la Iglesia Católica en el interior de Cuba, actuando los curas importantes dentro de la isla como un colchón diplomático que le ayudara en los últimos años de su vida y su régimen.

De modo que la reaparición oficial de Mauro Manfredini tuvo lugar en el coctel oficial que ofreció en esas fechas el embajador italiano en La Habana, porque antes había estado durante muchos años perdido del mundo y olvidado por toda La Habana y por el entourage sacré, las dos tribus de las que había sido tan cercano y uno más de ellos fue incluso. En plan piyama estuvo todos esos años de silencio en su casa. Y allí, en Cubanacán, en el esplendor de la noche italiana de ese coctel, estaba con su espléndida mujer mulata y el mayor de sus hijos, médico recién egresado de la Universidad de La Habana, mulato pero un poquito más claro de piel que su madre, Maca Perdomo, una de las cantantes de la primera hora de la Nueva Trova, bastante conocida en sus principios por su voz tan parecida a la de Rita Montaner; la misma Maca Perdomo que no sólo se quedó atrás de la música y su carrera artística sino que se atrasó para siempre por razón de su marido, según había corrido el chisme por toda La Habana un tiempo atrás, cuando los dos desaparecieron de cocteles, recepciones, fiestas, conciertos e inauguraciones oficiales. Y allí, en la residencia del embajador de Italia, con todas las luces encendidas en el techo, la fiesta abierta de par en par a la noche de azul limpio de La Habana, se produjo el milagro de la resurrección de los Manfredini, delante de todo el mundo y con los parabienes del entourage sacré presentes en la fiesta, que los saludaban todos con el afecto que siempre les habían demostrado, pero siempre, siempre, siempre, como si no hubiera pasado nada, como si no hubiera sucedido ningún ostracismo ni ningún plan piyama en sus vidas. Como si no hubiera transcurrido ni un minuto de aquel instante crucial en la vida de Mauro Manfredini, cuando años atrás, en plena guerra fría y después de una más de las variadas, virulentas e interminables escaramuzas verbales del Hombre Fuerte contra el imperialismo, el capitalismo y los Estados Unidos; cuando todavía no se habían desmerengado con tanto estrépito los países del campo socialista, y parecía que

funcionaba la solidaridad internacional y la soli-
dez del telón de acero era mucho más inoxidable
que la de la muralla china, que se ve incluso desde
la Luna; cuando la Unión Soviética estaba entre
nosotros, los bolos se paseaban por el Malecón como si estuvieran en la Plaza Roja de Moscú y nosotros los cubanos estábamos con la Unión Soviética como si fuéramos un matrimonio para toda la
vida, nosotros y los soviéticos, un mismo destino
para dos grandes pueblos que se habían encontrado
en la historia del progreso humano para cambiar
el mundo, virarlo del revés, acabar con el capitalismo, el imperialismo, los Estados Unidos y todo
lo que se le ocurriera menearse un poquito más de
la cuenta y se saliera un milímetro de la fila, una
cosa, la misma cosa Cuba y la Unión Soviética, pero una en el calor del trópico y el ruido de los metales de la música y otra para allá lejos, inmensa
y perdida entre los fríos y los hielos; y entonces
Mauro Manfredini se encuentra en el momento
crucial de su vida en la conferencia internacional
de prensa que se le organiza en la misma ciudad de
La Habana, con todos los parabienes de los aparatos consultivos y del mismísimo Hombre Fuerte, y declara ante el mundo entero que él, Mauro
Manfredini, italiano de origen y naturalizado cubano, ha sido agente de la CIA durante todos estos años al servicio del Hombre Fuerte, patente de
corso, vaya, para que todo el mundo lo supiera. La
bomba Mauro Manfredini soltando por la boca
la lección de la historia nos absolverá y todo eso,
oká. De modo que ha sido también en cierta me-

dida y durante bastante tiempo nada menos que agente del Hombre Fuerte y pasándole información falsa a la CIA, un agente doble, el italiano de Roma Mauro Manfredini, nuestro hombre en La Habana, ¿oká?, el mismo brigadista rojo sobre el que recayeron bastantes sospechas de estar involucrado en el asesinato de Aldo Moro, aunque no pasó de ahí la cosa, meras sospechitas porque ya se sabe que el rayo no cae sobre la verdolaga, ¿verdad? Y entonces dijo Manfredini que ya estaba buena la cosa, que se iba a acabar esta vaina de intrigas y que lo estaba diciendo todo, el tipo con su impecable guayabera azul celeste, muy bien planchada, y su gesto rotundo, implacable, de corsario de los seven seas y anchos mundos, de muchos años viviendo peligrosamente al borde del abismo, saliendo y entrando del infierno con permiso oficial del mismo Lucifer; y entonces, cuando ya estaba cogido fuera de base, se puso de repente a hablar habanero de Centro Habana de lo más pero de lo más, de la calle San Lázaro, vaya, y que se había terminado esta vaina, dijo Manfredini, y que se lo decía a todo el mundo para que se supiera de una vez, antes de que los yanquis dieran la versión embustera del imperialismo, y que ése era su único propósito, la *velldá,* así dijo y no se le cayó ni una tecla del piano a lo largo de todo el concierto, ésa es de *velldá* la *velldá* para que todos ustedes lo sepan, repitió habanero de lo más Mauro Manfredini, y aquí vengo para eso y ya mismo. Ahora iba a dedicarse a otras cosas tan importantes como el pericoloso servicio secreto que dejaba atrás, y le había ocupado por entero tantos años de juventud, y le había provocado tantos desvelos y tantas preocupaciones, y donde había corrido tantos riesgos, y había vencido tantos obstáculos, y hasta la victoria siempre, y patria o muerte, y venceremos, y todo eso tan cubano, tan Maceo, tan Camilo, voy bien, tan el Che es nuestro ejemplo, y tan hombre nuevo y tan revolucionario Mauro Manfredini en la rueda de prensa internacional, y que se iba a dedicar a su familia ahora, y que su familia se había sacrificado hasta entonces por él, y que sus hijos ya estaban grandecitos aunque alguno todavía era pionero, y que ahora le tocaba a él dejarlo todo y sacrificarse más nada que por su familia, ¿oká?, y que eso era la *velldá* de la *velldá* de todo y más nada que la *velldá*. Y acabó de hablar el corsario de ojos oscuros y lo sacaron de allí, no se permitió ni una pregunta a los periodistas porque Manfredini había dicho ya toda la verdad y porque siempre la prensa internacional insiste en esa buscadera pegajosa donde no hay más nada, exagerando la nota de cada partitura y elevando la voz de prima donna por encima del nivel. De manera que en este guión de despedida no estaba escrito que se pudieran hacer preguntas a Mauro Manfredini, y lo sacaron de allí por la puerta de atrás y de delante de la vista de todo el mundo, de aquel centro internacional de prensa. Se lo llevaron y desapareció el hombre durante años, su mujer se fue del aire, perdió la voz y la vez en la época esplendorosa de la Nueva Trova y fuácata, en plan piyama, boca cerrada y catacumba, hibernando en el fondo del trópico, vaya uno a saber si en Ciego de Ávila o dando clases con la personalidad cambiada en un colegio de Holguín. Hasta que llegó la resurrección con la visita del Papa a Cuba. Y Mauro Manfredini, más cauto, más viejo, más ajado, con los ojos mucho más oscuros dejando caer una mirada de sorprendido cansancio histórico por todos los rostros sonrientes que volvía a ver después de tantos años, como si no hubiera pasado nada, ni el tiempo, ni su momento, el instante crucial de su vida, cuando era nuestro hombre en La Habana y el hombre de La Habana con patente de corso en todo nuestro mundo y en todo el mundo de los otros, ¿cómo no iba a creerse que la visita del Papa era de verdad, pero esta vez de verdad de verdad, en europeo y no en cubano, el milagro que todos los cubanos y él también, él y Maca Perdomo, que había perdido la voz y su destino de cantante privilegiada por haber estado casada con él, siempre al lado de Mauro Manfredini, estaban esperando para que cambiaran las cosas en la isla de una vez para siempre?, ¿pero cómo no iba a creérselo también Mauro Manfredini?

Verdad que todos los sucedidos que vinieron después del milagro tenían más que ver con una maldición, con un candangaso terrible, como dice Amanda Miranda con el lenguaje de los negros congos. Cierto que Angelo Ferri se quedó en La Habana y abrieron el restaurante La Creazione con todas las bendiciones del entourage sacré, aunque la jerarquía católica torció el gesto de rechazo y cruzó los dedos porque no le gustó nada el bisne ni el socio con el que Ferri se había empatado como si lo conociera de toda la vida y desde chicos hubieran paseado juntos en las tardes romanas por la Plaza de España. Verdad que el bisne funcionaba de lo más bien y que, incluso a regañadientes, por allí aparecía monseñor Cañadas de vez en cuando, todos los amigos sabemos que lo que de verdad más le gusta comer es la pasta italiana pero bien bien tratadita, y sin una falla ni un fallo, al dente y ya, exactamente al dente, y de aperitivo una copa de jerez o dos, y unos espárragos blancos de Navarra de primero. Eso es lo más que le gusta, y por eso Bebe Benavente nunca se olvida y le regala cada vez que vuelve de viaje cargamentos de latas y tarros de cristal llenos de espárragos blancos españoles, gordos y grandes, delicatessen para monseñor Cañadas y para cualquiera también que no tuviera el gusto excelso del monseñor. Iba por La Creazione atendiendo a la invitación de don Angelo Ferri, se sentaba a comer y se metía un vous parlez interminable con el cocinero papal a la hora del café, chácharas de horas y horas hablando del Vaticano, la historia de los papas, Italia, Venecia, Florencia, la música clásica, la ópera, Di Stéfano, Schippa y Caruso, la Callas; y don Angelo Ferri defendiendo a Verdi, agarrado en la memoria a Sicilia, hablando de Garibaldi, los Saboya, el aggiornamento, el compromiso histórico, relatando de las excelencias de *El Gatopardo,* del Príncipe de Lampedusa, sin agotar los asuntos, de una finca a otra sin parar; y monseñor Cañadas hablando de Cuba, de la Iglesia cubana, del talento de Jaime Ortega para manejar tan difíciles situaciones, esa habilidad para parecer una cosa y ser otra, para aparentar que se va por un lado cuando en realidad y de verdad se está yendo por otro sin que se le pueda decir que dijo que iba a ir por aquél en lugar de meterse por éste, oká cum laude para el cardenal Ortega y para monseñor Stella por haber llevado tan bien el difícil viaje de Juan Pablo II a Cuba y su mise en scène, oká cum laude para los dos, al unísono y al alimón, ex aequo, decía monseñor Cañadas; hablando y descargando de Schubert y de Mozart monseñor y Ferri, y de Bach también, cada vez que recalaban en la música, hasta que se les caía la tarde encima y se daban cuenta de la hora que era porque llegaba al local Leisi Balboa, el pianista, levantaba la hoja de su Stanway recién llegado de Roma gracias a las influencias de don Angelo Ferri e interpretaba a Bach, Mozart y Schubert en aquel restaurante de La Habana, como si estuviera en un concierto de la Scala, en el Liceo barcelonés o en el Carnegie Hall, con una facilidad y una perfección que dejaban atrás a muchos años luz a Frank Fernández y otras glorias locales. Cierto entonces que la nave del bisne de don Angelo Ferri y Mauro Manfredini iba surcando las aguas verdes como si tal cosa, de lo más bien, ni una nube en el cielo ni una ola en el horizonte, y el mar calmo en la cara del agua como un plato de plata, ni tampoco la más mínima corriente submarina que indujera a pensar que el día menos pensado iba a cambiar el rumbo de la barca y todo comenzaría a extraviarse hasta hundirse como el Titanic. Porque a Manfre-

dini no se le quitó la euforia una vez que regresó
de las catacumbas, dejó el plan piyama, se hizo socio de don Angelo Ferri y se volvió un hombre de
bisne de verdad, como Buitrón se había convertido
en un empresario turístico al servicio del gobierno
después de tantos años metido en la averiguadera
oficial, cómo cambian las cosas, Venancio, qué te
parece, me acordé yo de lo que cantaba el chofer
que nos llevó a Niño de Luto y a mí por la Plaza
de la Revolución dos noches antes de la llegada
del Papa, sino que se le subió la calorina del éxito
por todo el cuerpo para arriba hasta comerle los
sesos y siguió creyendo que el milagro del Papa en
Cuba ya era para siempre y definitivo.

Con tremendo mercurio subido a la cabe-
za cedió a las repetidas peticiones de su mujer y permitió que Maca Perdomo y sus cuatro hijos volaran
a Roma por unos días para conocer a su familia italiana. Hasta que el Papa vino para Cuba y el corsario de ojos oscuros pudo salir de las catacumbas
y volvimos a verlo con su blazier de Armani color
mostaza y de última moda, Manfredini se había negado a ese viaje. Eso lo supe después, cuando me lo
contó compungido don Angelo Ferri, pero nadie
sabe por qué prohibió siempre Manfredini aquel
viaje. Tal vez porque sus familiares romanos no
quisieron saber nada de él sino mantenerlo lejos,
allá en el sol y sonámbulo en una playita del trópico que para colmo se había puesto de moda en los
últimos años en todo el país. Porque a los italianos
de repente les encantaba venirse de turistas a Cuba,
los volvían locos unas vacaciones en la isla paradisía-

ca, barata, bullanguera y musical del Hombre Fuerte, una rumba imparable el turismo italiano al llegar
a Cuba. Se dejaban aquí todos los fulas del mundo
y se volvían a Italia más contentos que nunca y deseando volver, mientras las novias cubanas echaban lágrimas de llanto durante unos instantes por
esa marcha del italiano, breves pero intensos y
profundos momentos de mucha pena de amor, lágrimas en la terminal del aeropuerto internacional
cada vez que se iba un novio italiano para Roma y
hasta que llegara otro en el próximo avión, que ya
estaba aterrizando en el mismo momento en que
el otro Alitalia despegaba de Rancho Boyeros. Estos pobres italianos viviendo de boleros, recuerdos
y nostalgias, y hasta incontables de ellos terminaban matrimoniando por la Iglesia Católica con
cubanas, así es la cosa. Se casaban en La Habana
con todos los papeles en regla y los curas muy contentos porque se había aumentado el número de
matrimonios de extranjeros y cubanas, y en los
últimos tiempos de cubanos y extranjeras, italianas y españolas sobre todo, y se los llevaban a ellos
y a ellas a vivir a Roma, Milán, Nápoles y hasta Florencia, un puente aéreo desde Fiumicino y Linate
a La Habana y Varadero, y viceversa. Todas las relaciones culturales, políticas, comerciales, amistosas y hasta familiares, los empates y los casamientos
incrementados milagrosamente entre Cuba e Italia después de la visita del Papa a la isla, tremendo
cráneo de Italia con Cuba y al revés. De modo que
¿por qué no iba a permitir Manfredini que Maca
Perdomo y sus hijos fueran a Roma, si ahora ya es-

taba a tiro de piedra de La Habana en esos reacto-
res de Alitalia que no paraban de ir y venir todos
los días y varias veces en el mismo día de un destino a otro y como si tal cosa? ¿Qué peligro iba a
haber para ellos en Italia y durante una semana de
visita, si hacía años que Mauro Manfredini ni era
ya sospechoso de nada, ni nadie se acordaba ya qué
había sido de las Brigadas Rojas, sino que estaba
completamente retirado y además era socio nada
menos que del cocinero del Papa en un restaurante de La Habana, estaban tan unidos por ese bisne como Cuba e Italia con el turismo, tanto y tanto que hasta Benetton había venido a plantar en
La Habana sus afiches de reclamo publicitario y
sus tiendas abiertas a dos pasos de La Lonja y el
Café del Oriente, y de las placitas que la magia de
Eusebio Leal Spengler había inaugurado, precisamente aprovechando la estancia del Papa, en honor de Lady Diana Spencer y la madre Teresa de
Calcuta, dos santas de Dios cada una en su especie sagrada?

En la visita que tuve que hacerle a don Angelo Ferri en su casa de protocolo de Miramar, su-
biendo por la calle de un poco más allá de lo que
antaño fue el Biltmore, en la que se paraban hasta
ver amanecer los noctámbulos de La Habana, los
periodistas de la noche, los cantantes y muchos
conspiradores contra el batistato, me enteré asombrado de que Maca Perdomo y los mulatos Manfredini se embarcaron en uno de esos aviones de
Alitalia para Roma, entre lagrimones de despedida,
fuertes abrazos y promesas de prontísimo regreso

a la isla. Manfredini estaba contento porque se había quitado de encima una vieja deuda que le debía a su mujer y sus hijos. Al fin y al cabo, según don Angelo Ferri, con la euforia del bisne le había entrado en el alma una lucidez rarísima y terminó por metérsele allá adentro del corazón el cráneo loco de culpabilizarse, tantos años después y como si hubiera sido ayer, del fracaso artístico de Maca Perdomo.

—Si no se lo hubiera prohibido, sería hoy una gran cantante —le dijo Manfredini a Ferri.

Después de tantos años bajo tierra y tras la resurrección, podía pasarle cualquier cosa, incluso que la mala conciencia del pasado empezara a hurgarlo allá adentro como hace el comején, peu à peu, piano, pianíssimo, pero sin parar, hasta sorberle la médula y hacerle confesar ante su propio espejo que él era de *velldá* de *velldá* el responsable de la frustración musical de su mujer. Con esa buena acción Manfredini no hacía más que intentar curarse de una vieja herida, tratar de recuperar de un machetazo personal el tiempo perdido, paliar en la medida de lo posible todos los males que le había causado a su mujer con el pasado de activo revolucionario, cuando ejercía con patente de corso de agente doble de la CIA y del G2 para virar el mundo del revés y ponerlo todo de parte de la revolución proletaria. Sus antiguas convicciones políticas, nacidas en la lucha final de las Brigadas Rojas ya en sus últimos años de actividad, quedaron arrinconadas en la oscuridad de una memoria poco generosa, hasta el momento del milagro de la visita del Papa a Cuba, otro crucial instante de su vida, una segunda oportunidad para su existencia tan oscura hasta el viaje del Papa polaco a La Habana y Santiago. Y lo único que buscaba ya provocar era la felicidad de los suyos, con un bienestar y una comodidad materiales que desde que lo inauguraron venía concediendo el bisne del restaurante, cuyo camino pasaba por el hasta ese momento imposible viaje a Roma de Maca Perdomo y sus hijos.

En principio se quedaron en Roma una semana, como habían acordado Mauro Manfredini y Maca Perdomo antes de salir de La Habana. Una semana y más nada. Pero después esa semana se alargó como caucho en candela por otra semana más, y otra después y otra más después de las tres anteriores. Y dos meses más tarde de la llegada a Roma, Maca Perdomo y sus hijos seguían en Italia. Y el día menos pensado Manfredini llegó bastante alterado a las oficinas de La Creazione y le confesó a don Angelo Ferri que estaba comenzando a angustiarse, aunque el siciliano le reclamó calma con una sonrisa de patriarca sabio. Al fin y al cabo, después de tanto tiempo deseando ese viaje, lo único que hacían su mujer y sus hijos, le dijo don Angelo a Manfredini, era recorrerse Italia de arriba abajo, la bota entera se la estaban pateando con monumentos, restaurantes y paisajes, entretenidos con tantas novedades y atenciones. Esta parte de la historia la supe por la confidencia de monseñor Cañadas cuando le metí un timbrazo para decirle que iba a ir a ver a don Angelo, y no por don Angelo Ferri, que en esa visita a su casa de Miramar se me retrató tal como me había contado en vida

Niño de Luto. Y verdad que me pareció lo que realmente era, un hombre sumamente educado y discreto, orlado por muchísimas virtudes que tienen
que ver con los años de civilización europea de
Sicilia, con todos los pueblos de los que esa isla
grande de verdad ha recibido influencias a lo largo
de los siglos, un señor don Angelo Ferri, un caba-
llero de gran experiencia y savoir faire que siempre
sabe con quién está hablando y qué cosa hay que
contar y cuáles callarse. En ningún momento sometido a esa loquera de loro hablantín del habanero, que dice que no habla, que él no dice nada,
que su boca es una tumba, mira, mira, un sepul-
cro sellado para siempre, ni me recuerdo de lo que
acabas de decirme, ya me olvidé, pero se da uno la
vuelta y lo larga todo en un discurso como una cin-
ta magnetofónica que repite lo que se le ha contado en secreto, para que todo el mundo en La Habana se entere de todo, de quién sabe qué y de quién
no, como si tal cosa, desde Regla y Guanabacoa
hasta más allá de Marianao y Jaimanitas.

—Se echa la culpa de todo lo que le ha sucedido a su socio —me dijo por teléfono monseñor
Cañadas, compungido por el suceso—, y no hay
quien lo convenza de lo contrario. Fíjate tú, cuando eso aquí en Cuba, ya tú sabes, pasa todos los días
muchas veces y hasta en las mejores familias.

Dos meses y medio más tarde de la partida
de su mujer y sus hijos hacia Roma, Manfredini recibió una carta en mano que le enviaban desde la
Ciudad Eterna. Uno de esos turistas italianos que
se bajan del Alitalia para conquistar el paraíso de la

música tropical se presentó a media mañana del día menos pensado en La Creazione, preguntó por el signore Manfredini y cuando le dijeron que de parte de quién buscaba al dueño, el turista italiano contestó impasible que traía una personal carta desde Roma de parte de la signora Maca Perdomo y que tenía el encargo de entregarla en mano al signore Manfredini. Larga carta de puño, letra y firma de Maca Perdomo, su mujer.

—Fíjate tú —siguió contándome monseñor Cañadas—, ahí le decía que se quedaba para siempre en Roma. Ella y sus hijos. Que después de tanto tiempo y tantos años oyéndole decir a Mauro en todo momento que él era cubano para siempre, aunque toda su familia era romana y él mismo hubiera nacido y se hubiera criado en Roma, ahora le pasaba lo mismo a ella y a sus hijos, pero al revés.

Desde que pisé Roma, me dieron ganas de besar la tierra como hace el Papa cada vez que se baja de la escalerilla del avión, eso escribía en la carta la signora Maca Perdomo, y desde ese mismo instante me di cuenta de todo el tiempo perdido y de lo equivocada que estaba, Mauro querido, fíjate, mi amor, que ahora sé que siempre fui romana, muy romana y muy poco habanera, ¿te das cuenta de que es la cosa más grande del mundo lo que me pasa? Por eso le escribía, para que Manfredini se diera por enterado de que, aunque tanto ella como sus hijos habían nacido en La Habana, Cuba, en el mismísimo corazón de Centro Habana que nada más y nada menos, y habían sido toda la vida cubanos y nada más que cubanos, o eso habían creído durante todos estos años que habían pasado juntos, ahora que había conocido Roma y toda Italia, no le quedaba otro remedio que decirle que todos, todos, todos, sus hijos y ella misma, sobre todo ella misma, Maca Perdomo, habían caído en la cuenta de que toda la vida habían sido romanos de los pies a la cabeza sin saberlo, y ella italianísima de los pies a la cabeza, como Silvana Mangano y Sofía Loren, de la misma manera y ya, así, mulata de *velldá* pero también de *velldá* de *velldá* romana, las dos cosas podían ser a la vez en la misma persona. Y ésa es la metamorfosis o el hallazgo que les sucedía ahora a ellos, a Maca Perdomo y sus hijos. Por esa misma razón se iban a quedar definitivamente a vivir en Roma; que lo sentía mucho, pero que ese cambio de vida era exactamente el destino que a ella le había reservado el milagro papal, de modo que las dos únicas cosas que podía decirle ahora a Mauro Manfredini es que viniera a vivir con ellos a Roma, toda la familia reunida en Roma, y que ya estaba bien de Cuba y su rumbita revolucionaria, una. Y dos: si no era así, si no se venía para Roma, adiós para siempre, amor de mi vida, mi chino inolvidable, pero lo primero es antes y después todo lo demás.

Trece

Primero dijo que por nada del mundo iría a la morgue a inspeccionar el cuerpo destrozado de Diosmediante Malaspina.

—Antes muerta —dijo Amanda Miranda convencida por su autoestima, muy por encima del nivel.

Una cosa era que hasta hoy la hubieran mandado a buscar para consultarle qué había de rituales sospechosos en cadáveres martirizados por la violencia pero que en todo caso le eran desconocidos, anónimos, de modo que no sentía más que una repugnancia química que le embotaba la cabeza y le arrimaba unos mareos y unas tonturas tremendas. Hasta ahí mismo se podía llegar, porque tres gintonic de un golpe la volvían en sí y le borraban los síntomas del asco, la pena y la vergüenza, tres componentes del ajiaco que Amanda Miranda no quería comerse por nada del mundo ni por mucho que el hambre la matara de tedio, y mucho menos investigando en la morgue las señales del mal en un cuerpo matado a golpes. Y otra cosa distinta y mucho peor era que se consumara aquel disparate, el de cogerla a ella cada vez que se perdían los de la policía científica en el sinsentido del cadáver anónimo, invitándola a que fuera a inspeccionar el cuerpo muerto de alguien conocido. En este caso, de alguien muy conocido por ella, íntimo de toda la vida, de ir a la casa de Lawton durante muchos años, de miles y miles de encuentros en casa de amigos comunes, de las fiestas en casa de Bebe Benavente, de recordarse de la familia de Niño de Luto en sus buenos tiempos viejos, cuando habitaban el pleno esplendor histórico y la memoria del Vedado, los años más felices de Cuba para ellos, y de todos los rumorcitos y marañitas que pasaron a ser con los años estigmas, cicatrices y tatuajes del linaje de los Malaspina en La Habana.

—Fíjate, muchachón, cómo son ellos —me dijo—, me atosigaron con esa costumbre, como si yo fuera investigadora de la policía para casos estrambóticos, ¿cómo te cayó el cuento?

Verdad que entonces el capitán Flores le insistió como pudo, con toda clase de vueltas, guiños y alusiones a los compromisos de una cubana de excepción con su sociedad en plena crisis. Y ante las reiteradas negativas de Amanda Miranda, Flores bajó la voz, como si fuera a confesarle un dato de vital importancia, o fuera de verdad a darle una orden cifrada que ella entendería a la primera, una orden que tendría que cumplir por encima de sus muchas reticencias y rechazos.

—No hay nada que hacer —le dijo a Amanda casi al oído, bisbiseando apenas sus palabras—. Usted verá, pero las órdenes vienen de lo más arriba. Tiene un gran interés en que este caso tan trágico quede aclarado del todo. Y está contando con usted, la ha señalado con el dedo, ya usted sabe lo que le estoy diciendo. Negarse a venir es como decirle que no, usted me entiende que yo la ponga en este brete, ¿verdad?

—¿Cómo iba yo a saber si el policía me estaba engañando —se me quejó después Amanda Miranda— o si era verdad que desde lo más arriba se seguían acordando de una?

A Amanda Miranda se le subía el mercurio del termómetro hasta salírsele la fiebre por la boca con palabras malsonantes mientras iba ascendiendo el tono de su música verbal. Porque ella hace una pila de años que se cansó de todo, se pasó a vivir modestamente, se metió en su cuchitril con toda su humildad, tragándose el protagonismo de su historia y metiendo toda su memoria en discos y discos de computadora; se metió en su casa a parlotear con sus orishas, a armar los fetiches de Changó que le iba regalando a los amigos que veía convencidos de que aquella superstición era parte de la verdad; se encerró en su casa del Nuevo Vedado, al fondo, en su despachito de trabajo, a esperar que de cuando en vez llegara hasta allí el olor de rosas que se esparcía por todo el cuarto como un anuncio de la presencia sobrenatural de Lydia Cabrera, que llegaba a verla, a acompañarla y a aconsejarla; una pila de años que decidió ocuparse por entero del cuidado de la mucha familia que tiene a su cargo, con la ventita de algunos cuadros de valor para sacar los verdes suficientes y seguir resolviendo la cosa de la vida en La Habana, algún que otro viajecito al extranjero, invitada a hablar por alguna universidad, alguna institución cultural interesada en las cosas de los negros y las religiones afrocubanas, fundaciones americanas, españolas e italianas que le pagaban el viaje, la estancia y unos fulas que nunca eran suficiente baro para tanta gente de su casa comiendo sin parar. Una pila de años que Amanda no se calla nada, no es que esté del otro lado, porque se le pasó el arroz para eso, hace tanto tiempo que no tiene memoria para tal asunto, para intriguitas y conspiraciones de juguete aquí en La Habana, y tampoco se ha hecho de la disidencia porque ella no tiene juego ninguno en esas cuarterías, antes muerta, con toda la historia que lleva encima.

—Estuve a punto de decirle al capitán —me dijo Amanda Miranda—, oye, ven acá un momentico, dime entonces por qué tratan de amorrongarme y me colocan ahí delante de mi casa un operativo de la fiana con su auto verde y todo, para que todo el barrio lo vea y me señale con el dedo cada vez que salga a la calle, mírala, ahí va ella, la prima donna, ¿eh?, ¿por qué carajo me organizan esa jodedera delante de mi casa, para qué coño vienen a montarme aquí esta chingadera, tan cuaba, chico, tan jeringona y tan comemierda, para qué carajo esta vaina entonces?

Verdad que el capitán Flores le hubiera contestado a Amanda Miranda, si ella le hubiera preguntado en ese tonito de fiebre subida que se coge cuando busca lucha cuerpo a cuerpo, que él de ésas no estaba ni siquiera enterado. Porque aquí nadie sabe nada cuando no quiere saberlo, ni siquiera a escalas oficiales, nadie sabe nada de lo que no tiene que saber y cualquier capitán se escurre

como puede y se sale de la cancha cuando lo arrin-
conan con la voz alta. Sobre todo si la orden que
le han dado es que por todos los medios consiga
lo que se le ha ordenado y más nada; que utilice el
procedimiento más adecuado para que la experta
sabedora acuda a la morgue y se repase de arriba
abajo las señales del ritual, los féferes y los objetos
sacrificiales que los asesinos dejan botados por ahí,
las más de las ocasiones como pistas falsas. Máscaras
de disimulo, como les dice una y otra vez Amanda
Miranda, todas las veces que la han llamado para
esos menesteres macabros.

   —Me ahorré el sofoco del pobre hombre
—me dijo Amanda—, eso es lo que hice. Oká, le
dije, vamos para allá, mándeme un auto, me arre-
glo un poco y ya voy para allá.

   No les iba a decir nada Amanda Miranda
del babujal ni del hechizo maléfico que les cayeron encima más de cincuenta años atrás a la familia
Malaspina, cuando Amable Malaspina vivía y era el
dueño de la casona esplendorosa del Vedado, llena de lujos, obras de arte, estatuas, óleos de santos,
joyas carísimas, y una biblioteca donde estaban
todas las enciclopedias del mundo que había ido
trayendo durante años hasta su casa de La Habana. Para eso Amable Malaspina era un anticuario
de fama internacional bien ganada comprando y
vendiendo valores, y que entraba y salía de la isla
con todas las de la ley, como comerciante del mundo que era, un cuarto bate del arte el hombre, todo
el tiempo volando para acá y para allá, a Estados
Unidos y a Europa, hasta Buenos Aires fue en más

de diez ocasiones a buscar obras y a traérselas para La Habana. Y venían a verlo en bolón, uno detrás de otro, de Nueva York y de París, y de Roma y de Londres, otros anticuarios y muchos expertos de museos y gente muy rica a ver lo que tenía allí dentro de su palacio de La Habana aquel descendiente de Alejandro Malaspina, con cierta fama de garrotero en sus bisnes, pero también un hombre con aché que había conseguido contra vientos y mareas que por fin le reconocieran el apellido después de tanto mete y saca de papeles en los juzgados y en las lóbregas oficinas de los ministerios. Ahí debió quedarse una parte nada exigua de su gran fortuna comprando y vendiendo velocidad en las voluntades, para eso le sobraba el baro. Y en todo el palacete del Vedado refulgía por entonces la lujuria del dinero y la influencia de Amable Malaspina, hasta que le cayó encima tremendo candangaso que le planchó la fiesta a toda la familia de ahí para adelante.

Nunca llegó a saberse bien del todo lo que ocurrió y en qué momento se fajó quién con quién, si hubo a lo mejor algún muerto por el que Amable Malaspina y su descendencia tuvieran que pagar, o nadie quiso decirlo entonces y la cosa se quedó en profundo secreto entre unos pocos hasta que se fue diluyendo con el tiempo y como bola de humo entre los que tal vez lo sabían de verdad y participaron incluso del asunto. Perdieron la casona, los sacaron del Vedado, los echaron de su aroma, ésa es la verdad, los mandaron casi para fuera de La Habana, para el barrio de Lawton, que entonces era el extrarradio, y estaban empezando a levantarlo por encima de Diez de Octubre en un inmenso descampado que ni carreteras había buenas para llegar allí con garantías. Quien tuvo que dejar contra su voluntad el palacete del Vedado fue Florencio Malaspina, el hijo único de Amable Malaspina. Con toda su familia, porque los otros dos hermanos de don Amable lo repudiaron para siempre, los dos se fueron para fuera, primero a Madrid y luego a Milán, nada más llegar el Hombre Fuerte a La Habana desde la Sierra, pudieron sacar todavía muchas cosas y vivieron muy bien con todo lo que se llevaron de aquí, hasta que se murieron los dos en Milán, de viejos y ricos se murieron en los primeros setenta los dos hermanos de Amable Malaspina echando de menos el Vedado, La Habana y Cuba.

Muchos de estos datos familiares los he ido conociendo poco a poco, pero flotan en mi memoria moviéndose como luciérnagas en una nebulosa oscura, una bola de humo que a veces me parece muy cierta y otras un completo gatazo, que ésa fue la palabra que utilizó también Amanda Miranda para decirme las razones por las que Amable Malaspina fue despojado de su grado en la logia masónica por sus propios hermanos, echado de su casa y desterrado a Lawton, que no llegó ni a marcharse porque antes le dio el reventazón de miocardio y, fuácata, se acabó para siempre, para Colón y más nada.

—Gatazo, mi hermano, mucho gatazo hubo en eso —me dijo Amanda Miranda.

Así se escribe y absuelve la historia, lo echaron para fuera de su propia casa, lo mataron del disgusto y años más tarde, llega el Hombre Fuerte, manda a parar y se tienen que ir los otros dos Malaspina lejos de la isla. Y después todos esos descendientes del exterior le cayeron atrás a los de la isla y dijeron de los Malaspina que se quedaron en Lawton que eran unos traidores a la familia. Las sé de verdad muchas de esas cosas tan raras porque Niño de Luto me las fue contando a cuentagotas. Como quien de repente recupera en medio de cualquier conversación una y otra vez parte de su memoria familiar más embullada, y me va dando una aquí y otra allí las piezas para que las vaya colocando por mi cuenta y bajo mi responsabilidad en su lugar exacto dentro del rompecabezas, de manera que a lo largo de todos estos años he podido equivocarme entre tantos recovecos, catacumbas y laberintos, a lo mejor ando hasta muy extraviado en la definición exacta de la historia y la cosa no fue así como a mí me parece, de tantos cabos que voy atando todo este tiempo de memoria.

—No iba a contarle al policía lo del candangaso —me confesó Amanda— porque no se iba a creer el cuento, ¿oká? Imagínate tú que llego allí, delante de Flores, y voy y le digo, mira, muchachón, oyéme bien un momentico porque te lo voy a contar una vez sola y más nada. Toda esta vaina empezó cuando tú no habías nacido, ni el Moncada ni nada de todo lo que vino después ocurrió todavía. Andábamos aún por la historia y no metidos como ahora en la eternidad de la mitología,

para que me entiendas. Imagínate tú la cara de
asombro del pobre policía, que se le ve tan cheche,
hecho, derecho y con toda la autoridad por arriba
del techo. Iba a pensar que todo lo que se dice de
una es verdad, que la gritona está locaria de remate desde que se metió en serio con cosas de negros,
¿verdad? Y todo eso sucedió de verdad porque al
viejo Amable Malaspina le hicieron un trabajito
para cobrarle el mucho gatazo al que se había dedicado, le ocurrió por culipandear más de la cuenta
con gente con la que no se podía jugar de ese modo
tan grosero, que para eso eran sus hermanos...
        —¿Dices los hermanos de don Amable?
—la interrumpí.
        —No, no, no, no seas memba, viejito, nada
de eso. Oyéme bien, era masón con grado, no cumplió en los bisnes, los engañaba a todos, y los plazas de la cosa se lo cobraron con la mayor. El tipo
se quedaba con la mejor parte que a veces no era
sólo de él, ¿tú me entiendes? Lo echaron de allí y
además le clavaron un trabajito que tumbara a toda
la familia, desde él mismo hasta la tercera genera-
ción, hasta Niño de Luto exactamente, que era el
que quedaba vivo aquí dentro de Cuba. Fíjate cómo
se murió el viejo, de un golpe de corazón que lo
asfixió cuando supo que la expulsión de todo su
aroma era sin redención posible y para siempre jamás. Fíjate cómo sufrió Florencio Malaspina casi
toda su existencia por ser lechiclaro, recuérdate de
cómo murió, de esa enfermedad de chanchulleros,
reventado de sífilis por dentro y por fuera, quién carajo se lo iba a decir a él, tan catolicón toda la vida.

Fíjate cómo murió la madre, que apenas salió de la casa de Lawton un par de veces, como si la tuvieran secuestrada en su cuarto. Tenía la piel más blanca que el alabastro, casi traslúcida era la madre de Niño de Luto, llevaba todas las venas del cuerpo retratadas a flor de la piel blanquísima. Decían que nunca salía de allí para que jamás le diera en los ojos ni en el cuerpo un rayo de sol, porque estaba convencida de que ese día sería el de su muerte. Tuvo esa desgracia por manía, aquí en Cuba y muerta de miedo por el sol, qué loquera. Murió de la misma enfermedad rara que las hijas, se fueron yendo tan malamente del aire, tremenda tisis que se las iba llevando sin dejar de toser y de echar por la boca esputos de sangre. No hubo gracia que las salvara a ninguna de ellas. Y, fíjate ahora, viejito, cómo acaba la cosa con la tragedia del pobre Niño de Luto destrozado en su propia casa, ¿cómo te cae el cuento?

Verdad que todo lo que Amanda Miranda contaba de esa manera tan suya, con su lenguaje trufado de supersticiones y los códigos de los brujos negros bailándole en el discurso, era para no darle pábulo, sino para echarse a reír a carcajadas, como que estaba contándolo todo de broma, un chiste de muy mal gusto. No había que hacerle caso ninguno a aquel castillo de arena. Cualquiera podía sospechar que ella misma lo había fabricado con su insensata imaginación, dentro del cuchitril donde pasaba tantas horas escribiendo las memorias con las que amenazaba por lo bajo a todo el mundo, cada vez que se le subía el mercurio algunos grados de más a la cabeza, y bisbiseando letanías indescifrables en lenguas todavía más negras con los orishas de todos los palos habidos y por haber. Y verdad que si Bebe Benavente hubiera escuchado esa historia de la boca de Amanda Miranda la iba a tomar por demente, locaria perdida, supersticiosa e incurable del todo, ni prendiéndole candela, ni regándola antes con luz brillante, ni echándole todo el sahumerio y las bendiciones del mundo entero se le iba a quitar aquella manía que le fue creciendo con los años hasta sorberle todos sus sentidos y hacerla sentir de lo más bien, en su propio jugo, tanto que de ese juego no la sacaba ya nadie, nadie, nadie. Pero Amanda Miranda, con todo lo cotorra que se ha vuelto, esas historias las mantenía bien en secreto, y si alguien fuera de mí le hubiera preguntado por los misteriosos asuntos de los Malaspina segurísimo que ella habría hecho un gesto de rareza, lo hubiera dejado todo en el enigma, como que era la primera vez que venían a consultarle una historia de la que ella no sabía nada en absoluto, rien de rien, y ya está bueno. Eso habría hecho antes de deshacerse en imprecaciones y en gestos todavía más claros, pero chico, mira que tú eres osado y comemierda, venirme a consultar sobre asuntos que no conozco, de los que no sé ni me importan nada. Eso les habría dicho Amanda Miranda a quienes se hubieran enterado de la muerte violenta de Niño de Luto y enseguida se hubieran atrevido a preguntarle qué pasó en Lawton, Amanda, tú lo sabes, cuéntamelo todo.

Verdad también que a ninguno de sus amigos cercanos se nos hubiera ocurrido preguntarle nada del asunto. A Bebe Benavente no se le ocurriría jamás, ni a monseñor Cañadas, con quien siempre discutía de esas sutiles fronteras entre la superstición y la religión. Dependía de quien hablara, si era monseñor Cañadas lo hacía desde la religión y contra la superstición de los negros, pero si era Amanda Miranda todo se ponía del revés, el supersticioso era Cañadas y todas sus creencias cristianas, y no había más nada que decir. Ni mucho menos se le hubiera ocurrido a monseñor Céspedes. A esa autoridad menos que a nadie, porque según Amanda me confesó un día, a media lengua y con ese gesto de sus labios fruncidos y la ceja izquierda levantada en toda la frente, una muequita como de estar en la maldad de todo pero que sólo te cuenta lo que le da la gana y quiere que sepas, que no le llegó a caer encima el capelo cardenalicio, que el entourage sacré dice que le correspondía por méritos propios para lavarse las manos en el asunto, porque se interesó demasiado durante mucho tiempo por las supersticiones de los negros, ésa es la vaina. Para que tú te enteres y más nada, me dijo Amanda Miranda exaltada, no es que creyera de verdad en la santería ni nada de eso, ni creía ni dejaba de creer, pero igualito que don Fernando Ortiz, fíjate tú, no te olvides que anduvo cogido en esa vaina de las reglas de santería desde jovencito. Entendió todo, como el cardenal Manuel Arteaga, que tú te tienes que recordar que fue a Regla en junio del 51 para estar presente en los rituales de la primera piedra de un templo de santería, ¿oká? Y aunque este dato último es histórico, tampoco en todo este asunto le hago mucho caso a Amanda Miranda, porque quienes saben de verdad saben que el Hombre Fuerte no habría consentido de ninguna manera que anduviera suelto por La Habana y por toda la isla otro brujo distinto que él, un espiritista más blanco que él todavía, con todas sus sangres clavadas en la historia de Cuba mucho antes que las suyas, un brujo vestido con ropajes sagrados de color rojo, que nada menos ni nada más sino eso, encima llamándose de nombre Carlos Manuel, y de apellidos De Céspedes y por el otro lado García-Menocal, la historia entera de Cuba hasta que llegó el Hombre Fuerte de la Sierra Maestra y la cambió toda de un solo reventazón.

—Imagínate —me dijo Amanda—, si al pobre Flores le hago el cuento de toda la historia de la maldición de los masones, las obras de arte que se quedó para él don Amable Malaspina como si fuera el dueño del museo, la expulsión y todas las enfermedades que acabaron con la familia. Tremenda rebambaramba le armo en la cabeza, de tal nivel que lo dejo al pobre Flores embullado hasta engorrionarlo para siempre, ¿verdad que tú crees lo mismo que yo?

Verdad entonces que la llevaron a Lawton y le mostraron la casa de Niño de Luto, dónde lo habían atacado y dónde empezaron a pincharlo hasta matarlo; cómo después lo arrastraron ya cadáver por allí, como lo delataba el reguero de sangre que había ido dejando en su viaje macabro el cuerpo maltratado de Niño de Luto, desde el salón de la casa a oscuras hasta llevarlo a la bañadera del fondo después de dejar atrás el jardín, pasarlo por el escondite y por delante del cuarto de Lázaro, hasta llevárselo al fondo, levantarlo en alto y colgarlo de la viga llena de herrumbre que hay encima mismo de la bañadera y dejarlo allí, todo pinchado por todos lados y todo manchado de sangre.

—Pobre Diosmediante —me dijo Amanda sin recuperarse de la impresión—, lo dejaron allí, clavado por todos lados como un san Sebastián, como un mártir.

Me dijo llena de vergüenza que, para que no acabara desplomándose delante de todos, tuvieron que mantenerla en pie entre el capitán Flores y dos de la monada que los acompañaban en esos menesteres lamentables. En aquellas lúgubres dependencias de la morgue hacía un calor de fogata en candela, una llamarada infernal estaba siempre a punto de quemarle la cara y todo el cuerpo le ardía por todos los rincones, mientras un vértigo de tontura le iba mareando el control del equilibrio conforme pasaban los minutos allí dentro. Además, un hedor caliente con su vaharada de vapor putrefacto ayudaba a nublar todo el ámbito oscuro donde se encontraban, y se filtraba por todas las paredes un olor a podredumbre subterránea, de químicas, formoles y muertos en descomposición, que había terminado por impregnar el aire hasta fundirlo. Como si estuvieran todos allí encerrados en una tumba hermética, los vivos y su claustrofobia, ese sudor frío que sentía Amanda Miranda resbalándose como las patas de un lagarto sobre su piel, y los muertos, que reposaban allí unos instantes de su eternidad, en el silencio de féretro cerrado de la morgue, todos asándose en la misma sartén por averiguar los datos escondidos que los asesinos habían dejado queriendo o sin darse cuenta en el cuerpo sin vida de Niño de Luto.

—Nada de nada —les dijo Amanda Miranda—, un asesinato y más nada.

Ella fue la que me contó con detalle todos los pinchazos que le habían metido a Diosmediante Malaspina en el cuerpo hasta matarlo. Hasta siete pinchazos había contado Amanda Miranda en el cuerpo de su amigo, y se los dieron con lo que al principio parecía un bisturí de instrumental médico, o un estilete de punta afilada, pero que no era exactamente un estilete, sino un objeto punzante con el que con suma solvencia habían rasgado la piel y atravesado con la facilidad de un machete el cuerpo de Niño de Luto hasta dejarlo acribillado.

—Un abrecartas de plata afiladísimo. Tal vez trató de defenderse con él, se lo quitaron de las manos y con eso lo mataron. Es una hipótesis —le dijo el capitán Flores.

Antes de ir a la morgue, junto a Flores y dos de sus ayudantes, había rastreado ella también el camino que los asesinos recorrieron hasta dejar el cadáver colgado en la viga de hierro de la bañadera del fondo de la casa de Lawton, con el pavor petrificado en una mueca obscena el rostro de Niño de Luto, los ojos abiertos y mirando hacia la techumbre de la bañadera con la obstinada fijeza de las estatuas, la lengua sanguinolenta saliéndose de la boca, el cuerpo en el aire colgado por el cuello roto y tambaleándose ligeramente de un lado a otro, movido por su propio peso muerto.

—Así lo encontramos, ahí mismo —le dijo Flores.

—Imagínate el espectáculo —se me quejó Amanda Miranda mientras terminaba de contármelo—, un estropicio. Lo mataron con una saña que da mucho que pensar, pero ni en la casa ni en el cuerpo de Niño de Luto encontré ningún rastro de ritual.

Verdad que Amanda Miranda sabía muchas cosas de la familia Malaspina y del propio Niño de Luto, con tantas discusiones que tuvieron. Se ponían a darse cordel sobre cualquier cosa, como dos duelistas que han nacido para enfrentarse de por vida cada vez que se encuentran en el lugar que fuera, estuviera delante quien estuviera, sin remisión. Se metían siempre en una lucha de palabras atroz, pero lo peor de la discusión era precisamente la religión, ahí se acababa todo. La música no era más que un juego para calentar los motores y levar anclas, el verdadero duelo entre ellos fue durante toda la vida una discusión sobre la religión.

—Amanda no cree en nada, se ha metido en ese mundo folklórico de los negros por esnobismo y ganas de molestar, es una supersticiosa oportunista —me confesó Diosmediante Malaspina, despreciativo.

Siempre se le hizo imposible a Malaspina creer que la santería cubana tenía un cuerpo de doctrina suficiente para ser considerada una religión de verdad, pero Amanda Miranda militaba activamente en ese universo desde que era una adolescente, de modo que el animismo fue desde siempre para ella una alimentación espiritual que sólo los beatos de sacristía católica como Niño de Luto, los calambucos, como dice Amanda Miranda, y los restos que quedaban de ellos en Cuba después de tantos años de la colonia, ponían en duda su realidad cotidiana en toda la isla. Cuando se hizo oficial la noticia de la visita del Papa, la virulencia de la discusión religiosa entre Amanda Miranda y Niño de Luto se subió del nivel más de la cuenta. Tuvimos en más de una ocasión que intervenir Bebe Benavente y algunos otros amigos para bajar la orientación de los dos y recordarles que toda la vida habían sido amigos y que si nunca se habían peleado por la política ni por la música ni por más nada de nada, tampoco ahora iban a terminar rompiendo aquella vieja amistad de tantos años.

—Se aprovechan ahora porque viene el Papa, por eso atacan como fieras vengativas, para meterles el miedo en el cuerpo a las gentes y les vayan a llenar los templos y las sacristías, eso es lo que están haciendo —se defendía Amanda enfurecida.

Verdad que Amanda Miranda sabía muchos misterios de los Malaspina, desde las historias escondidas de don Amable Malaspina hasta el último reducto del linaje, pero le faltaban tantos detalles para una correcta interpretación de los hechos que a veces desfiguraba la realidad en un cuento de leyenda. Nunca supo del Zurbarán ni del Rem-

brandt que estuvieron desde siempre ocultos en el
sancta sanctorum de la casa de Lawton; ni supo de
los valores que había encerrados a cal y canto en el
sótano, donde reposaban en el silencio y la oscuridad de su encierro todas las enciclopedias de la
biblioteca que los Malaspina trasladaron de la casona del Vedado tantos años atrás, la misma que
Niño de Luto dio por desaparecida cada vez que alguien le preguntaba qué había sido de la biblioteca de su abuelo. Alguien recordaba de repente que
había primeras ediciones de Góngora, Quevedo y
san Juan de la Cruz en el palacete del Vedado,
pero Niño de Luto lo negaba con un gesto de cabeza, al fin y al cabo él era la única legalidad visible de todos aquellos recuerdos viejos; otro alguien venía un día y le recordaba que su abuelo le
había hablado de los papeles manuscritos de Alejandro Malaspina que don Amable guardaba en
su biblioteca del Vedado como oro en paño que
era, pero Niño de Luto volvía a negar y contestaba que todo aquello se había perdido en el trasla-
do a Lawton o tal vez antes, que no quedaba más
memoria que la leyenda, una bola de humo que se
había ido agrandando con el tiempo hasta quedarse flotando sobre la historia perdida de la familia.

—A los curiosos, ni agua —me decía en baja voz Niño de Luto, irónico después de convencer al intruso.

Tampoco Amanda Miranda supo nunca
de las tanagras, ni de la vajilla de las bodas de Luis
XVI y María Antonieta, ni de todos los tesoros
que Diosmediante Malaspina había ido guardan-

do en los nichos del sótano de su casa de Lawton, cuadros, joyas, papeles de propiedad, documentos y materiales de un valor incalculable que le habían ido dejando allí familiares y amigos cercanos de Florencio Malaspina que se fueron de la isla sin romper sus relaciones con los Malaspina, sino todo lo contrario, haciéndolos depositarios secretos de las fortunas que dejaban atrás. Las sospechas que de todos esos asuntos ocultos tuvo alguna vez Amanda Miranda por conversaciones con algunos oligarcas consultivos crecieron, hasta que se topaban de lleno con la negativa de Niño de Luto, una muralla insalvable la negativa de Malaspina a que nadie entrara en esa intimidad del pasado de su familia.

—Todo eso se perdió hace rato, muchacha —le decía impertérrito Niño de Luto.

Entonces volvía a preguntarse Amanda qué clase de bula le habían dado a Diosmediante Malaspina para sobrevivir en La Habana y quién le había conseguido desde siempre ese status de intocable, que ni siquiera Yute Buitrón ni ningún otro pudo ponerle la mano encima. Nunca supo Amanda Miranda, aunque en silencio quizá se atreviera de refilón a sospecharlo, por qué el Hombre Fuerte lo había protegido de sus enemigos y no había permitido en todos estos años que nunca la maniática investigadera de los aparatos de la Seguridad del Estado llegara a violar la casa de Diosmediante Malaspina en Lawton, ni para decir buenas tardes y aquí estamos a saludarlo. Sólo el bobo de Yute Buitrón cometió esa clase de imprudencia en aquella lejana madrugada del día que le costó el

puesto de coronel de los segurosos. Lo tenía a Niño
de Luto en la mirilla de su memoria vengativa desde
antes de la Revolución y vino a buscarlo cuando
creyó que era posible caerle atrás con toda la autoridad. Pero desde ese día en adelante Yute Buitrón
pasó a cambio de vida, lo mandaron para su casa,
y lo mantuvieron en plan piyama durante bastantes años, más callado que un fenecido, hasta que
con los nuevos tiempos lo sacaron de la tumba y
lo pusieron otra vez a bailar como agente de turismo, acompañante de lujo de los italianos que venían a comprar tierras en las playas para levantar
bisnes de hoteles y restaurantes. Por eso Yute Buitrón no se baja en esta época de fiestas de embajadas
y de comilonas en los restaurantes de dólares del
turismo, está ahí todos los días como guía, cicero-
ne y consultor de los inversores italianos, hablando, saludando y sonriendo en el lobby del Cohiba
y en la terraza del Cható Miramar a los conocidos, invitado a comer en el Ranchón, en el To-
cororo, en el Café del Oriente, en La Creazione,
viajando con ellos para Varadero, Cienfuegos y Cayo Coco.

Verdad que Amanda Miranda sabe que el
Hombre Fuerte sabe guardar los secretos como los
guardó Niño de Luto, pero salvo un hilo de sospecha que terminaba en nada, no se le podía ni ocurrir que muy pocos conocían la estrecha relación
de los dos en el pasado, cuando eran estudiantes
en la facultad de Derecho y después de la universidad, cuando el Hombre Fuerte entró en la política
con el carisma que se había preparado desde siem-

pre. De modo que con todo lo que sabe, Amanda Miranda no sabe nada de la complicidad del Hombre Fuerte y Niño de Luto durante los peores momentos del batistato, cuando la represión de los esbirros de la dictadura dejaba los muertos desangrados en las aceras de las calles de La Habana y Santiago.

—Llevaban dos días enteros las perseguidoras buscándolo por toda La Habana, patrullas enteras estaban detrás de él todo el tiempo —me contó Malaspina cuando bajamos del sancta sanctorum a las catacumbas de su casa de Lawton—, siempre decían que estaban a punto de agarrarlo. Una de esas veces se creyeron que lo tenían arrinconado en una casa de Diez de Octubre, ahí al lado, pero ya estaba escondido aquí. Ésa fue la primera vez que vino a ocultarse en el sótano. Nadie supo nunca que estaba aquí, ni mis hermanas ni mi madre, ni Lázaro el mayordomo, ni nadie.

Amanda Miranda no podía saber entonces ni supo nada después de ese sucedido. Dos veces había salvado la vida el Hombre Fuerte gracias a la valentía de Niño de Luto. Las dos veces había ido a buscarlo en plena noche, conduciendo Malaspina su propio Buick azul y blanco, atravesando parte de Cuatro Caminos, dando vueltas para despistar y saliendo primero hasta la Carretera Central y regresando después otra vez a Lawton para meterse en la boca del lobo y sacar de allí al Hombre Fuerte, tras darles esquinazo tras esquinazo a los sabuesos y desafiando los controles de la policía y los custodios. Lo fue a buscar donde algunos de sus compañeros de lucha política lo tenían de verdad refugiado, a salvo de las averiguaderas de la policía de Batista. Tenían que moverlo de allí, sacarlo rápido de Miramar, de Diez de Octubre, de Santos Suárez, moverlo sin cesar de un lado para otro, de barrio en barrio, de un lado a otro de La Habana y dar esa sensación de omnipresencia; que cuando lo habían visto en un cafetín de Marianao fuera o no verdad, ya no estaba allí, sino en un bar de Centro Habana, por unos minutos; después lo vieron en el Cerro y a alguien también le pareció verlo en un Chevrolet verde oscuro pasando del Paseo del Prado hacia la avenida del Puerto, como si fuera luego a salir rumbo a la Virgen del Camino. Había que dar esa impresión de omnipresencia, que el Hombre Fuerte estaba en todos lados, y cuando y donde le daba la gana, como un hechicero que se hacía invisible cuando quería, se esfumaba en el aire con una magia que le habían dado los negros haitianos en la finca de su padre cuando era todavía muy chico, con ese resguardo burlaba a los esbirros batistianos a su propio gusto. Todo eso lo hacían para despistar a los mastuerzos batistianos y siempre procuraban meterlo en un lugar tan seguro que no existiera para nadie, como si se lo hubiera tragado la tierra y no estuviera ya más en La Habana ni en Cuba, sino que se había escapado en un barco para México o Venezuela. Un sitio que nadie en toda La Habana ni en toda Cuba pudiera sospechar que existía, un lugar tan secretísimo que el Hombre Fuerte podía pasar días y noches enteros a resguardo de las perseguidoras, los rumores y los soplones que llenaban los bares, los cafetines y la noche habanera, los perros de Batista que levantaban informes y daban datos fidedignos que servían para que la cacería del Hombre Fuerte nunca decayera y su captura fuera siempre tan inminente como imposible. Y Niño de Luto estaba en ese crucial y grandísimo secreto. Nunca habían sospechado de él, Diosmediante Malaspina, un joven abogado de Lawton, de muy buena familia católica, al que el único reparo que podía ponérsele desde entonces era un amaneramiento de formas que delataba con toda claridad lo suyo; un abogado diligente y educado que no entraba ni salía de la política cubana, ni hablaba para nada de Batista, de sus abusos, ni del Hombre Fuerte, ni del Partido Ortodoxo, ni nada de nada, sólo entraba y salía continuamente de los templos católicos de La Habana, y contaba además con la discreción de esa misma Iglesia Católica de Cuba que no se había inclinado por darle cobertura moral y apoyo social a Fulgencio Batista, un tipo sin escrúpulos que tampoco se gustaba nada a sí mismo porque sabía que las únicas dos cosas que era de verdad no le gustaban nada ni siquiera a él mismo, mulato y sargento dictador.

—Aquí abajo se acababa la inminencia del peligro, se esfumaba hasta su sombra —me dijo Niño de Luto en el sótano de su casa de Lawton, señalándome un nicho ahora lleno de cajas de cartón con papeles y libros—. Aquí mismo tenía un camastro preparado siempre para cuando lo necesitara. Él mismo me llamó dos veces, porque él siempre sabía dónde yo estaba y yo dónde él estaba esperándome. Fui a buscarlo esas dos veces y lo escondí aquí. Nadie supo nunca esta historia.

Verdad que recordaba esa confidencia de Malaspina y la cabeza se me iba a todos los tesoros que en ese mismo sótano, después de levantar con todo sigilo la trampilla del sancta sanctorum en cuyas paredes y ocultos tras los muebles artesanales de madera noble estaban el Zurbarán y el Rembrandt, reposaban allí desde mucho antes de que fuera el escondite inencontrable del Hombre Fuerte en La Habana.

Catorce

Bebe Benavente vino a buscarme en su auto y me dio botella hasta la casa de protocolo que Angelo Ferri le había alquilado con su servicio y todo al gobierno cubano para vivir en La Habana. No prestó atención a mis ruegos para que se quedara conmigo y me acompañara en la velada con Ferri, según la cita que para ese mismo día y a media mañana habíamos hecho por teléfono don Angelo y yo mismo. Después de atravesar Quinta Avenida y torcer a la izquierda, entró por 190 y me dejó en la misma puerta del jardín de la casa. Al entrar, fue una casualidad que estuviera saliendo de allí el pianista Leisi Balboa, acompañado por una muchacha bellísima, habanera como él y casi de su misma edad, trigueña, armoniosa de cuerpo, de gestos finos y corteses, educadísima. El dueño de casa hizo de presentador y percibí que los rostros de los jóvenes rezumaban una alegría irreprimible, cuando venía yo precisamente hasta la residencia de quien había sido cocinero del Papa para hablarle y darle algunos datos del asesinato de Diosmediante Malaspina en su casa de Lawton, la tragedia de uno de sus amigos cubanos. A eso se añadía el drama de su socio Mauro Manfredini, al que en los días anteriores a la cita nuestra en su casa de Miramar, tras haberse sumergido en una tristeza sin fondo después de la marcha de su mujer y sus hijos a Roma, un estado anímico de ausencia que volvió a sacarlo de la circulación y a encerrarlo a cal y canto en su casa, lo había salvado la Seguridad del Estado por los pelos y en el último momento de una muerte segura.

—Está muy contento, se va a España por un mes, a conocer a la familia de su padre —dijo Angelo Ferri señalando a Leisi Balboa.

Y verdad que en ese mismo instante, en la puerta del jardín de la casa de Angelo Ferri y viendo a Leisi Balboa confirmando con un leve movimiento de su cabeza la frase de su jefe en La Creazione, satisfecho de su propia tenacidad, de nuevo se me vino a la cabeza la historia completa de Iliana Balboa, su madre, y la tramoya familiar que le desveló al muchacho cuando ya casi no le quedaba tiempo para hacerlo y se supo que la enfermedad de la heroína de Playa Girón era mortal y rápida, que se iba a ir para Colón en un soplo y sin levantarse de la tabla de hospital donde la había condenado para comérsela de los pies a la cabeza en un dos por tres una metástasis galopante.

Según Amanda Miranda, porque todos esos datos personales y biográficos de Leisi Balboa y su madre no eran un chisme generado por los hablanchines de la mitología militar cubana, sino que coincidían con los que también Malaspina llegó a saber cuando se interesó por el pianista e inició los trámites en el consulado español para que le concedieran un visado y poder viajar a España, la capitán Balboa se había ganado para siempre un pasaporte de honor máximo en la historia de Cuba defendiendo la Revolución en una cabeza de playa ella sola y dos de sus asistentes más valentones, dos extranjeros jovencísimos de los numerosos bolones que en aquella época se vinieron para la isla a lanzarse a la aventura cubana. Cada uno por su lado había enfermado con su loquera revolucionaria, cogieron sus bártulos, se presentaron en las legaciones diplomáticas cubanas de México y Madrid, dijeron allí que se querían venir para la isla una temporada, les arreglaron los papeles y, fuácata, se plantaron directamente en La Habana en los momentos más complicados de aquella temporada, la invasión de Playa Girón. Uno y otro se habían marchado de sus países con la fiebre en los ojos, la foto que Alberto Korda le había hecho al Che metida en el alma y unas ganas de lucha que tuvieron ocasión de poner en práctica de inmediato, nada más pisar la isla, al alistarse como militares voluntarios en las patrullas de extranjeros que defendieron como si fueran cubanos de Pinar del Río, La Habana o Camagüey.

—La cosa empezó en Girón, mi hermano —me dijo Amanda Miranda—, pero siguió después, largo tiempo después, en la exaltación revolucionaria que seguro te recuerdas que siguió al triunfo contra la invasión.

Uno de esos tipos era un belicoso estudiante de Economía en Harvard, Boston, en el mismo momento en que le entró el bicho cubano en el fondo del alma y lo volvió loco por venirse a la isla.

Se olvidó de repente de los estudios universitarios que estaba a punto de terminar y de todas las maldiciones que le echó su padre, que lo fue a ver asustado al colegio donde residía en Harvard, sin que en ningún momento ni siquiera la amenaza de desheredarlo de su fortuna moviera un pelo de su determinación inmutable. Era un tipo de carácter y se llamaba Ambrose Saphiro, tenía apellido de piedra preciosa y parece que personalmente era de verdad una joya fina. Un tipo alto y rubio Ambrose Saphiro, un neoyorkino de gente muy rica, y tan vehementemente pasional que todas sus actitudes desde que llegó a Cuba, después en Playa Girón y más tarde en las tareas de reconstrucción, desmentían la proverbial frialdad de su sangre judía. Entregado, hiperactivo hasta el cansancio, enfático en la palabra, incansable en el compañerismo, disciplinado en las labores que se le ordenaban y de una fidelidad religiosa en sus convicciones revolucionarias.

—Fíjate que quienes lo conocieron se recuerdan de él todavía con una simpatía por encima del nivel —me dijo Amanda Miranda—. Hasta llegaron a contarme que el tipo decía que se había hecho comunista estudiando en Harvard, por eso había volado hasta Ciudad de México y allí mismo pidió venirse para acá, sin más, con lo puesto, qué clase de cosa era el tipo este, ¿eh?

El otro agregado de Iliana Balboa era español, un personaje muy curioso, según Amanda Miranda, que se había enamorado de Cuba hasta volverse loco. Le entró un síndrome de Estocolmo con

Cuba que no podía resistirlo, como si fuera una droga que le pedía y le pedía cada vez más. Estaba totalmente colonizado por las historias y las mitologías de la Sierra Maestra y por todos los episodios que había leído en Madrid de la conquista de Cuba por el Hombre Fuerte y sus barbudos, durante un año de sus estudios en la Universidad Complutense. De casta debía venirle parte de esa obsesión al galgo este, porque algunos miembros de su familia habían sufrido condena y cárcel más de una vez en tiempos de la dictadura de Franco, sobre todo durante los primeros años después de la Guerra Civil. Él mismo sigue todavía contando a todo el que quiere escucharle los detalles de su existencia, su parentesco cercano con Buenaventura Durruti, y que su padre padeció dos condenas a muerte bajo los tribunales militares de la dictadura franquista.

—Por anarquista, chico, un aragonés peleón de verdad, de los que no dan por perdido ni el más mínimo pulso, muchacho, heredero de la FAI, fíjate tú que quiso reorganizarla en los años cuarenta, una locura. Lo agarraron y lo fundieron. Se pasó la pila de años en la cárcel, no lo mataron, pero lo sacaron viejo de la sombra y su hijo se vino para acá años después —me aclaró Amanda Miranda.

Ángel Martínez Durruti, porque así dice llamarse y no hay quien lo baje de ese palo alto, era entonces, cuando Girón, un muchacho fortísimo, gritón, bullanguero hasta más allá del amanecer, dispuesto a atravesar nadando de una brazada y con un cuchillo de guerra en la boca toda la bahía de Caimanera, y encima y además las no-

venta millas si le mandaban que invadiera él solo
la Yuma y plantara en cualquier playa de Cayo
Hueso la bandera de Cuba, un rubí, cinco franjas
y una estrella. De cuanto me dijo Amanda Miranda casi muerta de la risa y como si me estuviera
descubriendo palabra a palabra los datos de un
hallazgo asombroso, deduje que el joven Martínez
Durruti no era más que uno de esos héroes suicidas que derivan sin darse cuenta del todo en locos
irreversibles, se dejan llevar por ese abismo vertiginoso y febril y se deslizan por él durante toda su
vida. No hacen nada por volverse atrás, por rectifi-
car, como si perdieran la memoria y hubieran cortado las amarras con su pasado y sólo pensaran
en agarrar con las dos manos el futuro y comérselo a bocados. Se visten de soldado con el uniforme
rebelde y verde olivo y se pasan años entregados a
una guerra que nunca llega del todo, sino en escaramuzas, chisporroteos, peleítas en las que algunos
alcanzan a cumplir con su alto destino de suicidas
y por ahí se van hasta la victoria siempre, con la bala de plata que vinieron a buscar aquí aunque la
fueron dibujando en su frente desde que nacieron,
hasta que se entregaron frenéticamente a su destino de suicidas y se fueron del aire como habían pro-
fetizado, como los viejos guerreros a los que los dioses de su religión les conceden la gloria si dan la vida
en la batalla.

—Pero el tipo —me dijo Amanda Miran-
da después de otro trago de gintonic— tenía más
vida que los gatos salvajes. Se escapó como Squipi
de todo, de las heridas de Playa Girón y de todos

los demás embullos que tuvo en La Habana cuando las cosas se fueron poniendo difíciles, se le fue cerrando el grifo de los privilegios, comenzó a protestar por esto y por lo otro, se metió después en el aguardiente, cuesta abajo y sin dejar de gritar y dio con todos sus huesos heroicos en el olvido. Ni lo metieron en la cárcel ni nada, sólo dejaron de hacerle caso, lo fuñeron así, como si no existiera.

Lo mandaron primero a Oriente, a cortar caña en la zafra de los diez millones de toneladas, semanas enteras sin salir de la plantación, días y días en la dureza del trabajo con el viejo Collins en la mano y sudando hasta la extenuación, como si fuera un guajiro de toda la vida. A él, Ángel Martínez Durruti, un español que se había ganado la nacionalidad cubana y las galletas de sargento del ejército revolucionario peleando con el uniforme verde olivo contra el Imperio en Playa Girón y al mando de la capitán Iliana Balboa, una gloria inolvidable de la Revolución. Después lo largaron para el otro lado, lo tuvieron deslomándose como estibador en el puerto del Mariel, más de un año, casi le tendieron en ese momento el puente de plata para que desertara como tantos otros por allí mismo. Enfrente mismo estaban los Estados Unidos de América y después se iría a España, a Teruel, con su familia, no tenía más que proponérselo y escapar, llegarse nadando de una brazada hasta la Yuma o mandarse a mudar de la isla escondido en el fondo de las sentinas de algún barco de carga con bandera de conveniencia, escapar del bloqueo y desembarcar días después en Veracruz o, a lo mejor, en La Guaira. Era fácil si se lo consentían, otros estorbitos lo habían conseguido sin apenas esforzarse, como que parecía que los habían ayudado desde dentro y desde dentro los habían empujado para que salieran de Cuba y no volvieran más por aquí. Iba y venía de un lado a otro de la isla por órdenes que no lo dejaban en paz porque él tampoco se callaba nada, siempre rezongando contra los errores de la autoridad, a cada rato quejándose en alta voz de cualquier abuso, no pasaba uno pero cumplía en la tarea que le habían encomendado. Más allá de todas esas incomodidades, tampoco le hicieron caso, como si una mano salvadora lo librara de los castigos que tenían que haberle caído encima por esas actitudes de rebeldía frente a sus superiores. Nunca quiso marcharse ni se marchó de Cuba, ni entonces ni todavía.

—Después pasó todo —dijo Amanda—, se desmerengó el bloque socialista, se cayó al piso el muro de Berlín, vino Gorbachov y vimos que era mucho más joven que el Hombre Fuerte y que venía a zanjarlo todo, de aquí para atrás, bueno, pero desde ahora, compañero, no hay ni un verde más a fondo perdido, ni petróleo ni más nada, para que se vayan enterando todos ustedes del huracán que se les viene encima. Y después vino lo que sabemos, llegó el turismo, los fulas, los españoles, los italianos, los franceses, los mexicanos, toda esta vaina de los hoteles y los bisnes, y sálvese quien pueda y el que pueda que resuelva por su cuenta que yo me hago el loco y no veo nada si no hay demasiada especulación ni escándalo, porque se necesita mucho baro, es la pura verdad, muchísimo baro para mantener esta rumba que se derrumba todo el tiempo sin acabarse de caer, ya tú sabes.

Por ahí resopló de nuevo en La Habana el sargento en olvido y retiro Martínez Durruti, el turismo vino a salvarlo. La Habana entera y Cuba de cabo a rabo, desde María la Gorda a la Punta de Maisí, ver para creer, se llenaron de españoles y todo parecía estar cambiando a ritmo de vértigo, como si a la renqueante Revolución del Hombre Fuerte la hubiera montado de repente el santo, un Changó bueno, más enloquecido y mucho más resistente que los cristianos de las catacumbas. Se agarró al turismo como si fuera una lapa y ahí resucitó el sargento Martínez Durruti, trabajitos merólicos, unos fulas por aquí, en la paladar de una amistad, una simpatía por allá con los españoles sin guía en La Habana, resolviendo como podía desde cuando se dio la orden de partida hacia la nada. Llegó el Periodo Especial, la Opción Cero y todo esto que ahora es otra vez Cuba, turismo, tabaco, aguardiente, sobremesa, música, religiones, turismo, efemérides en la Plaza de la Revolución, turismo, barcos de recreo en las marinas, paladares para los cubanos y restaurantes y hoteles de lujo de dólares, aguardiente, turismo, turismo, turismo, como me repetía locarísima, trago tras trago de gintonic, Amanda Miranda.

Había que resistir y el sargento en olvido y retiro Martínez Durruti resistió. Se impuso la resistencia personal como una disciplinada tiranía, ahí estaba en su juego, ése era su aroma, su turno, andar por La Habana, agarrar a un par de turistas españoles, un par o un bolón, mejor un grupo amplio y ofrecerles a todos sus servicios, contarles sus batallas heroicas sentado al final de la jornada en una terracita de algún bar de La Habana Vieja, llevarlos con su palabra exaltada a los tiempos gloriosos de Playa Girón, hacerles ir a la excursión de verdad porque allí estuvo este viejo que ahora tienen ustedes delante, vestido con sus Levi's ya sin color, sin cinturón, tirando de ellos para arriba cada vez que se bajan unos centímetros con los nervios que le provoca contar sus cuentos, sus batallitas, cuando ve el asombro y la atención que le ponen los turistas españoles, su camisa de cuadros descoloridos, sus zapatillas usadísimas, su voz de ronero habitual, que sale de la garganta de la historia. Compañeros, vine a Cuba a buscar la bala de plata que llevo aquí desde que nací, y se señalaba teatral la frente con el dedo índice de la mano izquierda extendido hasta no poder más, una mueca de pasión belicosa asomándose a su cara, los ojos brillantes y su cuerpo contorsionándose de tanto Habana Club de tres años, mientras relata su vida de dulce guerrero cubano, pero guardándose en lo más hondo el desprecio, tragándose y escondiendo en ese gesto de comediante alquilado el desprecio hondo hacia los turistas españoles que siguen pidiéndole a los guitarristas, que cantan ahí al lado para otro grupito de turistas que tararean como un orfeón desafinado la cancioncita inolvidable, que toquen Comandante Che Guevara, tu increíble transparencia, con tu querida presencia, Comandante

Che Guevara, un espectáculo que saca de quicio a Amanda Miranda cada vez que pasa por las calles de La Habana Vieja y los ve ahí. Se enfurece hasta perder los sentidos, ni Bebe Benavente puede con ella, ni monseñor Cañadas cuando le pide que baje el diapasón que puede pasarle algo, que aquí nadie está a salvo. Pero ella se pone a gritar como loca y los turistas la miran cuando pasa gritando como una vieja loca, la miran fijo con un gesto de estupor en el que se adivina una especie de remoto arrepentimiento que se olvida cuando los guitarristas sonríen, arrecian el ritmo, descargan la musiquita, de tu querida presencia, Comandante Che Guevara, y los aplausos del público, las propinas y las peticiones de boleros, reloj no marques las horas porque voy a enloquecer y otras canciones acaban por silenciar la voz gritona de Amanda Miranda, una vez que vira por la primera esquina y se han olvidado de su paso frenético y de su alegato tan incómodo.

—En ésas está el hombre, desvencijado y todo desclavado, inventándose miles de hazañas guerreras aquí y allá, elevándose de grado, mintiendo como un actor, pero en pie y sin moverse de Cuba —me contó Amanda el cuento—. Saphiro no, chico, Saphiro recuperó la razón completamente y hace rato que se fue para Nueva York. Es uno de los que tiene el pollo del arroz con pollo en el Chase Manhattan Bank, lo maneja con una sola mano y por control remoto si le da la gana.

Verdad que Leisi Balboa lo había investigado todo de los dos guerreros, con una tenacidad tan voluntariosa como la de un agente secreto, una

vez que su madre le desveló sus misterios silencia-
dos a lo largo de todos estos años. Estaba ya en las
postrimerías y los médicos que la atendieron durante sus últimos meses en el Calixto García lo llamaron para que viniera urgente al hospital, a ver
si llegaba a tiempo de despedirse de su madre. De
modo que ella le dijo, casi sin fuerzas para contárselo con todos los detalles como le hubiera gustado,
que su padre verdadero podía ser uno de los dos
ayudantes que tuvo en Playa Girón, el americano
Ambrose Saphiro y el español Ángel Martínez Durruti. Los dos habían sido los únicos amantes que
tuvo a la vez durante esa guerra y un año largo después, los dos eran de momento sus padres, porque
ella hasta entonces no había hecho nada por saber
cuál de los dos era el verdadero padre de Leisi Balboa. Ella le dio los nombres a su hijo y un par de
datos para que pudiera ubicarlos a los dos si quería, después de tanto tiempo.

—Mira eso, le dio a elegir el padre, ¿qué te
parece? —dijo Amanda.

Con los procedimientos científicos de ahora
mismo, después de tantos adelantos, no iba a encontrar Leisi Balboa ningún problema en saber
quién de los dos era su verdadero padre, de modo
que era muy fácil salir de ese dilema que a ella, ahora se lo estaba confesando, la había atormentado
durante todos estos años. Si no se lo había dicho
antes de ahora era precisamente por eso, porque
ese dilema, esa determinación de saber quién era
realmente y de verdad el padre de Leisi Balboa ella
misma la fue posponiendo, no fuera a entorpecer

la educación del hijo huérfano en pleno bloqueo y con tantas carencias. Los primeros años de ese niño sin padre tenían que ser muy felices, mejor que no supiera quién de los dos era su progenitor hasta que fuera mayor y por sí mismo él decidiera el que más le gustaba, quien él creía que tendría de verdad que ser su padre una vez que hubiera salido de tanta investigadera y tanto misterio. Y durante los primeros años de orfandad, Iliana Balboa se embarulló con varias hipótesis y dudó en decirle a Leisi, por ejemplo, que su padre había muerto antes de él nacer, pero inventarle una mitología que unos años más tarde cualquiera en La Habana tan hablanchina podía desmentir con indirectas y con sarcasmos para escandalizar al niño, la hizo desistir de esa opción. En La Habana, como en todos lados, hay almas caritativas entregadas a su apostolado, siempre están dispuestas y son capaces de desgraciar a quien haga falta sin que se les pague nada, sólo por amor al arte de hacer daño. En cualquier esquina podían contarle a Leisi que su padre no estaba muerto ni mucho menos, sino que andaba por ahí, fugado, de gusano o de quedado, daba lo mismo, vaya, de traidor a la patria, o de cualquier otra cosa que hubiera trastornado a un niño que tal vez ya había idealizado hasta convertirla en un ídolo heroico la figura del padre ausente. Después decidió contarle un cuento de hadas, que el padre estaba realizando tareas patrióticas en el exterior, allá en un lugar remoto de Siberia, muy importantes, pero que algún día, ya muy pronto, regresaría a La Habana de nuevo para vivir los tres juntos en una misma casa de Carlos III, para siempre. Al final, Iliana Balboa decidió inscribir a su hijo con su apellido, le puso el nombre de la ciudad alemana en la que había ampliado sus estudios de militar durante un tiempo, la ciudad de Leipzig, y más nada. En las escasas veces en que Leisi se atrevió todavía muy niño a preguntarle por su padre, Iliana Balboa encontró siempre la estratagema para ganar tiempo, una excusa que se había precipitado con su grave enfermedad y cuando el joven pianista ya había dejado de sentir la curiosidad casi enfemiza que los huérfanos de padre sienten durante años por esa figura ausente. Y aunque de muchacho Leisi conoció a algunos acompañantes de su madre que bien pudieron haber cubierto el papel de padres por una temporada, mientras fueron amantes de la heroína, a Iliana Balboa nunca se le pasó esa idea por su cabeza, muy bien amuebladita desde el principio de su vida hasta el momento de su muerte, producto completo de la Revolución cubana su personalidad y su biografía mitológicas.

Las gestiones que Diosmediante Malaspina había iniciado para que Leisi Balboa obtuviera el visado de las autoridades diplomáticas españolas en La Habana se interrumpieron durante un tiempo por problemas burocráticos, que siempre surgen en Cuba cuando algún cubano quiere salir de la isla por causas a las que se concede demasiadas sospechas. Y cuando esas mismas peticiones estaban a punto de dar los frutos apetecidos, mataron en su casa de Lawton a Niño de Luto y todos los asuntos en los que en esos momentos tenía metida la cabeza quedaron paralizados, en la mirilla de la sospecha, en la averiguadera de los segurosos otra vez, igual que caímos hasta el pozo bajo sospecha todos sus amigos más cercanos, nosotros mismos, mi mujer y yo, porque aparecíamos como testigos de los cambios de testamentos legales de Niño de Luto en favor de sus sucesivos amoríos. Y Lázaro el mayordomo, detenido, incomunicado, encarcelado junto a otro sospechoso, los dos a la espera de que los papeles, la investigadera y tantas otras verificaciones y cuentos engordaran los procedimientos judiciales. Pero ni Amanda Miranda ni mucho menos don Angelo Ferri fueron molestados por la policía judicial en ningún momento, de modo que el siciliano asumió entonces y sin que nadie viniera a pedírselo el papel de padrino en las gestiones para el visado de Leisi Balboa.

Un día cogió el testigo, metió cabeza, apretó el acelerador e invitó a comer pasta en su propia casa de Miramar a monseñor Cañadas. Se pasó en la cocina cuatro horas con un par de ayudantes y él mismo preparó los espárragos a dos salsas, los spaghetti bolognesa con un poco de chile y azafrán picantes y tiramisú de postre, una de sus especialidades. Escogió para la ocasión unos vinos tan especiales como la mano maestra que demostró en la cocina, un Tocai Fruilano para empezar y un Nebbiolo D'Alba de Fontana Fredda del 97. No falló ni en los tramezzini de caviar, anchoas y salmón ahumado con alcaparras que le preparó al obispo cubano para romper el hielo al principio del vous parlez. Además, aunque el anfitrión se preparó ese día dos martinis bianchi muy fríos, fuertes y cargados con aceituna en palillo al fondo de la copa, como marcan los cánones de los exquisitos, se acordó de la buena costumbre que le había descubierto al monseñor en las visitas gastronómicas a su restaurante del Paseo del Prado, empezar una buena comida con un par de copitas de jerez. Y sobre la mesa del salón donde había preparado de su propia cosecha los excelentes tramezzini la botella de Tío Pepe bien frío estaba esperando a Benito Cañadas, cuando monseñor se bajó de su auto y entró en la casa de Miramar donde vivía el italiano en un mediodía de tanto calor habanero que ni la ligera brisa ni la sombra de los flamboyanes ni las palmas reales del jardín impedían que el fuego agobiara la respiración de un aire tan caliente. Ferri le habló de frente a monseñor Cañadas y le pidió como un favor personal que lo comentara con el embajador español Eduardo Junco, un tipo alto, de pelo ensortijado, flaco, rubicundo, simpático y discreto; un diplomático con todos los papeles en orden, según el cogollito, un profesional, que había llegado a La Habana después de un embarullamiento de máxima tensión en las relaciones de Cuba con España, una de esas luchas que le gustan tanto al Hombre Fuerte como coartada para echarle un pulso a la mampara que se le ponga por delante, para meterle el machete hasta donde dice Collins, como repite Amanda Miranda en su jerga guajira, tumbarla de un golpe y demostrar que a sus años sigue siendo el mejor cuarto bate de todas las grandes ligas, que a él nadie le gana un juego ni nadie lo coge fuera de base, además de ser mucho mejor jugador de ajedrez que el mismo Capablanca. Así que Benito Cañadas se comprometió en ese banquete a hacer todo cuanto fuera necesario y se encargó personalmente de todo en esos días. De manera que los problemas tan terribles que en esa manigua de la burocracia oficial cubana había encontrado Niño de Luto para el visado de Leisi Balboa, fuácata, se resolvieron como por arte de magia. Monseñor Cañadas dijo ábrete, Sésamo, en la puerta oportuna y se acabaron los problemas. Esas cosas tan raras de La Habana, donde lo que parece imposible en gestiones y plazos se consigue con una imposición de manos, una bendición del meollo y una letanía en el altar exacto. Y entonces el tiempo se adelgaza, apenas hay que esperar por que se verifique el milagro y, sobre la marcha, ya estaban los papeles de Leisi Balboa dispuestos en las oficinas del Minin y en las de la cancillería española.

—Me dijeron que no había objeción alguna, que nunca la hubo y que los papeles llevaban allí más de quince días —me contó Angelo Ferri—, esperando que el ciudadano interesado fuera a recogerlos.

Ferri me lo estaba contando todo, los dos sentados con dos tacitas de café en el mismo salón donde se habían confesado monseñor Cañadas y él tan sólo unos días antes. No paraba de hablar de todo lo relacionado con el caso de Leisi Balboa, a ratos compulsivamente, mostrando en otros momentos su satisfacción por haber venido a Cuba y haberse quedado en La Habana. Mientras sonaba de fondo un compacto de música de Mozart para piano que no acabé de identificar porque estaba prestando toda mi atención a sus palabras, mi anfitrión me relataba lleno de entusiasmo meridional, gesticulando mientras hablaba, moviéndose en su sillón y de vez en cuando sorbiendo el café, todos los vericuetos y las relaciones de Leisi Balboa con su madre, la larga ausencia del padre, las preguntas que el propio Leisi se había hecho en silencio durante la etapa de su adolescencia y la sorpresa que al final, durante los últimos días de la enfermedad de Iliana Balboa, se llevó de un golpe cuando su madre le confesó la verdad.

El pianista había desestimado después de un tiempo de reflexión y duda la conveniencia de que su padre llegara a ser el banquero yanqui Ambrose Saphiro. Averiguó que el neoyorkino se había casado con una gente de su mismo nivel económico en los Estados Unidos; que después de marcharse de Cuba más nunca volvió a recordarse ni a interesarse por Iliana Balboa ni por lo que en hipótesis había dejado atrás respirando sobre la playa, ni se recordaba que tuviera que ver con nada de Cuba y su estancia en la isla, la guerra de Playa Girón y la exaltación revolucionaria. Como el que había ido una noche de embullo y jarana a un cafetín de la frontera y se había quedado varado allí por una temporadita, hasta que escampara el aguacero que llevaba dentro, el yanqui debió llegar a la convicción de que lo mejor para todos era borrar de un plumazo esa conflictiva etapa de su vida, quizá porque se había avergonzado de aquella experiencia que no le servía para nada en su cambio de vida, sino todo lo contrario, podía traerle muchos obstáculos en cualquier esquina de cualquier despacho de los que fuera ocupando mientras subía peldaño a peldaño las escaleras del Chase Manhattan Bank hasta llegar a lo más alto sin descansar apenas en rellano alguno. Como si fuera en elevador. El pianista ni siquiera pasó por la ingenuidad de escribirle para hacerle saber que podía ser su hijo; que él estaba dispuesto a hacerse las pruebas médicas necesarias y que con esa carta de la baraja le estaba preguntando de plano y directo a la frente que si él, Ambrose Saphiro, tenía esa misma disposición; que Iliana Balboa había muerto de cáncer galopante, pero que un par de días antes de perder el sentido y caer en coma en el Calixto García y rodeada por la devoción de la isla entera le había confesado la trama de silencios que hasta ese momento había enjaulado la personalidad de su verdadero padre.

—Escogió al español, antes de pasar por una negativa del banquero —me dijo moviendo la cabeza de un lado a otro.

Lo ubicó en un cuarto marginal del barrio de Marianao, en una casucha de Santa Fe, casi pegada al mar, y se fue a hablar con Ángel Martínez Durruti allí mismo, en su propio aroma. Encontró a un hombre avejentado, casi en los huesos de la derrota, el cabello blanco y ralo con entradas hasta atrás de la cabeza llena de alopecias. Un descuido de años en aquel rostro y en aquel cuerpo destruido, con la piel llena de sombras que todos esos

años le habían ido cargando hasta volvérsele cetri-
na de ceniza y privaciones. El viejo lo invitó a sentarse en una silla desvencijada, llenó dos vasos de
ron blanco, le alcanzó uno a Leisi Balboa y le pidió que brindaran por ese encuentro. En sus ojos
no se delataba ninguna desconfianza, mientras el
pianista iba desgranando con pies de plomo cada
una de las viñetas del relato de Iliana Balboa. El español bebía ron, se sonreía con una débil y satisfe-
cha felicidad que le hacía chasquear la lengua a
cada trago, abría la boca, volvía a sonreírse con la
misma levedad. Como si animara al pianista para
que siguiera hablando y le contara todo lo que él
ya sabía desde siempre, desde que lo habían desmo-
vilizado del ejército y lo habían llevado de un lado
para otro para que se cansara y se marchara de Cuba,
más lo que había sospechado desde el episodio de
Playa Girón. Sabía que la capitán Balboa había tenido un hijo, pero ni siquiera se le había ocurrido en
aquellos años reclamar su hipotética paternidad, a lo
peor lo hubieran partido por el eje y ya estaba bueno de todo eso. Cuando Leisi le habló de Ambrose
Saphiro, el español lo miró con una fijeza triste y al
mismo tiempo extrañamente divertida.

—El Hemingway ese se creyó que era Rick
el americano en *Casablanca,* me da la risa cuando
me recuerdo del yanqui, pobre papito —le dijo
con un gesto de desdén teñido de sarcasmo, antes
de lanzar al aire la carcajada nerviosa que le provocó su propia ocurrencia.

De manera que él estaba allí para encontrar
a su padre, porque estaba seguro de que su padre

era Ángel Martínez Durruti, español, natural de Teruel, en Aragón. Todas las investigaciones que había hecho se lo habían demostrado, pero además no le cabía fisura alguna en esa convicción porque el mismo corazón le había dicho siempre que su padre era Ángel Martínez Durruti, desde que su madre le dio los dos nombres en el lecho del hospital de La Habana donde la heroína había dejado la vida. Lo había estado pensando y madurando en todo este tiempo, desde el día del velorio, desde que la enterraron en Colón, desde que comenzaron los homenajes oficiales en su honor, cada vez que leía algunas de las tarjas que cantaban en pocas aunque sentidas y contundentes frases la leyenda de Iliana Balboa, su madre, dónde había nacido, qué había hecho, dónde había trabajado y dónde había vivido con él. En todos esos lugares había tarjas y placas de mármol con las leyendas que mantenían viva su memoria, y Leisi Balboa le decía a su padre que cada vez que se encontraba con una de esas tarjas y la leía se acordaba de la última historia que su madre le desveló. Y que con eso y más nada, después de todas las investigaciones, sabía que su padre era él. Tampoco venía a pedirle nada especial, ni mucho menos a reclamarle el reconocimiento de la paternidad ni el apellido ni nada de nada, eso no le hace falta a nadie en esta isla tan revolucionaria y loca, sino que sólo estaba allí, en esa casa tan pegada al mar en Santa Fe que el salitre y el yodo entraban por el ventanal y humedecían las palabras de los dos al salir de sus bocas, para que lo supieran de una vez los dos y más nada.

Nunca era tarde para saber la verdad de las cosas, le dijo Leisi a su padre.

Don Angelo Ferri me lo contaba ahora en su casa de Miramar, y verdad que nunca es tarde para saber la verdad de las cosas, tan difícil a veces que resulta, añadía don Angelo Ferri, pero nunca es tarde. Me hablaba a veces a trompicones y le salían en la cara unas gotitas de sudor que se quitaba con un pañuelo de algodón blanco que llevaba guardado en un bolsillo trasero de sus blujín de andar por casa. Se venía hacia adelante del sillón, metía la mano en el bolsillo, sacaba el pañuelo con el que se secaba las gotitas de sudor de su rostro, lo doblaba, volvía a guardarlo en el mismo bolsillo y se arrellanaba en el sillón hasta buscar la buena postura para seguir contándome del asunto de Leisi Balboa.

—Le dijo al padre que iba a hacer una visita a Teruel para conocer a su familia española —me dijo Ferri.

—Levantó la cabeza y pegó un respingo. Se le nubló la mirada, los ojos se le aguaron y volvió a chasquear la lengua luego de meterse de un golpe un largo trago de ron —le contó el pianista a Ferri.

—Valía la pena esperar para esto —musitó Martínez Durruti, apenas en un suspiro.

—Estaba embargado por la emoción, imagínese —me dijo Ferri moviendo las manos como dos aspas, como si estuviera interpretando para su público y sobre un escenario el pasmo inicial de Martínez Durruti—. De repente, una tarde cualquiera aparece un muchacho joven en su casa de Santa Fe, le suelta a la primera que es hijo suyo y de la capitán Balboa y, un par de horas después y luego de más de botella y media de aguardiente, bueno, le dice que va a hacer un viaje a España para conocer a su familia lejana, ¿no le parece mucho para un hombre que pasó de saberse héroe cuando la invasión al silencio del anonimato de tantos años?

Se quedaba mirándome fijo Angelo Ferri. Se alisaba el cabello blanco y poblado hacia atrás, iniciaba un gesto para levantarse del sillón pero se quedaba a medio camino, con el cuerpo medio fuera del asiento pero apoyándose en el sillón, mirándome para verificar la atención que le estaba prestando. Cuando notaba que mi interés no estaba decayendo, volvía a meterse en el cuento, se extendía en detalles que apenas ya tenían relevancia para entender el relato de Leisi Balboa, pero Ferri se mostraba incansable esa mañana. Entraba y salía del cuento, citaba a monseñor Cañadas, un hombre comprensivo y tan culto, va a llegar a cardenal, sabe tantas cosas, tan mundano, tan exquisito, una gran personalidad, es un lujo para Cuba monseñor Cañadas, y para la Iglesia y para todos nosotros que somos sus amigos. Y yo me recordaba que el cogollito lo tenía ya por su cardenal, que se sospechaba que era el gran espía del Vaticano en toda la región del Caribe y Centroamérica, un brujo que no tenía reparos en vestirse de blanco como el mismo monseñor Céspedes para asistir a la consagración de un templo de santería en cualquier parte de La Habana. Benito Cañadas no había hecho más que dar un toque en el tambor preciso, tam, tam, tam, en los metales adecuados, un roce de la piel de sus dedos obispales, tan cuidados y mimados, tam, tam, tam, y había despejado el problema y las posibles dudas de las autoridades cubanas y españolas para darle el visado de una vez. Se alargó muchos minutos Angelo Ferri, más de la cuenta, cuando él mismo sabía que el cuento se había acabado desde hacía rato y que yo estaba allí porque él me había invitado a su casa para que habláramos y le contara las cosas que yo sabía que habían sucedido con el asesinato de Niño de Luto en su casa de Lawton, las cosas que yo sabía y las que me imaginaba sabiendo lo que sabía de Niño de Luto, de su familia, de su vida y su muerte tan cruel.

Quince

Los dos sabíamos que Diosmediante Malaspina había llegado a ser muy amigo de nosotros dos; de Ferri desde que vino con el Papa a Cuba, y se conocieron y entablaron una muy buena amistad durante el coctel oficial en honor de la comitiva del Papa, en la residencia del embajador de Italia; de mí mismo, desde chico, uña y carne, del mismo palo de la baraja.

Ferri lo sabía de sobra porque Malaspina le había contado que yo era su amigo de mayor confianza, como me había confesado por teléfono mi anfitrión siciliano al invitarme a ir a su casa de Miramar. Desde chicos los dos éramos cómplices, y durante toda la vida había sabido de lo suyo cuando yo con eso mismo nunca he tenido nada que ver ni jamás se me ha perdido nada en esos jardines, ni lo entiendo ni me importa nada. Desde chico había sabido del pavor que pasaba Malaspina en sus años de adolescente, por si llegaba a saberse lo suyo y lo señalaban con el dedo y lo desterraban de todos sitios, como hizo Yute Buitrón en el Parque Buttari unos años más tarde al pegarle duro y llamarlo maricón a gritos y repetidamente delante de todo el mundo. Y después, en el apogeo de la juventud, cuando fue confidente y cóm-

plice secreto del Hombre Fuerte en la universidad, cuando le preparaba los apuntes de las asig-
naturas, en la práctica se los daba hechos y digeri-
dos, subrayados con colores para que el Hombre
Fuerte les echara un vistazo de nada y se quedara
con lo esencial del asunto, porque Niño de Luto
estudiaba por él y hasta le soplaba al oído las preguntas de los exámenes de los que se enteraba de
antemano, no se sabe por qué vainas ni trucos, sólo de su conocimiento; más tarde estuvo tan cerca
del Hombre Fuerte que hasta le salvó la vida por
dos veces, corriendo con todos los riesgos al es-
conderlo en el sótano de su casa de Lawton, que si
los cogen los esbirros perdigueros de Batista se los
hubieran tronado allí mismo a los dos, en la oscuridad de las catacumbas de su casa de Lawton, y
de paso hubieran descubierto y se hubieran cogido para ellos todos los tesoros y valores que Florencio Malaspina guardó allí desde que se vino a
vivir la familia de la vieja casona del Vedado, rodeada por el jardín que Niño de Luto quiso per-
petuar reproduciéndolo y multiplicándolo en la selva verde, llena de palmas reales, flamboyanes rojos y
amarillos, orquídeas y rosas blancas, hiedras y en-
redaderas que daban una sombra tan agradable a
los rincones que Niño de Luto había elegido como
sus escondites, la selva tan mimada que cultivó en
la trasera de la casa de Lawton. Toda su vida seguí
siendo confidente de sus miedos, amoríos, loqueras
y soledades, aunque todos esos secretos no los conocía casi nadie en Cuba, más bien nadie salvo yo
mismo y, algunos de ellos, mi mujer; y mucho me-

nos podía conocerlos Angelo Ferri, un extranjero recién llegado y del que mucho cogollito y personaje de toda La Habana seguía preguntándose qué cráneo le había dado tan demasiado fuerte al cocinero del Papa y lo había convencido para quedarse a vivir en Cuba.

Verdad que Ferri habló durante tan largo rato de Leisi Balboa para retrasar mi cuento sobre el asesinato de Niño de Luto, estoy convencido de eso. Mis cábalas, le dije a mi anfitrión, son intuiciones y más nada. Debió despistarse, la puerta de la calle se quedó abierta cuando Lázaro el mayordomo se fue para el hospital y entraron a robarle. Lo encontraron en el salón o quizá en su cuarto de dormir, y Diosmediante Malaspina salió a defenderse con lo primero que tenía a mano, el abrecartas más afilado que un bisturí de quirófano con el que sus asesinos perpetraron el crimen. Antes de que ella viera el cadáver en el depósito, a Amanda Miranda le dijo el capitán Flores que le habían destrozado el cuerpo con siete cuchilladas, pero que al tercer golpe Malaspina ya estaba muerto. La violencia de los pinchazos delataba la saña de los asesinos.

—Hay dos detenidos —le dije a Ferri—, su mayordomo, Lázaro, y el ejecutor, al que en estos momentos las investigaciones de la polícia llevan a culparlo de ser el autor material de la muerte de Diosmediante.

Debió de salir muy sorprendido de su cuarto de dormir, al lado del salón, donde estaba escuchando música como todos los días a esa hora, medio embebido en esa media mañana, con los ojos cerrados e imaginándose el escenario de la Scala de Milán, y el público absorto en sus butacas mientras Montserrat Caballé y Plácido Domingo cantan *La Bohème* de Puccini. Debió de oír por debajo de la música y las voces de los divos algún ruido sospechoso que lo despertó de su ensueño y se levantó de su sillón con lo primero que tuvo a mano, ese abrecartas de plata que siempre estaba muy bien afilado, más por instinto de autodefensa que porque en realidad tuviera conciencia de que venían a asaltar la casa para robarle.

¿Había estado alguna vez Angelo Ferri en la casa de los Malaspina en Lawton?, ¿había visto las espléndidas piezas de mármol de Carrara que Florencio Malaspina hizo traer de Italia para hacerse el cuarto de baño de gran lujo que Niño de Luto puso fuera de uso para conservarlo como un museo sin dejárselo ver a nadie?, ¿le había mostrado Niño de Luto siquiera una vez sola a Angelo Ferri el Zurbarán y el Rembrandt del sancta sanctorum, las tanagras de las deidades griegas, las vajillas de los últimos reyes de Francia, los papeles de Alejandro Malaspina, alguno de los incunables de Góngora y Quevedo, las ediciones príncipe?, ¿había visto todo eso Angelo Ferri, sabía que Niño de Luto, además de ser un rico y silencioso propietario de obras de arte que nadie sabía que tenía escondidas en Lawton, era también un depositario secreto de otras muchas riquezas y joyas históricas, óleos y miniaturas que se habían ido acumulando en las catacumbas de su casa de Lawton durante los años

del exilio de sus dueños y a la espera de su regreso?
¿Le había contado Malaspina algo de todo esto a
su amigo Ferri llevado por la euforia de la visita
del Papa y el espejismo del cambio de vida que iba
a verificarse en la isla tras los pactos secretos del
Papa y el Hombre Fuerte, después de que Ferri se
lo contara a él, la devolución a la Iglesia Católica
de los bienes que le arrebató en los sesenta, la res-
titución de los suyos a los jesuitas y la entrega de
su herencia a los Pantoja, todo eso que Niño de Luto me contó a mí y que monseñor Cañadas se lo
había corroborado hilo por pabilo un día después
de la marcha del Papa al Vaticano? ¿Sabía Ferri algo de todo esto por alguna otra confidencia de
monseñor Cañadas, o debía de contárselo yo, y hacerle trampas y darle sólo una parte del todo y más
nada, para que Ferri me confiara hasta qué punto
él sabía de verdad de la existencia de esa fortuna
o, por el contrario, debía de guardar yo el más absoluto secreto e incluso desmentírselo todo, decirle
cortante, de eso no sé nada en absoluto, don Angelo, si algo había oído él de labios del propio Malaspina o en alguna conversación de sus amigos los
monseñores?

Mientras le iba contando a Angelo Ferri que
habían arrastrado a Malaspina después de matarlo
hasta colgarlo en una viga de hierro herrumbroso
que había encima de la bañadera de servicio, al fondo de la casa y pasado el jardín, todos esos interrogantes flotaban en mi cabeza y revoloteaban como
moscones incómodos entre mis palabras y mis pensamientos.

—Estuve en ese jardín una vez, un par de horas, me invitó a su casa, aunque no se encontraba muy bien de salud —dijo Ferri lacónico, sin que yo tuviera que preguntarle nada, sin más datos y sin que pudiera yo entrever más nada en su escueta respuesta.

Le conté que la única de todos sus amigos que había visto el cadáver de Malaspina era Amanda Miranda, porque la había necesitado la policía para esclarecer si en ese crimen aparecían indicios de rituales negros. Le dije que ella había reconocido el cuerpo muerto como el de Diosmediante Malaspina, aunque ese detalle fue innecesario porque la misma policía supo desde el principio quién era el difunto. Fue ella quien me dijo que el otro detenido era un muchacho de Matanzas, Iván Viñales, el último bellaquito en los amoríos de Malaspina, me recuerdo muy bien de él y de su nombre y su procedencia porque mi mujer y yo fuimos esa vez la última, y se lo dijimos así a Malaspina, al notario de siempre, a hacer primero y a deshacer meses después el testamento que Niño de Luto redactó a favor de Viñales, un prieto duro y malencarado, que nunca miraba de frente, de piel muy brillante, fuerte y musculoso como un atleta olímpico. A él lo culpaban, según Amanda Miranda, de ser el ejecutor directo de la muerte de Niño de Luto.

—A Lázaro lo acusan de ser quien preparó toda la marañita —le dije a Ferri.

Según había sabido Amanda Miranda por confidencias del mismo Flores, las mirillas de las investigaciones policiales habían caído sobre Láza-

ro el mayordomo porque había demasiada claridad en la coartada que se había buscado ese mismo día. La dolencia de los pulmones primero y el
estómago después, la cita en el hospital a la misma
hora en que Iván Viñales iba a entrar a la casa, sin
violentar ninguna puerta, porque la policía había
encontrado, al llegar tras el timbrazo de Lázaro pidiendo ayuda, la puerta de la calle abierta, como si
el mismo mayordomo la hubiera dejado así para
que el asesino no tropezara con ningún obstáculo
y todo lo que iba a hacer le resultara muy fácil, tal
como la había encontrado Lázaro al venir del hospital y ver que habían matado con aquella saña
a Niño de Luto.

—Entonces llamó a la policía por teléfono
—le dije—, con la voz llena de temblores, tarta-
mudeando, casi sin aire. Primero había llamado a
Amanda Miranda, atemorizado, sin saber qué hacer. Le dijo que habían matado a Malaspina y que
el cuerpo estaba colgado al fondo de la casa. Ella
le aconsejó que llamara corriendo a la policía, que
no se demorara ni un segundo más.

Iba desgranando el episodio sin parar y a Ferri se le iban achicando los ojos, mientras se oscu-
recía su mirada y la pesadumbre le aparecía como
una sombra de cansancio insoportable en cada pequeño movimiento de su cuerpo, siempre sin levantarse del sillón, haciendo leves ademanes que
empezaba y no terminaba del todo. Como que se
iba a levantar del lugar donde estaba sentado porque no podía aguantar más, pero de nuevo volvía
a hacerse para atrás, para que su cuerpo reposara en

el respaldo del sillón, juntaba sus manos sobre el vientre y yo notaba cómo le caía un peso inmenso en el alma a cada palabra mía. Transpiraba ligeramente, le costaba trabajo respirar, mostraba un rostro lleno de extrañeza, porque todo se estaba desmoronando en su entorno.

Unos días antes habían salvado de una muerte segura a su socio de bisnes Mauro Manfredini. De milagro lo sacaron de su casa a toda velocidad en una ambulancia y se lo llevaron al hospital de más garantías para impedir que siguiera desangrándose. Como si estuvieran esperando ese episodio tan lamentable. Todo el cogollito, el entourage sacré, el meollo, los cuatro o cinco oligarcas consultivos y La Habana entera estaban enterados del surmenage en el que había caído Manfredini después de la defección romana de Maca Perdomo y sus hijos. No se le vio más en público, dejó de asistir a recepciones diplomáticas, abandonó el negocio del restaurante en manos de don Angelo Ferri, no contestaba nunca a los timbrazos que le mandaban desde fuera para saber cómo estaba de la pena. Se escondió en su cuarto como si fuera un criminal loco que sólo allí dentro encontraba sosiego y se sentía a resguardo de todas las persecuciones que su mente enferma había ido inventando una vez que se quedó tan repentinamente solo como un viudo.

Verdad también que el Hombre Fuerte ha fabricado en Cuba a lo largo de todos estos años un sistema político que es único. Ni el más ligero gesto de cualquier ser anónimo, porque aquí nadie es anónimo, puede uno no ser nada, absolutamente nada, pero nunca anónimo; de modo que ni el más ligero de los gestos le resulta superfluo ni puede pasar inadvertido, sino que entra en fase de proceso, se estudia, interpreta y traduce exactamente como el mismo sistema tiene dispuesto en las tablas de su catecismo. De manera que esas tristezas lúgubres de bolero llorón que según la hablanchina de Amanda Miranda le entraron a Mauro Manfredini tras la huida de su familia a Roma estaban siendo fotografiadas una a una en todas sus muequitas por el operativo oficial que le habían puesto atrás, y que lo seguía a todos lados y le acechaba sus movimientos y hasta sus últimas parálisis en el fondo de su casa, para que el italiano no cayera en la torpe tentación de equivocarse en cualquier esquina de sus penas y castigos, para que no se metiera un tiro en la sien o cometiera el grave error de matarse a solas, de meterse en el cuerpo una botella entera de Matusalem, cuarenta pastillitas de Nembutal y otros venenos mezclados, o se abriera las venas en un arranque de rabia en medio de una de esas noches largas, cuando las sombras se aparecen hasta encima de la mesilla de noche y se confunden con los fantasmas que uno ha dejado abandonados para siempre, colgados en el perchero del pasado como los trajes fuera ya de moda y de uso. Como si no existieran ni hubieran ocurrido nunca, pero después vienen a buscarlo a uno la noche menos pensada, aparecen y vienen a juzgarlo y a volverlo loco a uno. No son sino sombras, todo el mundo lo sabe, pero están ahí, trocando el orden de los tiempos, son recuerdos de la conciencia, tal vez inventos de la misma memoria enloquecida que dibuja sus caprichosas siluetas en las paredes donde uno se ha refugiado y lo asustan a uno por completo, lo perturban y lo invitan a liquidarse a las primeras de cambio. Ahí montan todo el escenario, largan el attrezzo, despliegan al viento todas las velas, empiezan la función sin misericordia alguna y le meten a uno tal taquicardia y sudor gélido que uno mismo termina por ser incapaz de echarlas de allí. Entonces todo se revuelve, todo se trastorna y trastoca, se olvida uno de lo que le sucedió ayer mismo y que tanto le había preocupado, por muy importante que haya sido, y lo de hace veinte años aparece clarito y cobra una nitidez tan asombrosa como impertinente ante los ojos de la memoria. Se acercan a uno y le hablan, primero bajito, al oído, como si fueran sirenas cantándonos la nada de una vieja amistad, y le preguntan a uno, ¿te recuerdas, mi hermano, de cuando estabas en el terrorismo, tan chévere y tan guapo tú, matando gente, chantajeando, asustando, aterrorizando, tú te recuerdas de aquella gente, mi amigo, ahora que estás en La Habana de lo más bien y que parece que no rompes un plato, en el apogeo de la segunda oportunidad que te ha dado la vida, te recuerdas de toda aquella gente que tú mismo raspaste? Y entonces se aparecen los cuerpos ondulantes, las caras sonrientes o rabiosas de esa gente que se había quedado para siempre como ropa para los pobres, desechada, olvidada en el arcón que hace años uno había dejado a la puerta de la casa para que se lo llevaran los traperos. Aparecen los

rostros sonrientes, rabiosos, las jetas de venganza
o de remordimiento, depende del asunto que vengan a tratar, y a uno le entra un miedo tan pega-
joso y pesado, como el pánico que Niño de Luto me
contaba que le llegaba sin poderlo remediar, cuando en sus últimos años cerraba los ojos para echar
un sueño pequeño y, fuácata, la pesadilla completica de que venían a matarlo para robarle el Zurbarán y el Rembrandt lo despertaba un minuto más
tarde, aunque él siempre tenía la sensación física
de haber pasado un día entero dormido.

—Lo salvaron por los pelos. Por fin, chico,
fíjate tú, un operativo ha hecho una obrita de caridad, ya era la hora, mi hermano —me dijo Amanda
Miranda, irónica y locaria perdida.

Una de esas noches Manfredini no había
soportado más y se había abierto las venas después
de mojarse bien el cuerpo en aguardiente del mejor. Quienes estaban vigilando sus pasos y su inac-
tividad notaron que el bajón de ese día anunciaba
un peligro inminente, porque todos los indicios de
sus actos parecían conducir a ese cul-de-sac que
andaba buscando en el fondo de su casa, abriendo
los armarios y desperdigando la ropa de su mujer
y sus hijos por el salón, los cuartos, el baño, la cocina, sin dejar de revolver ningún rincón de la casa.
Como si estuviera preparando una fiesta inmediata en la que iba a darle candela con luz brillante a
toda su vida en un simple soplo de valentía. Como
si quisiera borrar de un plumazo toda su memoria,
los recortes de una vida que ahora venía a conside-
rar cruel, torpe y turbiamente inútil, rota, sin sen-

tido, o simplemente inaguantable. Como si buscara prenderse candela como una bola boba y llena de humo, para purificarse en la fogalera de su soledad, para que todo el mundo en La Habana supiera de su final tan trágico y lo cogieran como material de estudio.

A don Angelo Ferri se le había caído el mundo encima con la noticia del intento de suicidio de Mauro Manfredini. Y no se había levantado de esa mala nueva cuando encima, aunque la verdad es que el mismo Ferri me invitó a que fuera para allá, yo estaba en su casa de Miramar para contarle los detalles del asesinato de Diosmediante Malaspina. No señor, no habían robado nada en la casa de Lawton, ni un peso se habían llevado, ni nada de comer ni nada de valor. No habían revuelto nada ni se notaba más rastro de violencia que el de la lucha del asesino con Niño de Luto, regado el rastro de esa batalla por los cuartos y el jardín hasta la bañadera de servicio donde Lázaro el mayordomo había señalado que estaba colgado el cuerpo muerto del dueño de la casa. Todo lo demás estaba tan en orden y tan limpio que, cuando llegó la policía y encontraron el cadáver de Malaspina allá atrás, lo primero que decidió la patrulla de la monada fue llamar urgente a la unidad de policía de donde los habían enviado para que mandaran a alguien de mucho más arriba, porque aquello era de verdad una cosa muy grande para que ellos resolvieran el asunto.

De forma que durante esa desventurada temporada, tan sólo la visita de Leisi Balboa y su novia para agradecerle las gestiones del visado para España había alegrado el estado de perplejidad donde se había metido el viejo siciliano don Angelo Ferri sin apenas darse cuenta. Mientras le hablaba, me atendía observándome con los ojos chicos. Su visión errática y huidiza venía a decirme en silencio que me estaba viendo como lo que realmente era para él, un extraño que era yo, y se estaba viendo a él mismo como un intruso, dos desconocidos a los que una circunstancia tan rara como la visita del Papa a Cuba y las amistades comunes que habían surgido entonces habían unido durante un tiempo. Como si estuviera arrepintiéndose de haberse quedado a vivir en La Habana, así me miraba, como preguntándose qué cosa hago yo aquí en este lugar tan extraño. Al fin y al cabo no era más que un intruso fascinado de repente por los colores y la exuberancia habaneras, por la gente que lo había tratado a él también como una eminencia, un enviado del enviado de Dios, que se había quedado varado como una mariposa del campo en esa hipnosis sensual de La Habana, varado en puerto a plena satisfacción hasta que surgieron esos accidentes que estallaban como bombitas en sus alrededores, la media muerte de Mauro Manfredini y la muerte entera de Diosmediante Malaspina. Mientras le contaba los tristes detalles del crimen, don Angelo Ferri me miraba parpadeando sin parar, llevando la mirada cada vez más turbia de sus ojos a un lado y a otro del salón, como si de repente le molestara toda la violenta luminosidad de La Habana, todo el verdor del jardín de su casa de Miramar, como si estuviera calculando el error que había cometido al quedarse a vivir en La Habana, como si estuviera preguntándose una vez más ahora cómo se le había ocurrido quedarse allí, en aquel trópico tan lleno para él de tan desagradables sorpresas. Como si hubiera caído de pronto en la cuenta de que su cambio de vida no había representado más que una escala muerta en el tiempo de su existencia europea, un tránsito hacia un raro y esplendoroso espejismo que ahora se había vuelto una realidad lúgubre y sombría.

Le habían permitido una visita muy corta a Mauro Manfredini, convaleciente en su cuarto de hospital cuando lo sacaron después de muchos agobios de la unidad de cuidados intensivos. Y había vuelto a Miramar impresionado, con las espaldas obligándolo a humillar tanto el cuerpo hacia adelante que casi hincaba la barbilla en el pecho. La perenne sonrisa de jovial amabilidad que mostraba casi siempre su rostro de viejo sabio había desaparecido para dejar paso a un gesto serio, entre la perplejidad y la decepción, como si se hubiera despertado de sopetón de un sueño celestial y paradisíaco y lo estuviera echando ya de menos. Tenía además la resuelta impresión de haber envejecido de un golpe, fuácata, durante esa temporada de desgracias mucho más que en el resto de sus ya muchos años de vida, y ya nada era tan verde, ni tan caluroso, ni tan vital en La Habana.

—Butterfly en la despedida y a punto de estallar en llanto —hubiera dicho pérfido Diosmediante Malaspina de haberlo visto en ese estado.

Verdad que don Angelo Ferri parecía ahora otra persona muy distinta: era la decepción sin marcha atrás. De repente, había descubierto que debajo de la fotografía festiva y privilegiada de La Habana, llena de espectáculos de élite, músicas, pinturas, restaurantes y gentes yendo y viniendo de un lado para otro, entrando y saliendo de aquí y de allí imparablemente, como una multitud de extras a la que se les avisa cuándo empieza la escena en la que tienen que figurar pero no se les dice nunca cuándo acaban de estar delante de la cámara, se movía un sórdido submundo en cuyas oscuras profundidades vislumbraba la mano de las mafias habaneras configurando los dibujitos del terror, la delincuencia, la extorsión y el asesinato. De repente, se había dado cuenta de que la realidad siempre es subterránea en La Habana y en toda Cuba, y probablemente había descubierto en mala hora que en la hermosa ciudad derrengada en la que vivía hasta ahora como un extranjero de lujo, al que todo el mundo abría los caminos sin objeción alguna, existían ocultos laberintos que echaban al aire como géiseres caprichosos a la hora más imprevista sus fétidas aguas turbias, hasta nublar el horizonte hace tan sólo unos momentos completamente limpio, lleno de nítidos colores que brillaban al sol acariciando las cúpulas de las palmeras reales y las siluetas de las techumbres de las casas de protocolo del barrio de Miramar.

Sólo Leisi Balboa y su determinación de haber escogido a Martínez Durruti como su padre lo salvaban ahora de su estancia allí y parecían sacarlo del marasmo en el que había caído como se cae en un manglar pantanoso y sin salida, imperceptiblemente. Se ven las aguas negras que lo rodean todo, lleno de una espesa vegetación con brumas y del hedor asqueroso que emanan los pozos sin fondo, pero no se cae en la cuenta hasta caer del todo y notar cómo cede el piso bajo los pies y cómo ese mismo piso poco a poco lo va agarrando a uno por esos mismos pies y lo empuja desde abajo para tragárselo con una lentitud espantosa hasta borrarlo de la faz de la tierra.

Ése era don Angelo Ferri, según yo lo estaba viendo en el desasosiego y la incoherencia errática de sus movimientos mientras hablaba con él y apenas me escuchaba y comprendía cada una de mis frases, como si le estuviera hablando yo en una jerga tan extranjera que no le llegaba ya ni una sílaba, yo allí hablando en su casa de Miramar y él ya con la cabeza en otro lado, tal vez en Roma, quizá en Palermo. Y por eso me respondía sólo con un inicial respingo de la cara, un repentino tic en los músculos del rostro, el corto movimiento de una pierna, tal vez un golpe profundo de su respiración a la que no llegaba ni para entrar ni para salir todo el aire de los pulmones. De manera que sólo Leisi Balboa había venido a aliviar aquel turbión de sensaciones internas que traducía el pasmo del rostro y los gestos de Ferri, y sólo Leisi Balboa, eso pensaba yo al menos al ver el desconsuelo de niño chico que se dibujaba un segundo en la cara de don Angelo Ferri, representaba una extensión nerviosa de su propia naturaleza vital y había venido a ejercer

quizás el papel del hijo que también quizás alguna
vez quiso tener en su juventud, bastantes años después de salir de su Palermo natal para llegar a ser un
restaurador de reconocido prestigio en Venecia,
cuando le propusieron ir a Roma y se lo recomen-
daron al polaco Wojtyla, el Papa joven recientemente elegido en un cónclave difícil. Y él fue a ver al
Papa cuando lo llamaron de palacio, como le contó a Malaspina en la sobremesa de uno de esos exquisitos almuerzos en su bisne del Paseo del Prado,
con platos elaborados ese mismo día por el mismo
Ferri, que se metía en la cocina del restaurante y
bordaba las delicias gastronómicas como lo haría
un demiurgo inventando un mundo a su imagen
y semejanza; y Ferri fue entonces a ver al Papa,
lo mandaron a buscar del Vaticano y le confesó a
Malaspina cuando se lo estaba contando que estaba muy nervioso ese día, a pesar de que a lo largo
de su vida había conocido a jefes de Estado y había sido también hacía muchos años, cuando apenas empezaba y recién se había trasladado de Palermo a Roma, el cocinero predilecto de Amintore
Fanfani, cuando Fanfani era Fanfani, nada más y
nada menos, y llegaba a todos lados en su gran Fiat
130 azul Francia, cuando ese automóvil no lo tenía todavía casi nadie en Italia, nada más que los
grandes magnates del país; y después también había sido el cocinero predilecto de Giulio Andreot-
ti, y antes le había servido la mesa a muchos de la
familia Agnelli, más nada que nada más, mi hermano; y el Papa lo hizo contratar a Angelo Ferri,
un Papa asombroso, con una vitalidad olímpica,

un Papa, le contó Ferri a Malaspina, que se levantaba muy temprano todos los días del año y se metía a nadar en la pileta de palacio, media, una hora entera antes de amanecer el día, y luego se iba a sus oraciones y a sus misas, y después a todas sus gravosas preocupaciones, sin aparentar nunca cansancio, con una salud de hierro, hasta que le metieron un tiro envenenado en el vientre, en plena Plaza de San Pedro y delante de todo el mundo, y lo fundieron, lo dejaron malherido y necesitado de llevar siempre, siempre, siempre, una clínica colgada atrás, como la que lleva siempre también el Hombre Fuerte. Porque por donde vaya el Mercedes Benz negro con las cortinillas bajas para que no se le pueda ni señalar con el dedo, con su simulacro de palo perfectamente uniformado de Comandante en Jefe y Joseíto al volante, o con él mismo dentro leyendo los informes y los cables que hace un minuto le han acercado al auto, por ahí va atrás, a medio kilómetro más nada y siguiendo la misma trayectoria del Mercedes Benz negro, el hospital móvil del Hombre Fuerte, no una ambulancia de urgencia, sino un hospital completico y de lo más moderno va atrás del Hombre Fuerte, por lo que pueda ocurrir; el mismo Papa polaco que los católicos de medio mundo dicen que de un golpe certero se llevó por delante el telón de acero del comunismo, el invencible Kremlin, el mismísimo muro de Berlín, que lo demolió por control remoto y no quedó de él ni piedra sobre piedra diez años después, como dicen del templo de Jerusalén las Santas Escrituras, un pulso histórico de la Iglesia Católica frente al mal con el Papa polaco al frente, porque las puertas del infierno no prevalecerán contra ella, ya lo anuncian los libros sagrados; el mismo Papa polaco que había venido a visitar Cuba desoyendo los consejos de Bill Clinton, no le hizo el menor caso a los grandes poderes terrenales, Santidad, no vaya para la isla esa que lo van a engañar, la cosa tiene truco escondido, recuérdese de la serpiente en el Paraíso y no muerda la manzana que está podrida, Santidad, pero él desoyó a todo el mundo; tremendo cráneo le entró al Papa con este viaje que ni la mala salud ni los preceptos de sus médicos más cercanos le impidieron venir, sino que se encomendó una vez más a su santa voluntad, se echó a andar, le encargó a la Iglesia mexicana que pagara todos los gastos del viaje, incluidos los papamóviles que trajeron de Canadá y las camas especiales para descansar, y vino hasta la isla del Hombre Fuerte, a ver quién engañaba más a quién, quién le comía más piezas de ajedrez a quién, una jugada televisada al mundo entero durante los días que Juan Pablo II anduvo la isla padeciendo unas calores de huracán en candela, que hasta hubo apuestas de muchísimo baro en el mundo diplomático de La Habana a que no salía vivo de Cuba, que el Hombre Fuerte le había tendido un trasmayo y lo tenía en sus manos, le había marcado las cartas desde mucho antes del viaje, le había puesto en las manos un bate de madera podrida para que cuando el Papa fuera a pegarle con poder a la pelota el bate se partiera en dos delante de todo el mundo, porque ahí está el truco y la vaina, nadie es mejor cuarto bate que el Hombre Fuerte, y a nadie, ni siquiera al Papa, puede consentírsele que pueda demostrar que batea mejor que el Hombre Fuerte, ni se le consintió a Mijail Gorbachov, ni a ningún otro chamán del mundo de fuera, ni se le consintió a Arnaldo Ochoa ni a ningún otro pelotero del interior de la isla.

—Butterfly en plena despedida y llena de lágrimas —habría dicho pérfido Niño de Luto si hubiera podido ver a Angelo Ferri mientras yo le contaba los detalles del crimen de la casa de Lawton.

Dieciséis

A Diosmediante Malaspina lo enterramos en Colón hace ya más de un mes. Fue un día muy gris, desapacible, lleno de vientos encontrados y muy húmedo, uno de esos días que desmienten a primera vista la propaganda turística del paraíso cubano, con el mar pegándole golpes duros al Malecón y obligando a los choferes de los autos a manejar con más prudencia y a menor velocidad al pasar por delante del Habana Riviera. Parecía que el mar iba a comerse una vez más al viejo hotel, carcomido y renovado una y otra vez pero sin alcanzar ya nunca más los perdidos esplendores de sus épocas doradas, cuando se reunían allí cantantes internacionales, actores de Hollywood, peloteros de la élite, políticos, escritores de gran renombre y todo el entourage sacré de cada momento de Cuba. El viento ensalitrado entraba desde el mar con una fiereza de manigua en pleno huracán, se metía por entre las callejuelas de Centro Habana, cruzaba el Paseo del Prado y entraba a millón hasta el fondo de La Habana, destrozándole el orden de sus cuatro puntos cardinales, como si viniera advirtiendo de que un ciclón llegaba atrás y que se fueran preparando los que todavía no se habían dado cuenta.

Quedamos en reunirnos en la casona del Vedado de Bebe Benavente, vernos allí un par de horas antes del entierro. Íbamos a ir Amanda Miranda, mi mujer y yo en el auto con Bebe manejando, primero hasta la funeraria donde los amigos habíamos dispuesto la capilla ardiente de Niño de Luto. Entonces a Bebe Benavente se le ocurrió dar una vuelta por el Malecón antes de subir por Rampa y entrar a la calle del Nuevo Vedado donde estaban los locales mortuorios en los que el cadáver de Niño de Luto esperaba por sus viejos amigos para ser conducido a Colón. Dijo ella que para hacer un poco de tiempo y llegar lo justo a la funeraria.

—Estos rituales me ponen muy nerviosa, son demasiado tristes y no me gusta el aire viciado que se respira en esos ámbitos —dijo Bebe Benavente.

Todo eso nos dijo ella cuando llegamos a su casa a recogerla. Y después, mientras Bebe Benavente manejaba en silencio, y echándole mucha cautela por el Malecón inundado junto al Habana Riviera y en dirección al hassanódromo para dejarlo a nuestra derecha y seguir hasta las cercanías del Paseo del Prado, veíamos las olas embravecidas de esa parte del Atlántico viniéndose arriba del Malecón, saltaban por encima del murito, estallaban con estruendo en el aire y bañaban de espuma blanca y gris el asfalto corrompido por el salitre. Entonces Amanda Miranda pronosticó que esa mañana se caerían al piso tres o cuatro casas de La Habana Vieja.

—Por lo menos se carga tres o cuatro de esas casas que están apuntaladas desde hace más de diez años —dijo.

Verdad que iba pensando yo abstraído de todo, y en el momento mismo en que Amanda Miranda comenzó a hablar de la ruina evidente de La Habana, que casi toda la ciudad está apuntalada; casi toda La Habana Vieja, salvo la parte reconstruida por Eusebio Leal; casi todo Centro Habana, que es irrecuperable, igual que Cayo Hueso, bastante del Cerro y mucho de Diez de Octubre está apuntalado; La Víbora está apuntalada y al barrio de Atarés ya hace rato que se le cayó todo el silencio encima, como que no existe; Santos Suárez está apuntalado y Arroyo Naranjo está también bastante apuntalado; Lawton está apuntalado, cuando no con el piso lleno de hoyos que parecen pozos en el centro de la calle, y gran parte de La Habana está apuntalada y a veces, a poco que cualquiera se fije en lo que tiene delante, pueden verse enormes troncos de madera haciendo de columnas y contrafuertes y sosteniendo lo que queda en pie de un edificio ruinoso y maltrecho que ayer fue espléndido; y también pueden verse los restos de muchos de esos edificios ya botados en el piso, tal como quedaron después de rendirse ante el paso del ciclón del tiempo, pero nadie puede quejarse de que estamos ya demasiado apuntalados y de que no podemos seguir eternamente viviendo en el apuntalamiento de La Habana, porque toda esa crítica no es legal y puede hacerle el juego al enemigo, hasta convertirse uno sin apenas darse cuenta en un peligro público al que todo el mundo señala con el dedo índice para acusarlo, aquél es, ése es el que habla y dice que La Habana está apuntalada por todos lados. Y todo el mundo habla de que La Habana es una ciudad apuntalada, pero esa evidencia no es oficial, el entourage sacré le echa la culpa de todo al bloqueo de los yanquis, y fresa y chocolate, y más nada. De hecho, como repite el cogollito oficial cada vez que quiere, se le hace cada vez más el juego al enemigo, se le ha dado de regalo demasiado cordel al carril dos y de cuando en vez, fuácata, hay que pegarle un fuetazo a la mesa y colocarla otra vez en su lugar exacto, que no venga nadie con la fiestecita de moverla de aquí para allá porque nadie le ha dado permiso a nadie ni para tocarla un centímetro. Mover la mesa, ni para bailar un bolero, que quede claro.

Según los oligarcas, la clave está en crecerse en las dificultades y, como ordena el Hombre Fuerte, resistir, resistir, resistir. El Hombre Fuerte es el primer ejemplo de la estrategia porque pudiendo haberse ido de Cuba cuando le cayeron atrás con la glasnost, la perestroika y se vino abajo el cuento del comunismo internacional, con la misma facilidad que se vienen abajo las casas podridas de La Habana Vieja cada vez que sopla el viento ensalitrado desde el horizonte para dentro de la isla, y algunos de los suyos estuvieron a punto de hacerle un trabajito definitivo desde dentro. Pero lo que hizo fue aguantar el aguacero, se puso de perfil para que el huracán le pasara por los lados y dejó que saliera toda la delincuencia de Cuba para los Esta-

dos Unidos. Por eso aquel verano abrió el Malecón, Cárdenas, Matanzas, abrió toda la costa para
que se enteraran los yanquis de cómo juega al ajedrez este Capablanca con barba, que si tú quieres
la libertad te puedes ir ahora mismo. Y empezó medio mundo a fabricarse en aquellos días de agosto
su barquito doméstico y famélico para nadarse de
un tirón las noventa millas y más nada. Y lo del maleconazo fue otro tanto, demasiado cordel para los
antisociales, mafiosos y delincuentes, eso no vuelve
a pasar más en Cuba. Apareció el Hombre Fuerte
y mandó a parar del golpe. Se vino para abajo desde su despacho en el Palacio de la Revolución, se
bajó aquí mismo, donde la cosa estaba más dura,
delante del Hotel Deauville, por donde pasamos
en el auto de Bebe Benavente dando una vuelta ese
día del entierro en Colón de Niño de Luto como
si estuviéramos haciendo un recorrido turístico, se
bajó del jip militar con su uniforme bien armado
y los puso firmes a todos. Se acabó, llegó Changó, jaque al rey y mate. Tiró el juego. Se pudo haber marchado para siempre y haber dejado aquí
en la isla un cisco de machetes todos vueltos locos,
entrando y saliendo de las casas de unos y otros, la
venganza y todo eso, y la policía sacudiendo palos,
y los de Tropas descargando por otro lado, y el ejército dejando que pasara el tiempo para saber quién
iba ganando la lucha e intervenir después como el
gran pacificador, el gran salvador de la patria de
Martí y de Maceo, y quedarse con todo el bisne.
Pero nada de nada, el Hombre Fuerte se quedó
aquí, pasó el ciclón, al fin y al cabo, un huracán tro-

pical dura lo que dura un soplito de la respiración y más nada, y ahí está. Aguantó, después se trajo al Papa para Cuba, lo paseó, montó el mayor espectáculo del mundo y jaque al rey, muerto otra vez, y se echó el juego. Si eso no es así que venga otra vez Capablanca y lo vea.

Recordé que en casa de Bebe Benavente, cuando estábamos viendo por la televisión la llegada del Papa a Rancho Boyeros y después el papamóvil entrando en La Habana y el Pontífice de pie, el rostro rojo de calor y cansancio, saludando con la mano a los cubanos, cuando bajaba hacia Miramar la comitiva, Amanda Miranda se atrevió a pegarme un timbrazo a la casa de Bebe, muy sabihonda ella, como si me picara un ojo de complicidad por teléfono, como que los dos estábamos en la misma maldad, y me dijo de frente y con voz muy alta:

—Chico, ¿pero tú no lo estás viendo? Changó hace rato que ya le ganó el juego al cocodrilo amarillo —me dijo por teléfono.

Niño de Luto la hubiera fulminado en ese momento con un atisbo de desprecio. Pero entonces y en ese mismo instante, cuando yo terminaba de hablar por teléfono con Amanda Miranda, se dirigió a mí y me pidió que lo acompañara a ver al Papa desde la explanada que hay delante del Hotel Cohiba, porque por ahí por Tercera iba a virar la comitiva para enfilar hacia Miramar y casi íbamos a tocarlo con las manos.

Verdad que para Amanda Miranda el juego ya lo había ganado el Hombre Fuerte, que hay quienes dicen que desde hace muchos años tiene el santo hecho a Changó, que Changó lo protege de todas las marañitas y él mismo es Changó el guerrero de hierro muchas veces, como en el maleconazo, llegó Changó y mandó a parar, y nadie puede hacer nada contra él, ni que venga el cocodrilo de bandera amarilla a quitarle el cetro de mando. Por eso me llamó por teléfono y me lo dijo en aquel momento en que todos estábamos pendientes de cada escena de la entrada del Papa en La Habana. Ella en su lucha va y me dice que Changó ya ganó y hubiera tenido que contenerse Diosmediante Malaspina de haber sido él y no yo quien hablaba por teléfono con ella. Esa vez no tenía allí con él a los curas ni a los monseñores que le sirvieran de cómplices, y Amanda también sabía que no estaban allí, los estaba viendo por televisión que estaban en la comitiva de recepción. Tampoco quería ofenderlo pero no se iba a callar nunca la locaria, no se calla nada de nada en los últimos años, ella también dice que está protegida por los orishas y por Lydia Cabrera, que nada más ni nada menos.

—Cosas de negros, monseñor —le decía Diosmediante Malaspina a monseñor Cañadas por esas salidas de Amanda Miranda en gran santera.

En todo este mes, hasta unos días antes del duelo de Niño de Luto, la policía judicial me ha llamado a declarar cuatro veces. Les conté todo lo que les podía contar, todo cuanto la investigadera que han armado con el asesinato de Malaspina me permitía contarles. Como ellos sabían que yo era su íntimo amigo, aunque no tenía ni tuve nunca que ver con lo suyo, fueron muy prudentes y enrumbaron las preguntas del ritual hacia donde exactamente les convenía: ¿usted sabía de la homosexualidad de Diosmediante Malaspina?, ¿desde cuándo lo conoce?, ¿tiene usted esa amistad tan cercana con el fallecido?, ¿le conoció usted alguna relación amorosa?, ¿supo alguna vez si Lázaro Toledo Himes, el llamado mayordomo, tuvo que ver con él en ese mismo sentido?, ¿conoce usted a Francisco Magdalena, el llamado Petit Pancho?, ¿lo vio muchas veces por la casa de Malaspina en Lawton?, ¿era de la confianza del dueño de la casa o sólo un amigo de Lázaro Toledo Himes?, ¿conoce usted a Iván Viñales?, ¿puede decirnos si lo conoce qué relación llegó a tener con Diosmediante Malaspina?, ¿tiene usted alguna sospecha sobre quién o quiénes pudieron matarlo? Usted y su mujer aparecen como testigos de los sucesivos testamentos que Diosmediante Malaspina fue redactando en estos últimos años, ¿puede explicarnos por qué?

Demasiada espuma para tan poquita cerveza, ésa es la verdad. Me llamaron cuatro veces y repetían las preguntas por la misma deriva. No era exactamente un interrogatorio a alguien que tenían en la mirilla y lo quisieran coger como sospechoso del asesinato por algún resquicio, sino que formaba parte de la investigación sobre el crimen de Malaspina. De modo que les contesté con claridad a todo lo que me estaban preguntando una y otra vez, sin parar, como si no me hubieran hecho ya esas mismas preguntas hacía incluso menos de una semana. Siempre me las hacía un funcionario distinto, todos ellos y cada uno imbuidos de su rol impecablemente, muy serios y muy burócratas, respetando una tras otra las mismas preguntas para cogerme en cualquier vuelta si estaba engañándolos o para confirmar que les había dicho toda la verdad. Son procedimientos que se dan en los mismos casos en todas las partes del mundo, Amanda Miranda también lo sabe y por eso seguí sus consejos al pie de la letra, con toda frialdad.

—Tú vas cada vez que te llamen, no te puedes negar, y les dices todo lo que tú sabes de Niño de Luto y más nada.

Me recordaba yo de la confidencia que me hizo Amanda Miranda cuando el capitán Flores le dijo a ella que fuera a ver los despojos del cuerpo de Niño de Luto a la morgue, que tenía que colaborar porque de muy arriba había alguien muy interesado en resolver este caso con la máxima urgencia y discreción. Y cuando me estaban preguntando sobre Malaspina en el juzgado por tercera vez me recordé también de la afirmación de Amanda Miranda en gran bruja al pegarme el timbrazo a casa de Bebe Benavente en el momento en que el Papa entraba en La Habana, Changó ya ganó. De manera que les conté las mismas cosas las cuatro veces que me hicieron las mismas preguntas, todo lo que ellos sabían que yo sabía, pero no les dije nada de lo que ellos no podían saber que yo sabía, aunque lo sospecharan. Cada uno de los funcionarios que me tocó en suerte en cada una de mis comparecencias judiciales, me miraba con una fijeza de hipnotizador desconfiado. Desde el fondo de los ojos, como para amedrentarme. Como si me estuvieran diciendo todos y cada uno lo mismo, mira que lo sabemos todo, no te salgas del camino porque tú mismo te pones la soga al cuello, tú mismo te ahorcas aquí delante, pero no me preguntaron ni por el sancta sanctorum, ni por el Zurbarán ni por el Rembrandt, ni por el sótano, ni por las catacumbas ni por lo que podía haber y de hecho había allí abajo escondido. No me preguntaron nada de ese tesoro, porque el cogollito había dado la orden del silencio, y ellos tampoco podían saber nada de eso aunque lo supieran ya todo. Nada del Zurbarán, ni del Rembrandt, nada de la vajilla ni de los incunables, ni mucho menos de los papeles de Alejandro Malaspina. Pero ¿cómo podían no saber todo lo que había allí si desde el principio, cuando los de la monada y los caballitos llegaron a la casa de Lawton, llamaron corriendo asustados para que viniera alguien de mucho más arriba porque aquello era muy grande?

Lo sabían, a esas alturas lo habían catalogado todo, lo habían valorado todo, porque todo valía de verdad mucho fula. Más de trescientos cincuenta millones de dólares había calculado yo desde el momento en que supe que lo habían matado a Niño de Luto y sospeché que era para robarle todo aquello, que los asesinos sabían todo lo que había allí y que ésa era la fecha porque Niño de Luto estaba solo ese día. Y los funcionarios judiciales debían sospechar que yo lo sabía todo, que había visto una pila de veces el Zurbarán y el Rembrandt colgados en sus paredes, porque en una de esas ocasiones me llevaron a la casa de Lawton y levantaron el sello oficial de la puerta principal. Habían

clausurado por orden judicial la casa de Niño de
Luto con esos papeles oficiales y nadie se acercaba
ni a leerlos, no fueran a estar vigilándole a cualquiera
la curiosidad, y eso mata aquí en La Habana, nadie hablaba ya de Niño de Luto en todo el barrio,
la cosa estaba en manos de la policía, los jueces y su
averiguadera, y era muy peligroso hacer mucho
comentario del asunto.

Verdad que algunos oligarcas consultivos
del entourage sacré que Amanda Miranda se encontró en una recepción diplomática de los canadienses
le dijeron al oído que los cuenteros se habían puesto
a inventar marañitas sobre un supuesto fortunón
en obras de arte, cientos de millones de dólares que
había escondidos en artes y valores en aquella casa
del abogado católico Diosmediante Malaspina. Lar-
gaban por aquí y por allí rumores y embustes de
todo género, estiraban la cosa con la facilidad del
mentiroso, cuando la realidad de verdad es que allí
dentro no había nada que se pudiera decir que tuviera de verdad valor, valor, ¿oká, Amanda, mi china? Nada de nada de valor, ésa era la orden. Y ella
no les dijo nada porque seguro que de la verdad que
yo sabía ella no sabía nada, ni de Rembrandt, ni de
Zurbarán, ni de la vajilla de las bodas de Luis XVI
y María Antonieta. Me dijo que cuando le sopla-
ron eso se recordó de repente de lo que Niño de
Luto decía en los últimos tiempos, desde la visita
del Papa, poseído por una confianza ya incurable, delante de sus amigos los monseñores, delante de Bebe Benavente, e incluso delante de don
Angelo Ferri, una imprudencia de Niño de Luto,

que había todavía mucha fortuna escondida en arte
en La Habana y en toda Cuba sin que nadie o casi
nadie lo supiera. Tan discreto con todo Niño de Luto y cometer esa imprudencia, me comentó Amanda Miranda de pasada.

—Si tú sabes algo de eso, díselo a la policía, muchacho, no vaya a ser que te cojan a ti también y te pongan como material de estudio virado
para arriba en medio de la plaza —me advirtió.

Amanda Miranda quería saber, me tiraba
al blanco, como si fuera yo la manzana de Guiller-
mo Tell. Y me miraba a ver qué le contestaba, qué
gesto ponía cuando ella me estaba escudriñando
por dentro y saqueándome el espíritu, por vislumbrar qué estaba corriendo por mi silencio y por mi
muequita de estupor.

—En la vida, primera noticia. Ni idea —le
contesté—, nunca vi nada de eso allí dentro.

Y lo mismo le contesté aquel día al funcionario de la policía judicial, media hora antes de
que me llevaran a la casa de Lawton, rompieran los
precintos y los sellos de la puerta principal y en-
tráramos hasta el salón de la casa. Me dejaron que
me cogiera doble ancho allí dentro, que lo viera
todo y mientras me tiraban con atención y me miraban a ver qué gesto ponía. Todo estaba en su lugar, los muebles y todo lo demás, en el mismo orden que cuando vivía Niño de Luto, pero lleno de
polvo por todos lados, casi quince días con el jardín entrando en la casa la había llenado toda de
suciedad. La puerta del sancta sanctorum estaba
abierta y yo les dije que esa puerta siempre había

estado cerrada, no sabía por qué, pero Diosmediante Malaspina siempre la mantuvo cerrada a cal y
canto. Les dije que sabía que había sido en tiempos el comedor de la familia y más nada. Me hicieron entrar y vi los muebles y los grandes aparadores separados de la pared, y ellos me seguían
tirando y me miraban cada gestito que yo pudiera
hacer, me marcaban de cerca a ver qué sabía. Vi
que las paredes estaban desnudas y que, en lugar
del Zurbarán y el Rembrandt, no había más que
huellas evidentes de que colgados de allí mismo
hubo un par de cuadros enormes, pero no me dijeron más nada, ni si sabía lo que había allí, en
esas paredes, ni más nada. Después hubo unos segundos de silencio y yo rompí el frío sobre la marcha para repetirles que no había estado en ese cuarto
ni una vez antes de ahora. Les repetí que Niño de
Luto era un poco maniático con sus cosas, y que
mantenía ese comedor clausurado, como si no existiera, lo mismo que el cuarto de baño de mármol
de Carrara. Salí hablando del comedor y les señalé
el cuarto de baño.

—También lo mantenía cerrado, siempre
usaba la bañadera del fondo —les dije.

Verdad que tenían que haberme preguntado en algunas de mis declaraciones qué había colgado en esas paredes, porque cualquiera podía ver
que allí hubo durante mucho tiempo dos cuadros
inmensos, pero les negaba la mayor, les decía que
nunca me había mostrado aquel cuarto donde ahora estábamos Niño de Luto a pesar de nuestra tan
cercana amistad; les dije que yo no sabía más que

lo que estaba escrito en los testamentos de Malaspina, uno tras otro.

—Mi mujer y yo firmábamos después de leerlos porque Malaspina nos pedía el favor de que fuéramos testigos de esos cambios de vida —dije—. Nos daba mucha pena de todo eso.

De manera que sólo sabía lo que aparecía en la letra impresa de los testamentos, sus pertenencias, su casa de Lawton y más nada. El funcionario judicial movía la cabeza de un lado a otro, como si dudara de lo que yo estaba diciéndole una y otra vez, como si imaginara que estaba yo callándome lo mejor del cuento, pero yo me emperraba en mi verdad como un trompo que gira sobre sí mismo sin caerse y no me sacaba de mi camino ni un centímetro. Movía la cabeza de un lado a otro como si quisiera corregirme y me insistía con la misma pregunta pero con distintas esquinas, siempre a ver si me cogía sobre los supuestos cuadros que habían dejado sus huellas en las paredes de aquel cuarto. Pero al final, después del recorrido que hicimos por toda la casa hasta la bañadera de servicio donde habían encontrado el cadáver, pareció darse por vencido, como si mi tenacidad le hubiera torcido el brazo, y cambió el movimiento de la cabeza sin mover apenas un músculo de su rostro tan serio.

—Está bueno ya, muchas gracias por colaborar, compañero —dijo muy amable. Me dio dos palmadas muy suaves en mis espaldas y asintió con la cabeza un par de veces.

Verdad que a don Angelo Ferri ni lo tocaron un pelo con este asunto. Ni una pregunta, ni una visita ni nada de nada. Como si el cocinero del Papa no hubiera tenido amistad en esos últimos tiempos con Diosmediante Malaspina. No era cosa de embullarlo, no sólo porque se hubiera levantado el escándalo y media Habana se hubiera enterado, sino que seguro que el meollito sabía que Ferri no sabía nada ni tenía nada que ver con aquella tragedia. Bastante le había caído encima con la suerte de Mauro Manfredini, y por ese lado no buscaron nada, según me contó monseñor Cañadas que le había dicho el mismo Ferri en una de sus últimas conversaciones, en su casa de Miramar. Porque don Angelo Ferri no se recuperó de todos esos episodios, sino que entró en barrena y cayó en un laberinto sin fin, como si de repente se hubiera dado cuenta de que en aquella tierra tropical, que de verdad ni la conocía ni había significado nada para él antes de visitarla con motivo del viaje oficial de Juan Pablo II, fuera un verdadero intruso, un extranjero que empezaba a sentir en la isla el comején de la incomodidad. Cuando estuve en su casa de Miramar vi encima de la mesa del salón, vuelto para abajo y abierto por la mitad, un ejemplar en siciliano de *El Gatopardo,* la novela de Giuseppe Tomasi de Lampedusa, siciliano como don Angelo Ferri. Me vio que ojeaba desde lejos y con interés el libro y se sonrió satisfecho de mi curiosidad.

—Cambiar todo para que nada cambie, ¿me explico?, gran tipo Fabrizio Di Salina. Mi novela predilecta —me dijo—. A pesar de las apariencias tan corrientes de su vida, también fue un gran tipo el Príncipe de Lampedusa. Toda una vida en silencio para escribir esta novela en los dos últimos años de su vida, cuando ya estaba enfermo con cáncer en el pulmón y se fue a morir a Roma sin poderla ver publicada.

Verdad que citar a Lampedusa fue nada más que una coartada de don Angelo Ferri para hablarme de Sicilia, el lugar del mundo donde la luminosidad adquiere un poder sobrenatural, Palermo, Siracusa, Taormina, el Etna fumando todo el tiempo desde la cúpula de la isla, de la mañana a la noche y todos los días de cada año, Catania y sus iglesias barrocas, la colina sagrada de Agrigento, ése sí es un lugar mágico de verdad, me dijo todas esas cosas exaltado de repente Angelo Ferri, ahí sí que hay templos griegos, en pie, enteros del todo, como si los hubieran levantado ayer mismo, como si la isla siguiera siendo la Magna Grecia, cargada de mitos intemporales; y allá abajo Porto Empedocle y el Mare Nostrum de color vino, me dijo. Entonces le vi aparecer en los ojos ese sombrío matiz de tristeza que encubre la nostalgia de los viejos. Al fin y al cabo, don Angelo Ferri era un meridional que no había perdido la memoria de su isla a pesar de los palacios de Florencia, los grandes hoteles de Venecia, los restaurantes romanos y el Vaticano del Papa polaco.

—¿Usted sabe que todo el tiempo que llevo aquí en La Habana no hago más que comparar Cuba y Sicilia, ver una isla y ver la otra como si fueran dos existencias paralelas?

Nunca se me hubiera ocurrido pensarlo. Hice un gesto de sorpresa por toda contestación.

De repente sentía una especie de rara satisfacción cuando veía a don Angelo Ferri en su casa de Miramar rememorando los lugares eternos de Sicilia con la melancolía del que ha vivido toda su vida en la orilla misma de su mar y, también de repente, se da cuenta de que no los tiene y los echa de menos.

—Hay un personaje en *El Gatopardo* que significa el cambio de los tiempos, Tancredi, el sobrino predilecto del Príncipe Di Salina —me dijo Ferri, haciendo mover una y otra vez el índice de la mano derecha con el que señalaba el ejemplar de la novela—. Toda su filosofía se reduce a una sola frase. Si queremos que todo siga igual es necesario que todo cambie, ésa es la frase que el joven Tancredi le dice a su tío, el viejo aristócrata siciliano, el mismo día que las tropas de Garibaldi entran en Palermo para abolir las leyes feudales de los nobles.

Verdad que don Angelo Ferri se marchó de Cuba un mes después de mi visita a su casa de Miramar, a los dos o tres días del entierro de Niño de Luto. No había podido ir al velorio en la funeraria ni al sepelio en Colón ni a las exequias religiosas que había oficiado monseñor Cañadas por el alma de Diosmediante Malaspina, sino que se excusó con el mismo Benito Cañadas porque ese mismo día gris del duelo no se encontraba de lo mejor de salud precisamente. En persona sólo se despidió de monseñor Cañadas al marcharse de La Habana. Lo invitó a su casa, le sirvió una de esas exquisitas y copiosas comidas italianas que tanto seducen a Benito Cañadas y le habló de su determinación de marcharse de Cuba por una temporada.

—Me voy a Palermo dentro de tres días, a mi isla, para descansar un poco de todo esto que tanto me ha sobrepasado —le dijo.

Había utilizado esa expresión exacta, descansar un poco de todo esto que tanto me ha sobrepasado, me contó monseñor Cañadas.

—Me pidió que lo despidiera uno a uno de todos ustedes —nos dijo monseñor Cañadas.

No era una marcha definitiva de Cuba, le había dicho don Angelo Ferri a monseñor Cañadas, sino que dejaba la puerta abierta al regreso, de cuando en vez estaría de nuevo en La Habana con los amigos que había hecho aquí. Cuanto deseaba fervientemente a partir de ahora era vivir una temporada en Palermo y otra en La Habana, en la misma casa de Miramar en la que lo había hecho hasta hoy desde que lo trajo Juan Pablo II a Cuba. Porque de repente había sentido un pinchazo en la misma boca del estómago, una punzada que se le extendía por todo el cuerpo y que Ferri conocía de viejo, le dijo a Cañadas, la llamada de su tierra, echaba de menos Palermo, echaba de menos Sicilia, las calles, las plazas, los cafetines, el paisaje de la isla, la gente de Palermo y sus tertulias con los amigos de tantos años.

—Lo echo todo mucho de menos. Y quiero ir a mi restaurante de pescado, espléndido, en Porto Empedocle, al que queda invitado en su próxima visita a Roma. Vaya allí, monsignore, un viajecito corto por el estrecho de Messina y ya está usted en

Sicilia y yo esperándole. Seré su anfitrión, lo lleva-
ré a todos lados —le dijo a Cañadas, que nunca
había estado en Sicilia a pesar de sus muchísimos
viajes a Italia.

Todos esos amigos cubanos de Angelo Ferri habíamos creído que la visita del Papa a Cuba
iba a cambiarla de vida, que iba a cambiarlo todo
y a cambiarnos todo. Pero al final, después de la
misa del Papa en la Plaza de la Revolución y de los
regalos que le había hecho el Hombre Fuerte, después de la marcha de Juan Pablo II y de las promesas que el Hombre Fuerte le había hecho a Su Santidad, todo había vuelto a su lugar, parecía que todo
había cambiado pero no había cambiado nada en
Cuba. Mover la mesa ni para bailar un bolero. Seguramente todas aquellas promesas habían comen-
zado a incumplirse cuando el avión de Alitalia que
se llevaba al Papa hasta el Vaticano levantó vuelo
en Rancho Boyeros y se perdió en los cielos. Nada
había cambiado en Cuba, todo estaba como antes
de llegar el Papa con su gran espectáculo religioso
levantando expectativas en toda la isla, con las calles
de La Habana durante la visita llenas de curas y de
periodistas extranjeros. Todo estaba otra vez donde el Hombre Fuerte lo había mantenido siempre, la
isla en su puño cerrado y bajo su única voluntad.

El día del entierro de Diosmediante Malaspina al cementerio de Colón fuimos tan sólo
cinco amigos, Bebe Benavente, Amanda Miranda, mi mujer, yo mismo y monseñor Cañadas, que
ejerció de oficiante religioso. Esa mañana Amanda Miranda se había bañado y lavado el cabello

canoso con el cuidado exquisito que ella ponía sólo en las celebraciones especiales. Se perfumó todo
el cuerpo con el agua de rosas que le había traído
Bebe Benavente de su último viaje a Madrid y que
guardaba como un tesoro para usarlo en la ocasión
elegida. Se vistió enteramente de blanco, con un
traje largo que le llegaba a los pies, como si se cu-
briera con una túnica sagrada, y extremó su serie-
dad para esa ocasión ceremonial. Nunca le gustaron
los ritos católicos, ni sus sacramentos, ni sus misas,
ni sus iglesias, ni sus enterramientos, pero estaba
allí por encima de todo porque, a pesar de las luchas y peleas que tuvo con Diosmediante Malaspina a lo largo de toda su vida, precisamente por
la religión, para Amanda Miranda la amistad entre
dos personas era un amarre sagrado que se alarga-
ba por encima y más allá de la muerte. De manera
que ese día desapacible, lleno de grisura, que había
despertado con un juego de luces violentamente
violáceas en el cielo y con las calles vacías de gente, como si todos estuvieran esperando un ciclón
que iba a llegar en cualquier momento a derrum-
barlo todo, enterramos en Colón a Diosmediante
Malaspina. Llovió durante horas en esa amanecida y después, casi al mediodía, cayó un aguacero
interminable en el momento en que enterramos
a Diosmediante Malaspina en el catafalco que su
abuelo Amable Malaspina había levantado en Colón para que allí reposara toda su familia cuando
fueran acabándose. Allí estaba toda amontonada y
silenciosa esa memoria confusa de los Malaspina
cubanos, desde Amable Malaspina y algunos otros

familiares de antes que él, hasta Diosmediante Niño de Luto, todos y cada uno de los descendientes de Alejandro Malaspina que habían venido a Cuba huyendo de Montevideo sin que nunca supiéramos bien por qué, salvo las cábalas que una y otra vez nos habíamos hecho los amigos de Niño de Luto, que los habían despedido de Montevideo por bastardos, por hijos naturales, por eso habían recalado en Cuba y aquí rescataron el apellido histórico bastantes años después. También descansaban allí, en aquella tumba abierta como un sótano en una de las pequeñas plazas arboladas del cementerio de Colón, muy cerca de la Avenida B, los Malaspina que se habían quedado en Cuba tras la llegada del Hombre Fuerte a La Habana, los que no se quisieron marchar por nada del mundo, los que no pudieron ni quisieron vivir fuera de la isla y decidieron vivir y morir aquí, en Cuba, pasara lo que pasara, bajara de los cielos el huracán que bajara, por encima de temporales, ciclones infernales y loqueras de la historia de Cuba.

Desde que estuve en la casa de Diosmediante Malaspina en Lawton como testigo de las investigaciones de la policía judicial, no había vuelto a pasar por el Parque Buttari. Lawton me queda a trasmano para mis asuntos, aunque a dos pasos de la Carretera Central que sale de La Habana. Si antes iba por allí con cierta frecuencia era precisamente porque vivía Niño de Luto y allí nos encontrábamos para hablar, cambiar impresiones y escuchar música, que es lo que a Malaspina le gustaba más en el mundo: escuchar música sinfónica, música clásica, escuchar ópera con los ojos entrecerrados, escuchar la música de los grandes maestros, la voz de los divos y las prime donne, escuchar música transportándose con la imaginación a los grandes escenarios de los teatros que le hubiera gustado visitar, la Scala, el Carnegie Hall, el Metropolitan, el Odeón, el Liceo, y las grandes ciudades que daban vida a la ópera todavía en este tiempo, Bayreuth, Salzburgo, Nueva York, San Francisco, Berlín, París, Milán, Barcelona.

Volví a Lawton hace tan sólo unos días por esa curiosidad malsana y enfermiza que genera la nostalgia. Pasé por delante de la casa de Diosmediante Malaspina, entré en la calle Armas por arriba, dejando el Buttari siempre a mi derecha. Di dos vueltas al parque y vi las puertas de la casa precintadas, aparentemente olvidada la casa, como si el crimen de Malaspina no hubiera tenido lugar hace escasas semanas sino hace ya más de diez años. Salvo en nuestra conversación con los amigos, con Bebe Benavente o con monseñor Cañadas, donde su nombre sale de soslayo, como una nostalgia que no se nos ha olvidado todavía, nadie habla de Diosmediante Malaspina. Nadie habla de Niño de Luto. Nadie sabe nada de los criminales que lo mataron, ni cuáles son de verdad las razones que indujeron al crimen. De Lázaro el mayordomo sólo se dice que sigue detenido porque es uno de los acusados en el procedimiento judicial, igual que de Iván Viñales, de quien el cogollito oficial sostiene por lo bajo que fue el asesino real de Niño de Luto. Pero nadie habla nada de los tesoros que hu-

bo en aquella casa. Nadie ni por asomo ha vuelto
a nombrar nada de ese asunto. Para toda La Habana valen las órdenes y los argumentos del entourage sacré, que allí, en Lawton, no hubo nunca nada
de valor, ni obras de arte, ni joyas, ni documentos
históricos. ¿Cómo iba a haberlas, en la casa olvidada
de una familia de la que casi todos sus miembros
se marcharon de la isla llevándose todo lo que pudieron, menos él, menos el dueño de la casa, Diosmediante Malaspina, que no se fue de Cuba porque
no tenía nada que llevarse? De modo que todo lo
que se ha comentado en los círculos del meollito
llega desde el submundo habanero y más nada.
Son leyendas que los cuenteros y mafiosos ponen
en marcha el día menos pensado y echan a andar
como bolas de humo por toda La Habana apuntalada. Porque, según los oligarcas consultivos, lo que
nunca llega a saberse jamás habrá sucedido, de manera que ese tan peligroso trabajito de los cuenteros es un regalo de lo más grande que se le hace al
enemigo. Y más nada.

Este libro
se terminó de imprimir
en los Talleres Gráficos
de Mateu Cromo, S. A.
Pinto, Madrid (España)
en el mes de abril de 2001